WEIHNACHTEN IN DEN BERGEN

Herausgegeben von
Miriam Kunz

KAMPA

Für den Blick hinter die Verlagskulissen:
www.kampaverlag.ch/newsletter

KAMPA POCKET
DIE ERSTE KLIMANEUTRALE TASCHENBUCHREIHE
Gedruckt auf säurefreiem und chlorfrei gebleichtem Papier zur Unterstützung verantwortungsvoller Waldnutzung, zertifiziert durch das Forest Stewardship Council. Der Umschlag enthält kein Plastik. Kampa Pockets werden klimaneutral gedruckt, kampaverlag.ch/nachhaltig informiert über das unterstützte CO_2-Kompensationsprojekt.

Der Kampa Verlag wird in der Schweiz vom Bundesamt für Kultur mit einem Strukturbeitrag für die Jahre 2021–2024 unterstützt.

Veröffentlicht im Oktober 2024 als Kampa Pocket

Covergestaltung und Satz: Lara Flues, Kampa Verlag
Covermotiv: © iStock/DenisKrivoy
Gesetzt aus der Stempel Garamond LT / 240135
Druck und Bindung: GGP Media GmbH, Pößneck
ISBN 978 3 311 15109 8

www.kampaverlag.ch

Inhalt

Anstelle eines Vorworts

Ludwig Thoma — *Christkindl-Ahnung im Advent* 7

Peter Dörfler — *Heimkehr* 10

Peter Rosegger — *In der Christnacht* 18

Angelika Overath — *Engadiner Weihnacht* 45

Elizabeth von Arnim — *Weihnachten in einem bayerischen Dorf* 64

Leta Semadeni — *Are You Lonesome Tonight?* 71

Lise Gast — *Hüttenweihnachten* 88

Urs Augstburger — *El, cun ella* 106

Rainer Moritz — *Hoesslis Flügel* 122

Alexander Oetker — *Schneegestöber am Matterhorn* 137

Reimmichl — *Weihnacht auf der Alm* 163

Adalbert Stifter *Bergkristall* 170

Tim Krohn *Heidi und das Weihnachtswunder* 253

Peter Rosegger *Der erste Christbaum in der Waldheimat* 276

Nachweis 285

Ludwig Thoma

Christkindl-Ahnung im Advent

Anstelle eines Vorworts

Erleben eigentlich Stadtkinder Weihnachtsfreuden? Erlebt man sie heute noch?

Ich will es allen wünschen, aber ich kann es nicht glauben, dass das Fest in der Stadt mit ihren Straßen und engen Gassen das sein kann, was es uns Kindern im Walde gewesen ist.

Der erste Schnee erregte schon liebliche Ahnungen, die bald verstärkt wurden, wenn es im Hause nach Pfeffernüssen, Makronen und Kaffeekuchen zu riechen begann, wenn am langen Tische der Herr Oberförster und seine Jäger mit den Marzipanmodeln ganz zahme, häusliche Dinge verrichteten, wenn an den langen Abenden sich das wohlige Gefühl der Zusammengehörigkeit auf dieser Insel, die Tag um Tag stiller wurde, verbreitete.

In der Stadt kam das Christkind nur einmal, aber in der Riß wurde es schon Wochen vorher im Walde gesehen; bald kam der, bald jener Jagdgehilfe mit der Meldung herein, dass er es auf der Jachenauer Seite oder hinterm Ochsensitzer habe fliegen sehen.

In klaren Nächten musste man bloß vor die Türe gehen, dann hörte man vom Walde herüber ein feines Klingeln und sah in den Büschen ein Licht aufblitzen. Da röteten sich die Backen vor Aufregung, und die Augen blitzten vor freudiger Erwartung. Je näher aber der Heilige Abend kam, desto näher kam auch das Christkind ans Haus, ein Licht huschte an den Fenstern des Schlafzimmers vorüber, und es klang wie von leise gerüttelten Schlittenschellen.

Da setzten wir uns in den Betten auf und schauten sehnsüchtig ins Dunkel hinaus; die großen Kinder aber, die unten standen und auf einer Stange Lichter befestigt hatten, der Jagdgehilfe Bauer und sein Oberförster, freuten sich kaum weniger.

Es gab natürlich in den kleinen Verhältnissen kein Übermaß an Geschenken, aber was gegeben wurde, war mit aufmerksamer Beachtung eines Wunsches gewählt und erregte Freude.

Als meine Mutter an einem Morgen nach der Bescherung ins Zimmer trat, wo der Christbaum stand, sah sie mich stolz mit meinem Säbel herumspazieren, aber ebenso froh bewegt schritt mein Vater im Hemde auf und ab und hatte den neuen Werderstutzen umgehängt, den ihm das Christkind gebracht hatte.

Wenn der Weg offen war, fuhren meine Eltern nach den Feiertagen auf kurze Zeit zu den Verwandten nach Ammergau.

Ich mag an die fünf Jahre alt gewesen sein, als ich zum ersten Male mitkommen durfte; und wie der Schlitten die Höhe oberhalb Wallgau erreichte, von wo aus sich der Blick auf das Dorf öffnet, war ich außer mir vor Erstaunen über die vielen Häuser, die Dach an Dach nebeneinanderstanden. Für mich hatte es bis dahin bloß drei Häuser in der Welt gegeben.

Peter Dörfler

Heimkehr

Es hatte längst elf Uhr geschlagen, als das Zügle auf dem Schneefeld vor dem einsamen Bahnhöfchen ein wenig verschnaufte, indes die Fahrgäste ausstiegen. Ich kletterte mit einem Koffer und einem Sack aus dem Wagen und schritt unter dem sternübersäten Himmel, auf dem von Schlitten spiegelglatt geschliffenen Weg der pechschwarzen Waldhöhe zu, an die sich ein lichtloses Dörfchen anschmiegte. Ein wenig war ich trotz allem enttäuscht und ein wenig auch, trotz aller freudigen Erwartung, bange. Ich hatte meine Ankunft daheim nicht anmelden können. Denn die harten Herren des Gymnasiums ließen uns den Beginn der Ferien nicht so rechtzeitig wissen, dass eine Post das entlegene Heimatdorf noch rechtzeitig erreichen konnte. Eigentlich hätten wir erst am kommenden Tag, dem Heiligen Abend, unseren kurzen Urlaub antreten sollen. Ich war nun gleichwohl in die Nacht hineingereist, es zog mich mit Urgewalt heimwärts. Heimlich hatte ich gehofft, dass auf gut Glück der Vater auf die Bahn käme oder dass zufällig jemand aus dem Heimatdorf aussteigen und mich durch den Wald begleiten könne. Aber nun ging nicht ein Mensch auch nur bis nach Diessen mit mir. Ich war schwer bepackt, und auf einmal kam mir vor, alles Liebliche und Vertraute schlafe, und alles Feindselige sei wach. Die Sterne blinzelten wie verweinte und entzündete Augen von einem ungnädigen Himmel herab. Es war nicht eben Kuhranzennacht (wie man bei uns zu sagen pflegte), aber da oben auf der Höhe der Wald, den ich durchwandern musste, lugte wie ein Wall aus gefrorener Finsternis auf mich herab. Aber als ich durch die Häuserreihen von Diessen stapfte, vergaß ich die Last aus Furcht vor den Hunden, die mich alsbald zu umkläffen begannen und, kaum dass sie meine Zaghaftigkeit merkten, frech wurden und sogar nach meinen Beinen mit gebleckten Zähnen losfuhren. Lange schaute ich mich vergeblich nach Hilfe vor den Kötern um, die sich offenbar an dem nächtlichen Wanderer dafür rächen wollten, dass man sie in die Hundekälte hinausgesperrt hatte. Endlich rückte der Nachtwächter an und barg das Studentlein im Lichtkreis seiner Laterne. Aber er wurde mir zum Versucher. »Büble, wenn d' willst, weck' ich beim Schlosswirt – um ein Stempele (grobfüßiges Glas) Schnaps … bleib über Nacht! Ich tät meinem Feind nicht raten durch den Wald. Es könnt' allerlei passieren, es sind jetzt die bösen Nächt!«, mahnte er mich. Aber ich hatte ein

Heimweh in mir, das stärker war als alle Furcht. Ich machte mich von dem Brummenden los und griff tapfer das Sträßchen an, das sich gegen Ende des Dorfes steil in die Höhe hob. Ich schnaubte und schwitzte wie die Rosse eines Lastwagens. Die Bergstraße heizte mir mitten in der Nacht besser ein als ein guter Kachelofen. Rechts oben reckte das wuchtige Schloss, das denen von der Leyen gehörte, seine runden Ecktürme aus kahlen Eschen. Aber all seine Fenster glotzten dunkel. Niemand wohnte in dem halb verfallenen Gebäude als Fledermäuse und Dohlen und ein uraltes Weiblein mit einer Geiß. Ich hatte mich oft in den öden Räumen herumgetrieben und sogar bei Tage ihre Schauer verspürt. Aber jetzt stand ich vor der finsteren Wand des Waldes, durch den nur ein schmales Fußweglein führte. Die jungen Fichten umwölbten den Pfad so, dass er zur Sommerzeit ein wunderbarer Schattenweg wurde, aber jetzt schien ihn ein wahrhaftiges Tor von Nacht und Finsternis zu verriegeln. Ich setzte meine Bürde nochmals nieder und verschüttelte die schmerzenden Arme. Ich schaute zweifelvoll zurück ins milchig nebelnde Tal, aber nein – umkehren, unten im Wirtshaus anklopfen – nein! Ich hätte mich geschämt. Ein Kinderreim ging durch meinen Kopf: »Macht auf das Tor, macht auf das Tor, es kommt ein goldner Wagen!« Von meinem Husten war eine Elster oder ein Häher aufgeschreckt. Der

Vogel krächzte boshaft, schimpfend, weckte andere, die ihm mit Schimpfen recht gaben. Aber ich packte meine Habseligkeiten und stieß das Tor der Finsternis auf, es führte wieder zu Nacht und Finsternis. Vorsichtig ertastete ich den Weg, der ganz mit Wurzeln überflochten war. Ich streifte an borstige Fichtenzweige, die den Schnee über mich schüttelten. Aber allmählich merkte ich, dass die Richtung des gewundenen Wegleins nicht unten, sondern oben zwischen den Ästen zu suchen sei, wo hie und da ein bisschen Himmel blinkte. So drängte ich voran, alle Kraft zusammensuchend, schweißgebadet, voll stiller Furcht. Denn aus dem Walde kamen Stimmen wie von verwunschenen, umgehenden Geistern. Käuzchen und Uhus waren wach, rauschten im Geäst oder tauchten wie lautlos schwebende Schatten aus der Finsternis. Ich schritt mitten in der Ewigkeit und konnte mir gar nicht mehr vorstellen, dass dies alles ein Ende nehme. Meine große Sehnsucht nach der Heimat war in mir nur noch wie das Leben in der winterlichen Wurzel, es zog sich in die Tiefe zurück, aber wartete da in aller Zähigkeit darauf, die Blume der Freude doch noch in die Winternacht treiben zu können. Und jetzt ging es wieder sacht abwärts. Der Wald verzettelte sich in Gebüsch und Gestäude. Aber hier gab es tiefe Rinnsale mit ganz knappen, von Glatteis überzogenen Bretterstegen. Ich musste sogar auf Händen und Knien hinüberrutschen.

Doch schon winkte auf der Höhe zur Linken der massige Turm unseres Friedhofs aus den Tannen, und dann lag die Schneedecke der Wiesen blank vor mir. Ich konnte schon den Giebel unseres Hofes erkennen, gerade dort, wo oben ein großer Stern blinkte, ein lichter Finger, der mir mit neckischer Anmut mein Ziel wies. Ich freute mich wie einer der Könige aus dem Morgenlande. Auf schmal ausgetretenem Steig kam ich an die Pfarrhecke, kam an den Zaun unseres Gartens. Ich hatte ein Gefühl, als liege die Unterwelt hinter mir und als sähe ich zum ersten Mal die weite Himmelskuppe über mir. Warum merkt mich unser Zamper nicht? Ah, die Mutter hat ihn vor der Kälte in der Stube geborgen! Ich rief zur Schlafkammer hinauf, warf einen mühsam gedrehten Schneeball meinen Rufen nach. Der Hund bellte erst wütend, erkannte mich aber und heulte und raste vor Freude.

Dann öffnete mir der Vater; ich hörte die Mutter staunen und klagen, und all die Geschwister standen auf und rumpelten die Stiege herab: der Gottlieb, die Sefa, der Kasimir, die Anna und die Kätter. Und sie wunderten und freuten sich um die Wette.

Ich war der Held! Ei, um die Mitternacht und so aufgepackt mutterseelenallein sich durch den Wald, durch die Kälte wagen! Was hätte geschehen können! Meine Hände zitterten. Es war mir ein wenig schwach vor Müdigkeit und Hunger; aber alles vergoldete die Freude – nein, die große Freude kam noch nicht, ich war zu schwach und aß wie betäubt die rasch gekochte Milchsuppe. Die große Freude kam am Morgen, als ich aufwachte und nach einer Weile der Besinnung erkannte: daheim! Als ich merkte, dass ich durch das Klirren der Fensterscheiben erwacht war, vom rüstigen Schritt und von dem Hüsteln meiner Mutter – lauter Sphärenklänge für mich. Ach, dieses Klirren, dieser Schritt, dieses liebe Hüsteln, diese holdesten Morgenglocken all meiner Kindheitstage! Wie wonnig drang es mir ins Herz! Es warf mich förmlich in die Höhe. Wie ein Krampf durchzuckte mich das Entzücken. Von Neuem fasste mich das Heimweh, und die Mutter war doch nur durch eine einzige Türe getrennt. Ich sprang auf und im Hemd zu ihr hinaus.

Und dann – ja, dann hub die große Christbescherung an. Wir bekamen damals noch keine Geschenke, sogar das bescheidene Bäumchen mit vergoldeten Nüssen bedeutete eine Neuerung.

Aber war nicht das ganze Haus eine einzige strahlende Christbescherung, der behagliche Kachelofen, an dem Zamper und die alte Katze sich in friedsamer Wohligkeit nebeneinander reckten, während hinter der schön verzierten, gusseisernen Platte die Stockwurzeln krachten! Die Pfeife meines Vaters, die bläuliche, mir wonnesam duftende Wölkchen in den Himmel dieser Stube schweben ließ, in deren Tischwinkel bereits die Krippe aufgerichtet war! Freilich, an diesem Spielwerk fand ich noch keinen Geschmack, auf mich warteten ganz andere Krippenherrlichkeiten. Mit einem Gefühl, als sei ich einer der Hirten, die nach Bethlehem berufen wurden, stieß ich die Türe zum Rossstall auf. Da standen die braunen Pferde und malmten Gsott (Häcksel) und Hafer, und hinter einem Bretterverschlag tummelte sich mein Liebling herum, das rote Fohlen mit der weißen Blesse (Stirnfleck). Wie war es gewachsen, wie stark und wild war es geworden! Ich streichelte die warmen seidigen Nüstern. Es schnappte übermütig nach mir, warf den Kopf, stieg, schlug aus und zeigte die ganze Pracht und Geschmeidigkeit seiner jungen Glieder. Nachdem ich dieses Wiedersehen ausgekostet hatte, lief ich in den anderen Stall, wo in zwei Reihen die Jungrinder und Kühe standen. Oh, ich hatte diese Tiere nicht weniger vermisst als die Menschen und genoss nun mit Urbehagen die lebendige Dämmerung des Stalles, ja, sogar die behagliche Gleichgültigkeit, mit der die Kühe meinen Besuch aufnahmen und sich das Streicheln meiner Hand gefallen ließen. Nach vielem Hin und Her, Fragen und Erzählen schmiegte ich mich in das goldene Stroh und lauschte wie ehedem auf das Geklingel der aus vollen Eutern unter den melkenden Händen der Schwestern strömenden Milch. In der Molligkeit dieses Nestes merkte ich wieder, dass ich noch unausgeschlafen und müde war. Ich nickte ein wenig. Wie von weiter Ferne hörte ich den Gesang der Schwestern. »Es kam die gnadenvolle Nacht«; dann war es mir, als stapfe ich aufs Neue als ein Heim- und Herbergsucher durch die Nacht. Aber schon erwachte ich, sah mich wieder daheim, und als läge das göttliche Kind neben mir auf dem Stroh, sang ich das Ende des Liedes wonnesam mit: »Und Friede, Freude, Seligkeit herrscht auf der Erde weit und breit.«

Peter Rosegger

In der Christnacht

In unserer Stube, an der mit grauem Lehm übertünchten Ofenmauer, stand jahraus, jahrein ein Schemel aus Eichenholz. Er war immer glatt und rein gescheuert, denn er wurde, wie die anderen Stubengeräte, jeden Samstag mit feinem Bachsande und einem Strohwisch abgerieben. In der Zeit des Frühlings, des Sommers und des Herbstes stand dieser Schemel leer und einsam in seinem Winkel, nur an jedem Tag zur Abendzeit zog ihn die Ahne etwas weiter hervor, kniete auf denselben hin und verrichtete ihr Abendgebet. Auch an den Samstagen, wenn der Vater am Tisch die Feierabendandacht vorbetete, kniete die Ahne auf dem Schemel.

Als aber der Spätherbst kam mit den langen Abenden, an welchen die Knechte in der Stube aus Kienscheiten Leuchtspäne schnitzten und die Mägde sowie auch meine Mutter und Ahne Wolle und Flachs spannen, und als die Adventszeit kam, in welcher an solchen Span- und Spinnabenden alte Märchen erzählt und geistliche Lieder gesungen wurden, da saß ich beständig auf dem Schemel am Ofen.

Ich hörte von da aus den Geschichten und Gesängen zu, und wenn solche schauerlich wurden und sich meine kleine Seele aufzuregen und zu fürchten begann, rückte ich den Schemel näher zu der Mutter und begann mich ängstlich an ihr Kleid zu halten, und ich konnte gar nicht mehr begreifen, wie die anderen über mich oder über ihre schrecklichen Geschichten noch zu lachen vermochten. Zuletzt, als es zum Schlafengehen kam und mir die Mutter mein Ladbettchen hervorzog, wollte ich schon gar nicht mehr allein in das Bett gehen, und es musste die Ahne neben mir liegen, bis die fürchterlichen Bilder in mir vergingen und ich endlich einschlief.

Aber die langen Adventnächte waren bei uns immer sehr kurz. Bald nach zwei Uhr begann es im Hause unruhig zu werden. Oben auf dem Dachboden hörte man die Knechte, wie sie sich ankleideten und umhergingen, und in der Küche brachen die Mägde Späne ab und schürten am Herde. Dann gingen sie alle auf die Tenne zum Dreschen.

Auch die Mutter war aufgestanden und hatte in der Stube Licht gemacht; bald darauf erhob sich der Vater, und sie zogen Kleider an, die nicht ganz für den Werktag und auch nicht ganz für den Feiertag waren. Dann sprach die Mutter zur Ahne, die im Bett lag, einige Worte, und wenn ich, erweckt durch die Unruhe, auch was sagte, so gab sie mir zur Antwort: »Sei du nur schön still und schlaf!« –

Dann zündeten meine Eltern eine Laterne an, löschten das Licht in der Stube aus und gingen aus dem Hause. Ich hörte noch die äußere Türe gehen, und ich sah an den Fenstern den Lichtschimmer vorüberflimmern, und ich hörte das Ächzen der Tritte im Schnee, und ich hörte noch das Rasseln des Kettenhundes. – Dann wurde es wieder ruhig, nur war das dumpfe, gleichmäßige Pochen der Drescher zu vernehmen, dann schlief ich wieder ein.

Der Vater und die Mutter gingen in die mehrere Stunden entfernte Pfarrkirche zur Rorate. Ich träumte ihnen nach, ich hörte die Kirchenglocken, ich hörte den Ton der Orgel und das Adventlied: Maria, sei gegrüßet, du lichter Morgenstern! Und ich sah die Lichter am Hochaltare, und die Engelein, die über demselben standen, breiteten ihre goldenen Flügel aus und flogen in der Kirche umher, und einer, der mit der Posaune über dem Predigtstuhl stand, zog hinaus in die Heiden und in die Wälder und blies es durch die ganze Welt, dass die Ankunft des Heilandes nahe sei.

Als ich erwachte, strahlte die Sonne schon lange zu den Fenstern herein, und draußen glitzerte der Schnee, und die Mutter ging wieder in der Stube umher und war in Werktagskleidern und tat häusliche Arbeiten. Das Bett der Ahne neben dem meinigen war auch schon geschichtet, und die Ahne kam nun von der Küche herein und half mir die

Höschen anziehen und wusch mein Gesicht mit kaltem Wasser, dass ich aus Empfindsamkeit zugleich weinte und lachte. Als dieses geschehen war, kniete ich auf meinen Schemel hin und betete mit der Ahne den Morgensegen:

In Gottes Namen aufstehen,
Gegen Gott gehen,
Gegen Gott treten,
Zum himmlischen Vater beten,
Dass er uns verleih
Lieb Engelein drei:
Der erste, der uns weist,
Der zweite, der uns speist,
Der dritte, der uns behüt' und bewahrt,
Dass uns an Leib und Seel' nichts widerfahrt.

Nach dieser Andacht erhielt ich meine Morgensuppe, und nach derselben kam die Ahne mit einem Kübel Rüben, die wir nun zusammen zu schälen hatten. Ich saß dabei auf meinem Schemel. Aber bei dem Schälen der Rüben konnte ich die Ahne nie vollkommen befriedigen; ich schnitt stets eine zu dicke Schale, ließ sie aber stellenweise doch wieder ganz auf der Rübe. Wenn ich mich dabei gar in den Finger schnitt und gleich zu weinen begann, so sagte die Ahne immer sehr unwirsch: »Mit dir ist's wohl ein rechtes Kreuz, man soll dich frei hinauswerfen in den Schnee!« Dabei verband sie mir die Wunde mit unsäglicher Sorgfalt und Liebe.

So vergingen die Tage des Advents, und ich und die Ahne sprachen immer häufiger und häufiger von dem Weihnachtsfeste und von dem Christkinde, das nun bald kommen werde.

Je mehr wir dem Feste nahten, umso unruhiger wurde es im Hause. Die Knechte trieben das Vieh aus dem Stalle und gaben frische Streu hinein und stellten die Barren und Krippen zurecht; der Halterbub striegelte die Ochsen, dass sie ein glattes Aussehen bekamen; der Futterbub mischte mehr Heu in das Stroh als gewöhnlich und bereitete davon einen ganzen Stoß in der Futterkammer. Die Kuhmagd tat das Gleiche. Das Dreschen hatte schon einige Tage früher aufgehört, weil man durch den Lärm die nahen Feiertage zu entheiligen glaubte.

Im ganzen Haus wurde gewaschen und gescheuert, selbst in die Stube kamen die Mägde mit ihren Wasserkübeln und Strohwischen und Besen hinein. Ich freute mich immer sehr auf dieses Waschen, weil ich es gern hatte, wie alles drunter- und drübergekehrt wurde, und weil die Heiligenbilder im Tischwinkel, die braune Schwarzwälderuhr mit ihrer Metallschelle und andere Dinge, die ich sonst immer nur von der Höhe zu sehen bekam, herabgenommen und mir näher gebracht wurden, sodass ich alles viel genauer betrachten konnte. Freilich war nicht erlaubt, dergleichen Dinge anzurühren, weil ich noch zu ungeschickt und unbesonnen dafür wäre und die Gegenstände leicht beschädigen könne. Aber es gab doch Augenblicke, da man im eifrigen Waschen und Reiben nicht auf mich achtete.

In einem solchen Augenblicke kletterte ich einmal über den Schemel auf die Bank und von der Bank auf den Tisch, der aus seiner gewöhnlichen Stellung gerückt war und auf dem die Schwarzwälderuhr lag. Ich machte mich an die Uhr, von der die Gewichte über den Tisch hingen, sah durch ein offenes Seitentürchen in das messingene, sehr bestaubte Räderwerk hinein, tupfte einige Male an die kleinen Blätter des Windrädchens und legte die Finger endlich selbst an das Rädchen, ob es denn nicht gehe; aber es ging nicht. Zuletzt rückte ich auch ein wenig an einem Holzstäbchen, und als ich das tat, begann es im Werk fürchterlich zu rasseln. Einige Räder gingen langsam, andere schneller, und das Windrädchen flog, dass man es kaum sehen konnte. Ich war unbeschreiblich erschrocken, ich kollerte vom Tisch über Bank und Schemel auf den nassen, schmutzigen Boden hinab; da fasste mich schon die Mutter am Röcklein. Das Rasseln in der Uhr wollte gar nicht aufhören, und zuletzt nahm mich die Mutter mit beiden Händen und trug mich in das Vorhaus und schob mich durch die Tür hinaus in den Schnee und schlug die Türe hinter mir zu. Ich stand wie vernichtet da, ich hörte von innen noch das Greinen der Mutter, die ich sehr beleidigt haben musste, und ich hörte das Scheuern und Lachen der Mägde und noch immer das Rasseln der Uhr.

Als ich eine Weile dagestanden und geschluchzt hatte und als gar niemand gekommen war, der Mitleid mit mir gehabt hätte, ging ich nach dem Pfade, der in den Schnee getreten war, über den Hausanger und über das Feld dem Walde zu. Ich wusste nicht, wohin ich wollte, dachte auch nicht weiter daran. Aber ich war noch nicht zu dem Walde gekommen, als ich hinter mir ein grelles Pfeifen hörte. Das war das Pfeifen der Ahne. »Wo willst du denn hin, du dummes Kind«, rief sie, »wart, wenn du so im Wald herumlaufen willst, so wird dich schon die Mooswaberl abfangen, wart nur!«

Auf dieses Wort kehrte ich augenblicklich um gegen das Haus, denn die Mooswaberl fürchtete ich sehr.

Ich ging aber immer noch nicht hinein, ich blieb im Hofe stehen, wo der Vater und zwei Knechte gerade ein Schwein aus dem Stalle zogen, um es abzustechen. Über das ohrenzerreißende Schreien des Tieres und über das Blut, das ich nun sah und das eine Magd in einen Topf auffing, vergaß ich das Vorgefallene, und als der Vater im Vorhaus das Schwein abhäutete, stand ich schon wieder dabei und hielt die Zipfel der Haut, die er mit einem großen Messer von dem speckigen Fleisch immer mehr und mehr lostrennte. Als später die Eingeweide herausgenommen waren und die Mutter Wasser in das Becken goss, sagte sie zu mir: »Geh weg da, sonst wirst du ganz angespritzt!«

Aus diesen Worten entnahm ich, dass die Mutter mit mir wieder versöhnt sei, und nun war alles gut, und als ich in die Stube kam, um mich zu erwärmen, stand da alles an seinem gewöhnlichen Platz. Boden und Wände waren noch feucht, aber rein gescheuert, und die Schwarzwälderuhr hing wieder an der Wand und tickte. Und sie tickte viel lauter und heller durch die neu hergestellte Stube als früher.

Endlich nahm das Waschen und Reiben und Glätten ein Ende, im Hause wurde es ruhiger, fast still, und der Heilige Abend war da. Das Mittagsmahl am Heiligen Abend wurde nicht in der Stube eingenommen, sondern in der Küche, wo man das Nudelbrett als Tisch eignete und sich um dasselbe herumsetzte und das einfache Fastengericht still, aber mit gehobener Stimmung verzehrte.

Der Tisch in der Stube war mit einem schneeweißen Tuche bedeckt, und vor dem Tische stand mein Schemel, auf welchen sich zum Abend, als die Dämmerung einbrach, die Ahne hinkniete und still betete.

Mägde gingen leise durch das Haus und bereiteten ihre Festtagskleider vor, und die Mutter tat in einen großen Topf Fleischstücke, goss Wasser daran und stellte ihn zum Herdfeuer. Ich schlich in der Stube auf den Zehenspitzen herum und hörte nichts als das lustige Prasseln des Feuers in der Küche. Ich blickte auf meine Sonntagshöschen und auf das Jöpperl und auf das schwarze Filzhütlein, das schon an einem Nagel der Wand hing, und dann blickte ich durch das Fenster in die hereinbrechende Dunkelheit hinaus. Wenn kein ungünstiges Wetter eintrat, so durfte ich in der Nacht mit dem Großknecht in die Kirche gehen. Und das Wetter war ruhig, und es würde auch, wie der Vater sagte, nicht allzu kalt werden, weil auf den Bergen Nebel liege.

Unmittelbar vor dem »Rauchengehen«, in welchem Haus und Hof nach alter Sitte mit Weihwasser und Weihrauch besegnet wird, hatten der Vater und die Mutter einen kleinen Streit. Die Mooswaberl war da gewesen, hatte glückselige Feiertage gewünscht, und die Mutter hatte ihr für den Festtag ein Stück Fleisch geschenkt. Darüber war der Vater etwas ungehalten; er war sonst ein Freund der Armen und gab ihnen nicht selten mehr, als unsere Verhältnisse es erlauben wollten, aber der Mooswaberl sollte man seiner Meinung nach kein Almosen reichen. Die Mooswaberl war ein Weib, das gar nicht in die Gegend gehörte, das unbefugt in den Wäldern umherstrich, Moos und Wurzeln sammelte, in halb verfallenen Köhlerhütten Feuer machte und schlief. Daneben zog sie bettelnd zu den Bauernhöfen, wollte Moos verkaufen, und da sie keine Geschäfte machte, verfluchte sie das Leben. Kinder, die sie ansah, fürchteten sich entsetzlich vor ihr, und viele wurden krank; Kühen tat sie an, dass sie rote Milch gaben.

Wer ihr eine Wohltat erwies, den verfolgte sie einige Minuten und sagte ihm: »Tausend und tausend Vergeltsgott bis in den Himmel hinauf.«

Wer sie aber verspottete oder beleidigte, zu dem sagte sie: »Ich bete dich hinab in die unterste Hölle!«

Die Mooswaberl kam oft zu unserem Hause und saß gern vor demselben auf dem grünen Rasen oder auf dem Querbrett der Zaunstiegel, trotz des heftigen Bellens und Rasselns unseres Kettenhundes, der sich gegen dieses Weib besonders unbändig zeigte. Aber die Mooswaberl saß so lange vor dem Hause, bis die Mutter ihr eine Schale Milch oder ein Stück Brot oder beides hinaustrug. Meine Mutter hatte es gern, wenn das Weib sie durch ein tausendfaches Vergeltsgott bis in den Himmel hinauf wünschte. Der Vater legte dem Wunsch dieser Person keinen Wert bei, war er ein Segensspruch oder ein Fluch.

Als man draußen im Dorf vor Jahren das Schulhaus baute, war dieses Weib mit dem Manne in die Gegend gekommen und hatte bei dem Baue mitgeholfen, bis er bei einer Steinsprengung getötet wurde. Seit dieser Zeit arbeitete sie nicht mehr und zog auch nicht fort, sondern trieb sich herum, ohne dass man wusste, was sie tat und was sie wollte. Zum Arbeiten war sie nicht mehr zu bringen; sie schien geisteskrank zu sein.

Der Richter hatte die Mooswaberl schon mehrmals aus der Gemeinde gewiesen, aber sie war immer wieder zurückgekommen. »Sie würde nicht immer zurückgekommen sein«, sagte mein Vater, »wenn sie in dieser Gegend nicht gebettelt bekäme. So wird sie hier verbleiben, und wenn sie alt und krank ist, müssen wir sie auch pflegen; das ist ein Kreuz, welches wir uns selbst an den Hals gebunden haben.«

Die Mutter sagte nichts zu solchen Worten, sondern gab der Mooswaberl, wenn sie kam, immer das gewohnte Almosen, und heute noch etwas mehr, zu Ehren des hohen Festes.

Darum also war der kleine Streit zwischen Vater und Mutter gewesen, der aber alsogleich verstummte, als zwei Knechte mit dem Rauch- und Weihwassergefäß in das Haus kamen.

Nach dem Rauchen stellte der Vater ein Kerzenlicht auf den Tisch, Späne durften heute nur in der Küche gebrannt werden. Das Nachtmahl wurde schon wieder in der Stube eingenommen. Der Großknecht erzählte während desselben Weihnachtsgeschichten.

Nach dem Abendmahl sang die Mutter ein Hirtenlied. So wonnevoll ich sonst diesen Liedern lauschte, aber heute dachte ich nur immer an den Kirchgang und wollte durchaus schon das Sonntagskleidchen anziehen. Man sagte, es sei noch später Zeit dazu, aber endlich gab die Ahne meinem Drängen doch nach und zog mich an. Der Stallknecht kleidete sich sehr sorgsam in seinen Festtagsstaat, weil er nach dem Mitternachtsgottesdienst nicht nach Hause gehen, sondern im Dorfe den Morgen abwarten wollte. Gegen neun Uhr waren auch die anderen Knechte und Mägde bereit und zündeten am Kerzenlicht eine Spanlunte an. Ich hielt mich an den Großknecht, und meine Eltern und meine Großmutter, welche daheim blieben, um das Haus zu hüten, besprengten mich mit Weihwasser und sagten, dass ich nicht fallen und erfrieren möge.

Dann gingen wir.

Es war sehr finster, und die Lunte, welche der Stallknecht vorantrug, warf ihr rotes Licht in einer großen Scheibe auf den Schnee und auf den Zaun und auf die Sträucher und Bäume, an denen wir vorüberkamen. Mir kam dieses rote Leuchten, das zudem noch durch die großen Schatten unserer Körper unterbrochen war, grauenhaft vor, und ich hielt mich sehr ängstlich an den Großknecht, sodass dieser einmal sagte: »Aber hörst, meine Joppe musst du mir lassen, was tät' ich denn, wenn du mir sie abrissest?«

Der Pfad war eine Zeit lang sehr schmal, sodass wir hintereinander gehen mussten, wobei ich nur froh war, dass ich nicht der Letzte war, denn ich bildete mir ein, dass dieser unbekannten Gefahren ausgesetzt sein müsse.

Eine schneidende Luft ging, und die glimmenden Splitter der Lunte flogen weithin, und selbst als sie auf die harte Schneekruste niederfielen, glimmten sie noch eine Weile fort.

Wir waren bisher über Blößen und durch Gesträuche und Wälder abwärtsgegangen; jetzt kamen wir zu einem Bache, den ich sehr gut kannte, er floss durch die Wiese, auf welcher wir im Sommer das Heu machten. Im Sommer rauschte dieser Bach schön, aber heute hörte man nichts, weil er überfroren war. Auch an einer Mühle kamen wir vorüber, an welcher ich heftig erschrak, weil einige Funken auf das Dach flogen; aber auf dem Dache lag Schnee, und die Funken erloschen. Endlich verließen wir den Bach, und der Weg führte aufwärts durch Wald, in welchem der Schnee seicht lag, aber auch keine feste Kruste hatte.

Dann kamen wir zu einer breiten Straße, wo wir nebeneinandergehen konnten und wo wir dann und wann ein Schlittengeschelle hörten. Dem Stallknecht war die Lunte bereits bis zu der Hand herabgebrannt, und er zündete eine neue an, die er vorrätig hatte. Auf der Straße sah man jetzt auch andere Lichter, große rote Fackeln, die heranloderten, als schwämmen sie allein in der schwarzen Luft, und hinter denen nach und nach ein Gesicht und mehrere Gesichter auftauchten, von Kirchengehern, die sich nun auch zu uns gesellten. Und wir sahen Lichter von anderen Bergen und Höhen, die noch so weit entfernt waren, dass wir nicht erkennen konnten, ob sie standen oder sich bewegten.

So gingen wir weiter. Der Schnee knirschte unter unseren Füßen, und wo ihn der Wind weggetragen hatte, da war der schwarze nackte Boden so hart, dass unsere Schuhe an ihm klangen. Die Leute sprachen und lachten viel, aber mir war, als sei das in der heiligen Christnacht nicht recht; ich dachte nur immer an die Kirche und wie das sein werde, wenn mitten in der Nacht Musik und ein Hochamt ist.

Als wir eine lange Weile auf der Straße fortgegangen und an einzelnen Bäumen und an Häusern vorüber und dann wieder über Felder und durch Wald gekommen waren, hörte ich auf den Baumwipfeln plötzlich ein Klingen. Als ich horchen wollte, hörte ich es nicht, bald aber wieder und deutlicher als das erste Mal. Es war der Ton des kleinen Glöckleins vom Turme der Kirche. Die Lichter, die wir auf den Bergen und im Tale sahen, wurden immer häufiger, und alle schwammen der Kirche zu. Auch die ruhigen Sterne der Laternen schwebten heran, und auf der Straße wurde es immer lebhafter. Das kleine

Glöcklein wurde durch ein größeres abgelöst, und das läutete so lange, bis wir fast nahe der Kirche kamen. – Also war es doch wahr, wie die Ahne gesagt hatte: Um Mitternacht fangen die Glocken zu läuten an und läuten so lange, bis aus fernen Tälern der letzte Bewohner der Hütten zur Kirche kommt.

Die Kirche steht auf einem mit Birken und Schwarztannen bewachsenen Berglein, und um sie liegt der kleine Friedhof, welcher mit einer niederen Mauer umgeben ist. Die wenigen Häuser stehen im Tale.

Als die Leute an die Kirche gekommen waren, steckten sie ihre Lunten umgekehrt in den Schnee, dass sie erloschen, nur eine wurde zwischen zwei Steine der Friedhofsmauer geklemmt und brennen gelassen.

Jetzt klang auf dem Turme in langsamem, gleichmäßigem Wiegen schon die große Glocke. Aus den schmalen, hohen Kirchenfenstern fiel heller Schein. Ich wollte in die Kirche, aber der Großknecht sagte, es habe noch Zeit, und er blieb stehen und sprach und lachte mit anderen Burschen und stopfte sich eine Pfeife.

Endlich klangen alle Glocken zusammen, in der Kirche begann die Orgel zu tönen, und nun gingen wir hinein.

Das sah ganz anders aus als an den Sonntagen. Die Lichter, die auf dem Altare brannten, waren hellweiße funkelnde Sterne, und der vergoldete Tabernakel strahlte herrlich zurück. Die Lampe des ewigen Lichtes war rot. Der obere Raum der Kirche war so dunkel, dass man die schönen Verzierungen des Schiffes kaum sehen konnte. Die dunkeln Gestalten der Menschen saßen in den Stühlen oder standen neben denselben; die Weiber waren sehr in Tücher eingeschlagen und husteten. Viele hatten Kerzen vor sich brennen und sangen aus ihren Büchern mit, als auf dem Chore das Tedeum ertönte. Der Großknecht führte mich durch die zwei Reihen der Stühle gegen einen Nebenaltar, wo schon mehrere Leute standen. Dort hob er mich auf einen Schemel zu einem Glaskasten empor, der, von drei Kerzen beleuchtet, zwischen zwei aufgesteckten Tannenwipfeln stand und den ich früher, wenn ich mit den Eltern in die Kirche kam, nie gesehen hatte. Als mich der Großknecht auf den Schemel gehoben hatte, sagte er mir leise ins Ohr: »So, jetzt kannst das Krippel anschauen.« Dann ließ er mich stehen, und ich schaute durch das Glas. Da kam ein Weiblein zu mir herbei und sagte leise: »Ja, Kind, wenn du das anschauen willst, so muss dir's auch jemand auslegen.« Und sie erklärte mir die Dinge, die im Kasten waren.

Außer der Mutter Maria, die über den Kopf ein blaues Tuch geschlagen hatte, das bis zu den Füßen hinabhing, waren alle Gestalten so gekleidet wie ältere Bauern. Der heilige Josef selbst trug grüne Strümpfe und eine lederne Kniehose. Und in der Krippe lag das nackte Kindlein.

Als das Tedeum zu Ende war, kam der Großknecht wieder, hob mich von dem Schemel, und wir setzten uns in einen Stuhl. Dann ging der Kirchenmann herum und zündete alle Kerzen an, die in der Kirche waren, und jeder Mensch, auch der Großknecht, zog nun ein Kerzlein aus dem Sack und zündete es an und klebte es vor sich auf die Bank. Jetzt war es so hell in der Kirche, dass man auch die Verzierungen an der Decke schön sehen konnte.

Auf dem Chore stimmte man Geigen und Trompeten und Pauken, und als an der Sakristeitür das Glöcklein und der Pfarrer in strahlendem Messkleide, begleitet von Ministranten und rot bemäntelten Windlichtträgern, über den purpurnen Fußteppich zum Altare ging, da rauschte die Orgel in ihrem ganzen Vollklang, da wirbelten die Pauken und schmetterten die Trompeten.

Weihrauch stieg auf und hüllte den ganzen lichtstrahlenden Hochaltar in einen Schleier. – So begann das Hochamt, und so strahlte und tönte und klang es um Mitternacht. Beim Offertorium waren alle Instrumente still, nur zwei helle Stimmen sangen ein liebliches Hirtenlied, und während des Benediktus jodelten eine Klarinette und zwei Flügelhörner langsam und leise den Wiegengesang.

Während des letzten Evangeliums hörte man auf dem Chore den Kuckuck und die Nachtigall wie mitten im sonnigen Frühling.

Tief nahm ich sie auf in meine Seele, die wunderbare Heiligkeit der Christnacht, aber ich jauchzte nicht vor Entzücken, ich blieb ernst, ruhig und fühlte die Weihe.

Und während die Musik tönte, dachte ich an Vater und Mutter und Großmutter daheim. Die knien jetzt um den Tisch bei dem einzigen Kerzenlichtlein und beten, oder sie schlafen, und es ist finster in der Stube, und nur die Uhr geht, und es liegt tiefe Ruhe über den waldigen Bergen, und die Christnacht ist ausgebreitet über die ganze Welt.

Als das Amt seinem Ende nahte, erloschen nach und nach die Kerzlein in den Stühlen, und der Kirchenmann ging wieder herum und dämpfte mit seinem langgestielten Blechkäppchen an den Wänden und Bildern und Altären, und es duftete das Wachs der ausgelöschten Lichter. Die am Hochaltare brannten noch, als auf dem Chore der letzte freudenreiche Festmarsch erscholl und sich die Leute aus der Kirche drängten.

Als wir in das Freie kamen, war es trotz des dichten Nebels, der sich von den Bergen niedergesenkt hatte, nicht mehr ganz so finster wie vor Mitternacht. Es musste der Mond aufgegangen sein; man zündete keine Fackeln mehr an. Es schlug ein Uhr, aber der Schulmeister läutete schon die Avemariaglocke zum Christmorgen. Ich warf noch einen Blick auf die Kirchenfenster; aller Festglanz war erloschen, ich sah nur mehr den matten Schimmer des ewigen Lichtes.

Als ich mich dann wieder an den Rock des Großknechtes halten wollte, war dieser nicht mehr da, einige fremde Leute waren um mich, die miteinander sprachen und sich sofort auf den Heimweg machten. Mein Begleiter musste schon voraus sein; ich eilte ihm nach, lief schnell an mehreren Leuten vorüber, auf dass ich ihn bald einhole. Ich lief, sosehr es meine kleinen Füße konnten, ich kam durch den finsteren Wald, und ich kam über Felder, über welche scharfer Wind blies, sodass ich, so warm mir sonst war, von Nase und Ohren fast nichts mehr wahrnahm. Die Leute, die früher noch auf der Straße gegangen waren, verloren sich nach und nach, und ich war allein, und den Großknecht hatte ich noch immer nicht erreicht. Ich dachte, dass er auch hinter mir sein könne, und beschloss, geradewegs nach Hause zu eilen. Auf der Straße lagen hier und da schwarze Punkte, Kohlen der Spanfackeln, welche die Leute auf dem Kirchwege abgeschüttelt hatten. Die Gesträuche und Bäumchen, die neben dem Wege standen und unheimlich aus dem Nebel emportauchten, beschloss ich gar nicht anzusehen, aber ich sah sie doch an, wendete meine Augen nach allen Seiten, ob nicht irgendwo ein Gespenst auf mich zukomme.

Nun war ich zum Pfad gekommen, der mich von der Straße abwärts durch den Wald und in das jenseitige Tal führen sollte. Ich bog ab und eilte unter den langästigen Bäumen dahin. Die Wipfel rauschten, und dann und wann fiel ein Schneeklumpen neben mir nieder. Stellenweise war es auch so finster, dass ich kaum die Stämme sah, wenn ich nicht an dieselben stieß, und dass ich den Pfad verlor. Letzteres war mir ziemlich gleichgültig, denn der Schnee war sehr seicht, auch war anfangs der Boden hübsch glatt, aber allmählich begann er steil und steiler zu werden, und unter dem Schnee war viel Gestrüpp und hohes Heidekraut. Die Baumstämme standen nicht mehr so regelmäßig, sondern zerstreut, manche schief hängend, manche mit aufgerissenen Wurzeln an anderen lehnend, manche mit wild und wirr aufragenden Ästen auf dem Boden liegend. Das hatte ich nicht gesehen, als wir aufwärtsgingen. Ich konnte oft kaum weiter, ich musste mich durch das Gesträuche und Geäste durchwinden. Oft brach der Schnee ein, die Besen des Heidekrautes reichten mir bis zur Brust heran. Ich sah ein, dass der rechte Weg verloren war, aber wär' ich nur erst im Tale und bei dem Bache, dann ginge ich diesem entlang aufwärts, und da müsste ich endlich doch zur Mühle und zu unserer Wiese kommen.

Schneeschollen fielen mir in das Rocksäcklein, Schnee legte sich an die Höschen und Strümpfe, und das Wasser rann mir in die Schuhe hinab. Zuerst war ich durch das Klettern über das Gefälle und das Winden durch das Gesträuche müde geworden, aber nun war auch die Müdigkeit verschwunden; ich achtete nicht den Schnee, und ich achtete nicht das Gesträuche, das mir oft rau über das Gesicht fuhr, sondern ich eilte weiter. Fiel ich zu Boden, so raffte ich mich schnell auf. Auch alle Gespensterfurcht war weg; ich dachte an nichts als an das Tal und an unser Haus. Ich wusste nicht, wie lange ich mich so durch die Wildnis fortwand, aber ich fühlte mich flink, die Angst trieb mich vorwärts.

Plötzlich stand ich vor einem Abgrund. In dem Abgrunde lag grauer Nebel, aus welchem einzelne Baumwipfel emportauchten. Um mich hatte sich der Wald gelichtet, über mir war es heiter, und am Himmel stand der Halbmond. Mir gegenüber und weiter im Hintergrunde waren fremde, kegelförmige Berge. Unten in der Tiefe musste das Tal mit der Mühle sein; mir war, als hörte ich das Tosen des Baches, aber das war das Windrauschen in den jenseitigen Wäldern. Ich ging nach rechts und links und suchte einen Fußsteig, der mich abwärts führte, und ich fand eine Stelle, an welcher ich mich über Gerölle, das vom Schnee befreit dalag, und durch Wacholdergesträuche hinablassen zu können vermeinte. Das gelang mir auch eine Strecke, doch noch zu rechter Zeit hielt ich mich an eine Wurzel, fast wäre ich über eine senkrechte Wand gestürzt. Nun konnte ich nicht mehr vorwärts. Ich ließ mich aus Mattigkeit zu Boden. In der Tiefe lag der Nebel mit den schwarzen Baumwipfeln. Außer dem Rauschen des Windes in den Wäldern hörte ich nichts. Ich wusste nicht, wo ich war. – Wenn jetzt ein Reh käme, ich würde es fragen nach dem Weg, in der Christnacht reden ja Tiere menschliche Sprache!

Ich erhob mich, um wieder aufwärtszuklettern; ich machte das Gerölle locker und kam nicht vorwärts. Mich schmerzten Hände und Füße. Nun stand ich still und rief, so laut ich konnte, nach dem Großknecht. Meine Stimme fiel von den Wäldern und Wänden lang gezogen und undeutlich zurück.

Dann hörte ich wieder nichts als das Rauschen.

Der Frost schnitt mir in die Glieder.

Nochmals rief ich mit aller Macht den Namen des Großknechtes. Nichts als der lang gezogene Widerhall. Nun überkam mich eine große Angst. Ich rief schnell hintereinander meine Eltern, meine Ahne, alle Knechte und Mägde unseres Hauses. Dann begann ich kläglich zu weinen.

Mein Körper warf einen langen Schatten schräg abwärts über das Gestein. Ich ging an der Wand hin und her, ich betete zum heiligen Christkind, dass es mich erlöse.

Der Mond stand hoch am dunkeln Himmel.

Endlich konnte ich nicht mehr weinen und beten, auch mich kaum mehr bewegen, ich kauerte zitternd an einem Stein und dachte: Nun will ich schlafen, das ist alles nur ein Traum, und wenn ich erwache, bin ich daheim oder im Himmel.

Da hörte ich ein Knistern über mir im Wacholdergesträuche, und bald darauf fühlte ich, wie mich etwas berührte und emporhob. Ich wollte schreien, aber ich konnte nicht, die Stimme war wie eingefroren. Aus Angst hielt ich die Augen fest geschlossen. Auch Hände und Füße waren mir wie gelähmt, ich konnte sie nicht bewegen. Mir kam vor, als ob sich das ganze Gebirge mit mir wiegte. –

Als ich zu mir kam und erwachte, war noch Nacht, aber ich hockte an der Tür meines Vaterhauses, und der Kettenhund bellte heftig. Eine Gestalt hatte mich auf den festgetretenen Schnee gleiten lassen, pochte dann mit dem Ellbogen gewaltig an die Tür und eilte davon. Ich hatte diese Gestalt erkannt – es war die Mooswaberl gewesen.

Die Tür ging auf, und die Ahne stürzte mit den Worten auf mich zu: »Jesus Christus, da ist er ja!« Sie trug mich in die warme Stube, aber von dieser schnell wieder zurück in das Vorhaus; dort setzte sie mich auf einen Trog, eilte dann hinaus vor die Tür und machte durchdringliche Pfiffe.

Sie war ganz allein zu Hause. Als der Großknecht

von der Kirche zurückgekommen war und mich daheim nicht gefunden hatte, und als auch die anderen Leute kamen und ich bei keinem war, gingen sie alle hinab in den Wald und in das Tal und jenseits hinauf zur Straße und nach allen Richtungen. Selbst die Mutter war mitgegangen und hatte überall, wo sie ging und stand, meinen Namen gerufen.

Nachdem die Ahne glaubte, dass es mir nicht mehr schädlich sein konnte, trug sie mich wieder in die warme Stube, und als sie mir die Schuhe und Strümpfe auszog, waren diese ganz zusammen- und fast an den Fuß gefroren. Hierauf eilte sie nochmals in das Freie und machte wieder ein paar Pfiffe und brachte dann einen Kübel Schnee herein und stellte mich mit bloßen Füßen in diesen Schnee. Als ich in dem Schnee stand, war in den Zehen ein so heftiger Schmerz, dass ich stöhnte, aber die Ahne sagte: »Das ist schon gut, wenn du Schmerz hast, dann sind die Füße nicht erfroren.«

Bald darauf strahlte die Morgenröte durch das Fenster, und nun kamen nach und nach die Leute nach Hause, zuletzt aber der Vater, und zuallerletzt, als schon die rote Sonnenscheibe über der Wechselalpe aufging und als die Ahne unzählige Male gepfiffen hatte, kam die Mutter. Sie ging an mein Bettlein, in welches ich gebracht worden war und an welchem der Vater saß. Sie war ganz heiser.

Sie sagte, dass ich nun schlafen solle, und verdeckte das Fenster mit einem Tuche, auf dass mir die Sonne nicht in das Gesicht scheine. Aber der Vater meinte, ich solle noch nicht schlafen, er wolle wissen, wie ich mich von dem Knechte entfernt, ohne dass er es merkte, und wo ich herumgelaufen sei. Ich erzählte, wie ich den Pfad verloren hatte, wie ich in die Wildnis kam, und als ich von dem Monde und von den schwarzen Wäldern und von dem Windrauschen und von dem Felsenabgrund erzählte, da sagte der Vater halblaut zu meiner Mutter: »Weib, sagen wir Gott Lob und Dank, dass er da ist, er ist auf der Trollwand gewesen!«

Nach diesen Worten gab mir die Mutter einen Kuss auf die Wange, wie sie nur selten tat, und dann hielt sie ihre Schürze vor das Gesicht und ging davon.

»Ja, du Donnersbub, und wie bist denn heimkommen?«, fragte mich der Vater. Darauf meine Antwort, dass ich das nicht wisse, dass ich nach langem Schlafen und Wiegen auf einmal vor der Haustüre gewesen und dass die Mooswaberl neben mir gestanden sei. Der Vater fragte mich noch einmal über diesen Umstand, ich antwortete dasselbe. Nun sagte der Vater, dass er in die Kirche zum Hochgottesdienst gehe, weil heute Christtag sei, und dass ich schlafen solle.

Ich musste darauf viele Stunden geschlafen haben, denn als ich erwachte, war draußen Dämmerung, und in der Stube war es fast finster. Neben meinem

Bett saß die Ahne und nickte, von der Küche herein hörte ich das Prasseln des Herdfeuers.

Später, als die Leute beim Abendmahle saßen, war auch die Mooswaberl am Tisch.

Auf dem Kirchhofe, über dem Grabhügel ihres Mannes war sie während des Vormittagsgottesdienstes gekauert, da war nach dem Hochamte mein Vater zu ihr hingetreten und hatte sie mit in unser Haus genommen.

Über die nächtliche Begebenheit brachte man nicht mehr von ihr heraus, als dass sie im Walde das Christkind gesucht habe; dann ging sie einmal zu meinem Bette und sah mich an, und ich fürchtete mich vor ihren Blicken.

In dem hinteren Geschosse unseres Hauses war eine Kammer, in welcher nur altes, unbrauchbares Geräte und viel Spinnengewebe war.

Diese Kammer ließ mein Vater der Mooswaberl zur Wohnung und stellte ihr einen Ofen und ein Bett und einen Tisch hinein.

Und sie blieb bei uns. Oft strich sie noch in den Wäldern umher und brachte Moose heim, dann ging sie wieder hinaus zur Kirche und saß auf dem Grabhügel ihres Mannes, von dem sie nicht mehr fortzuziehen vermochte in ihre ferne Gegend, in der sie wohl auch einsam und heimatlos gewesen wäre wie überall. Über ihre Verhältnisse war nichts Näheres zu erfahren, wir vermuteten, dass das

Weib einst glücklich gewesen sein müsse und dass der Schmerz über den Verlust des Gatten ihr den Verstand geraubt habe.

Wir gewannen sie alle lieb, weil sie ruhig und mit allem zufrieden lebte und niemandem das geringste Leid zufügte. Nur der Kettenhund wollte sie immer noch nicht sichern, der bellte und zerrte überaus heftig an der Kette, sooft sie über den Anger ging. Aber das war anders von dem Tier gemeint; als einmal die Kette riss, stürzte der Hund auf die Mooswaberl zu, sprang ihr winselnd an die Brust und leckte ihr die Wangen.

Da kam einmal in den Spätherbsttagen, an welchen die Mooswaberl fast ununterbrochen auf dem Grabhügel saß, eine Zeit, in welcher unser Kettenhund, statt lustig zu bellen, stundenlang heulte, sodass meine Ahne, die indes schon mühselig geworden war, sagte: »Schau, jetzt wird in unserer Gegend herum bald einmal wer sterben, weil der Hund gar so heent (jammert, jault); tröst ihn Gott!«

Und nach kurzer Zeit wurde die Mooswaberl krank, und als die Winterzeit gekommen war, starb sie.

In ihren letzten Augenblicken hielt sie noch meinen Vater und meine Mutter an der Hand und sprach die Worte: »Vergelt's euch Gott zu tausend- und zu tausendmal, bis in den Himmel hinauf!«

Angelika Overath
Engadiner Weihnacht

1. Dezember

Es schneit. Schnee wie Stille. Schnee wie Auslöschen. Keine Berge mehr. Schnee des Verschwindens. Schnee fällt wie Flimmern. Dahinter Helle. Milchig, warm.

Dann hört der Schnee auf. Es wird klar und die leichten Wolken schwimmen im hellen Blau wie ein Aquarell. Die Leichtigkeit der Landschaft. Das Wort »Zeitraum«.

Meine Angehörigen sind auf Romanisch: *ils meis* (*da chasa*).

2. Dezember

Trockene Kälte. Der schneebedeckte Gipfel des Piz Pisoc färbt sich im Morgenlicht zu einem goldenen Rosa. Die Lischanagruppe mit San Jon, Lischana, Piz Ajüz liegen noch im Schatten. Der Triazzagletscher dahinter ein dunkles Leuchten.

Der Himmel ganz flach, helles Manganblau. Mit dem Neuschnee sind die Bergdohlen gekommen. Sie kreuzen über den Dächern, als müssten sie sich erst noch orientieren. Winterschwalben. Wegen des Schnees war gestern die Straße ins Oberengadin gesperrt.

Am Abend, gegen 17 Uhr, ein helles Licht im Osten, ich denke erst, es brennt. Dann geht eine riesige Scheibe langsam auf. Sie ist ganz nah. Ein Mond aus kaltem planem Gold. Ein großer Gong.

5. Dezember

Plätzchenbacken mit den Nachbarskindern. Urezza, die Klassenkameradin von Matthias, und ihre zwei jüngeren Brüder Clot Curdin und Fila sind da; dann kommt Esther Krättli aus Chur mit den zwei Töchtern, Anna und Mia. Wir machen Ausstecherle. In Eierbechern rühren wir Puderzucker mit Lebensmittelfarbe und verschiedenen Backaromen an. Zitrone, Orange, Rum, Vanille, Bittermandelöl. Rot, blau, gelb, grün, orange. Es gibt auch aufgelöste flüssige Schokolade zum Anmalen. Die Kinder stecken die Pinsel in die Farbe, in die Schokolade. Sie malen, sie lecken die Pinsel ab. Auf den Blechen wachsen Gesellschaften von Sternen, Fischen, Herzen, Lilien, es gibt auch Füchse und Katzen, Steinböcke und Monde.

Vor vielen Jahren, als wir noch Feriengäste in Guarda waren, kamen wir nach einer Wanderung einmal durch Sent. Ich sah ein kleines Mädchen und ihren noch jüngeren Bruder, die am Brunnen mit selbst gebastelten Schiffchen aus Holz, aus Rinden spielten. Eine Großmutter passte auf die beiden auf. Wir gingen vorbei, und ich dachte, wie schön es diese Kinder haben.

Jetzt sitzt das Mädchen, etwas größer geworden, mit ihrem Bruder bei uns am Tisch. Und sie hat noch einen kleineren Bruder. Ich kenne ihre Namen: Urezza, Clot Curdin, Fila. Und ihre Großmutter Uorschla ist meine Nachbarin.

Während unseres ersten Sommers in der neuen Ferienwohnung war Matthias auf einmal verschwunden. Ich fand ihn bei Uorschla, wo er mit deren Enkeln selbstverständlich in der Küche saß und Marmeladenbrot aß.

Esther legt eine CD mit Originallesungen von romanischen Dichtern auf den Tisch zwischen das Mehl und die Ausstecherle. Sie hat im Radioarchiv gesucht und die Stimmen zusammengestellt. Es ist auch eine Aufnahme von Luisa Famos dabei.

Vers saira
Cur sunasoncha
Rebomba tras cumün
Tuot dvainta nouv

Am Abend
Wenn die Glocken
durch das Dorf widerklingen
wird alles neu

Auf einmal fragt Esther: Wie gut können die Kinder hier Deutsch? Gestern hat mich Matthias beim Comiclesen gefragt: Wie heißen die kleinen weißen Stücke, nicht Schnee, das andere? Er hatte das Wort »Hagel« gelesen, dachte aber, es sei falsch geschrieben. Ich bestätigte »Hagel«. Matthias schreibt besser Romanisch als Deutsch.

6. Dezember

Heute weißes Weiß. Kein anderer Himmel als gedecktes Weiß. Die Berge schraffiert grau, der Kirchturm grau.

Kurz nach unserem Umzug brachte Matthias eine Schulkameradin mit, ein Mädchen mit blauen Augen und braunen Locken. Das Kind betrat unsere Wohnung und sah sich um. Langsam sah es über die hohen Wände mit den sehr vielen Büchern, und ich sah, dass es vielleicht noch nie so viele Bücher auf einmal gesehen hat.

Aber das Mädchen sah, dass ich das sah.

Da drehte es sich zu mir um, schlug die großen Augen auf und sagte: Und mein Vater hat zweihundert Schafe!

11. Dezember

Heimfahrt nach Sent. Regen in Luzern, Regen in Thalwil, ab Sargans Schnee. Mir gegenüber sitzt eine schmale Frau in einem grauen Hosenanzug, die jetzt ihre silbernen Wildlederpumps von den Füßen streift und sie gegen feste schwarze Winterschuhe mit Profilsohle tauscht. Häufig wechseln Frauen, die aus dem Unterland kommen, im Zug ihre Schuhe.

Ich trage nur noch Wanderschuhe oder unauffällig schwarze Laufschuhe. Ich mag schöne Schuhe, besonders Absatzschuhe, gerne, aber im Dorf mit seinen Kopfsteinpflastern wären sie nur albern. Manchmal stecke ich welche für eine Lesereise ein, aber auch nicht mehr immer. In Sent sehen wir alle ziemlich gleich aus. Pullover, Fleece-Jacken, Hosen, Anoraks, Funktionskleidung. Die Jungen sind ein wenig bunter als die Generation der Eltern und

Großeltern. Einkaufen in Sent oder Scuol ist eine Sache von wenigen Minuten. Die Geschäfte sind solide und überschaubar, Einheimische bekommen meist 10 Prozent.

Aus Luzern bringe ich Matthias eine Hose und Ski-Handschuhe von Jack Wolfskin mit. Uns beiden gefällt die Werbezeile: »Draußen zu Hause«. Er wird sich freuen; er findet es gut, wenn seine Mutter ihm von einer Reise etwas mitbringt. Aber er geht auch mit Handschuhen aus dem Coop, die ein Zehntel kosten, Ski fahren.

14. Dezember

Ein Morgen aus Glas. Selbst die Berge scheinen durchsichtig. Der Reif auf dem Balkon, der Schnee auf den Dächern, eine fragile, schwach bläuliche Helle.

Die hohe Spitze des Kirchturms: eine Stimmgabel in den Himmel gehalten. Für ein wie oft gestrichenes Fis?

Es ist kurz vor 11 Uhr morgens. Und ganz still. Wie vor einem Klirren.

Nach meinem Romanischunterricht sagt Manfred zu mir: Du willst die Sprache gar nicht lernen. Ich sage nichts. Ich denke: Stimmt. Ich will sie geschenkt bekommen. Wie eine Muttersprache.

Oder: Ich will mit ihr infiziert werden wie mit einer Krankheit. (Krankheit und Sprache.) Mein erster Impuls, das Rätoromanische zu lernen, kam über das Lesen von Gedichten. Weil Gedichte das Idiom der Muttersprache sind.

15. Dezember

Kühe im Schnee. Sie stehen. Sie sind nicht in Bewegung wie Kühe auf einer Wiese. Es gibt nichts zu malmen. Also stehen sie. Im Schnee. Weil sie Biokühe sind. Sie müssen eine bestimmte Stundenzahl im Freien verbringen. Sie haben nichts zu tun. Morgens werfen sie einen Schatten wie Kühe. Abends werfen sie Schatten wie Zelte. Schwarze Zelte im Schnee. Eine Nomadensiedlung korrekter Kühe.

17. Dezember

Immer noch sehr kalt. Gestern kam Brigitte, eine entfernte Nachbarin, die ich kaum kenne. Sie trug einen großen Stern aus Eis im Arm. Sie war ganz dick angezogen, wollene Fingerhandschuhe. So, wie sie den Stern trug, musste er schwer sein. Man müsse den Stern im Raum etwas auftauen lassen, sagte sie und setzte ihn langsam auf den Boden. Dann könne man ihn draußen hinstellen, er friere an. Wenn man ein Licht dahinterstelle, leuchte er. Als der Hund bellte und ich ihn auf den Balkon schicken wollte, habe ich den Stern umgeworfen. Zwei Zacken brachen ab. Wir haben versucht, ihn zu reparieren; aber die Eisstücke froren nicht mehr zusammen.

Am Abend kam Brigitte mit der Metallform. Wir haben sie vor die Haustür gelegt, auf Plastik. Dann den gebrochenen Stern in die Form gelegt. Die Plastikplane mit Schnur an der Seite hochgebunden. Mit der Gießkanne heißes Wasser draufgegossen. Heißes Wasser friert schneller, sagte sie und: Ich bin der Sternendoktor.

Heute Morgen liegt der Stern da, gefroren. Ich soll ihn in die Wohnung nehmen, hat sie gesagt, er würde da, wo das Metall ist, schneller tauen, man würde ihn dann aus der Form lösen können. Ich trau mich nicht recht. Ich habe Angst vor dem Stern. Angst, er könnte nochmals brechen. Er ist schön. Ich hätte ihn sehr gerne an der Tür stehen. Mit einem Licht dahinter.

Hundegang. Die Berge Richtung Oberengadin dunkeln samtig ein, vor einem noch blauen Himmel, der sich rötet. Das Spiel von Rot, Orange. Das Blau wird durchlässig für die warmen Farben. Chiffon, Seide, Glas. Immer wieder Glas. Eis. Frau Sternendoktor sagte auch, dass sie Luftballons mit Wasser fülle, und wenn dann die äußere Schale gefroren sei, kippe sie das Wasser im Innern aus. Das gebe unglaubliche Eiskugeln voller Kristalle. Es sei eine Sucht, sagt sie. Man könne schon kaum mehr auf der Treppe vor ihrem Haus hinuntergehen, alles sei voller Sterne und Kugeln aus Eis.

Matthias lernt in der Schule romanische Weihnachtslieder. »Oh du fröhliche« ist hier »*O bainvgnü Nadal!*«, Willkommen, Weihnachten!

Heute Abend in der Grotta da cultura die Probe für das jährliche Singen der romanischen Weihnachtslieder an den Senter Brunnen. Ich singe Sopran, weil es nur zwei Frauen gibt, die Sopran singen können. Ich hätte es vermutlich auch sein lassen sollen. Aber die andern sind tolerant. Wir sind nur zu elft. Vor allem die Senter Lehrer sind gekommen. Ich kenne alle vom Sehen, aber ich weiß nur wenige Namen. Brigitte ist auch dabei. Und die Frau des englischen Bergführers, die aussieht wie Geraldine Chaplin und fünf Kinder hat. Bei der Probe seien nie alle da, sagt Gianna Bettina, die die Probe leitet. Am Sonntag an den Brunnen seien wir sicher doppelt so viele. Gianna Bettina hat auch eine Flötengruppe, bei der sicher 10 Frauen aus Sent mitspielen. In der Schule unterrichtet sie die sogenannte Kleinklasse, das ist ein Stützunterricht für Kinder, denen das Lernen schwerfällt. Nach der Probe trinken wir Tee und reden noch ein wenig. Das heißt, ich höre zu; die anderen reden Romanisch. Auf einmal fragt Andri Gritti, Gianna Bettinas Mann und Lehrer für die höheren Klassen, ob ich das Choralbuch auswendig lerne. Er lacht; er will mich in das Gespräch einbeziehen. Ich hatte im Choralbuch geblättert und war gerade auf die romanische Übersetzung von Matthias Claudius »Abendlied« gestoßen. Seite 41, sage ich, »Der Mond ist aufgegangen«. Es sei ein sehr schönes Lied. Alle schlagen die Seite auf. Sie sagen, wir kennen das Lied nicht, wir singen es nie. Jetzt lesen sie es. Ein junger Lehrer lacht: »*Il god es nair e tascha*«! Er schüttelt ungläubig den Kopf: Der Wald ist schwarz und schweigt. Vielleicht ist es schlecht übersetzt, sagt jemand und möchte mich retten mit meiner Begeisterung für das Lied. Andere nicken. Sie schlagen den Übersetzer nach: Gion Gaudenz. Ein bekannter Geistlicher, Dichter aus Scuol. Für keinen der gerade noch Singenden scheint »Der Wald ist schwarz und schweigt« plausibel zu sein. Ich kann nicht sagen, wie man es schöner übersetzen könnte. Das Deutsche »Der Wald steht schwarz und schweiget« ist besser, aber ich glaube, im Unterengadin ist der Wald eben nicht schwarz, und er schweigt auch nicht. Das ist kein Übersetzungsproblem. Es geht um einen Erfahrungsraum. Manchmal ist es still im Wald. Aber die Lärchen schweigen nicht, die Fichten, die Föhren, die Arven. Sie schwirren, summen. Und die Lärchen sind grün und dann golden. Der Wald im Unterengadin ist licht.

Hundegang nach der Probe: Ich musste die Skihose anziehen, es hat wohl gegen 25 Grad unter null. Sternenhimmel wie eine Handvoll Gries. Lichtbahnen von Wolken, unerklärlich. Beim Umkehren liegen die Lichter des Dorfs da wie eine Weihnachtsouvertüre. »Postkarte«, denke ich. Und dann denke ich, dass ich »Postkarte« denke.

Ich hatte mich am Nachmittag doch getraut, den Stern aus der Form zu nehmen. Ich hatte ihn im Zimmer etwas antauen lassen, dann ging es ganz einfach. Es stimmt: Da, wo das Metall auf das Eis trifft, schmilzt das Eis schneller (weil sich das Metall schneller erwärmt als das Eis). Man kann rütteln und dann löst sich der Stern. Nun steht er draußen vor der Tür, ein großer Stern. Ich habe eine Kerze hinter ihm angezündet. Ein dicker Stern aus Eis, der leuchtet. Das Licht fällt auf den Schnee der Straße.

18. Dezember

14.05 Uhr, die Totenglocke läutet, es ist ein langes, langes, dünnes Geläut, das dann in langsamen, fast schleppenden Schlägen endet. Die Totenglocke läutet zweimal. Ein erstes Mal, wenn bekannt wird, dass ein Mensch aus Sent gestorben ist. Ein zweites Mal vor der Beerdigung, deren Termin an der Anschlagtafel der Gemeinde beim Dorfplatz notiert ist. Die Totenglocke beginnt zu läuten, wenn der Zug der Trauernden von der Kirche Richtung Friedhof losgeht. Der Sarg steht in einem an den Seiten offenen, schwarz lackierten Holzwagen, den ein Pferd zieht. Oben auf dem Wagen liegen die Kränze, die Blumen. Das Pferd wird geführt. Der Zug bewegt sich langsam durch das Dorf; es sind immer ältere Menschen dabei. Wenn alle den Friedhof erreicht haben, ruft der Pfarrer über das Handy den Küster an, der die Totenglocke wieder abstellt.

Draußen immer noch sehr kalt. Es ist sonnig, manchmal ziehen einzelne Schleierwolken vorbei. Schwarze Vögel (größer als die Bergdohlen, scheint mir) kommen auf die Holzbrüstung des Balkons. Matthias hat ihnen Körner gestreut. Jetzt hocken sie nebeneinander wie wissende Statisten. Die Schnäbel waagerecht, die Augen zielgerichtet auf die Scheibe, die sie von uns trennt.

19. Dezember

Skifahren. Schwerelosigkeit im Schwung. Aus einem Bergschatten herausfahren ins Licht. Pures Licht. Helle aus Weißglut.

Mit dem Schnee ändern sich die Farben. Wenn alles weiß ist, wird das Auge sehr farbempfindlich. Schneeschatten, bläulich, grau, rosa, pfirsich. Mit der Dauer des Weiß nehmen die bunten Schatten zu.

18.45 Uhr, tiefe Nacht. Ich gehe durch die Gasse. Vor den Holztüren flackern Kerzen. Mondsichel. Ich trage: Unterwäsche, darüber ein Funktionsunterhemd und zwei Wollpullover, wobei der zweite aus dicker Wolle ist mit einem Kragen, den man hoch zuknöpfen und übers Kinn ziehen kann. Darüber einen Snowboarder-Anorak. Skihandschuhe (Fäustlinge) und darunter noch Fingerhandschuhe. Und trotzdem: Wenn man beim Laufen die Hände nicht bewusst bewegt, werden die Fingerspitzen kalt. Das Geräusch des Schnees unter den Tritten ist ein quietschendes Knirschen. Sonst Stille. Ich gehe den Weg über den Friedhof, die Lichter hören auf. Schneenacht. Der Hund wälzt sich im aufpudernden Weiß. Beim Rückweg die Weihnachtsbeleuchtung des Dorfes. Sterne aus Glühbirnen, Glühgirlanden. Beim Schreiner ein springendes Reh aus elektrischem Licht. Flutlicht auf dem Fußballplatz, der nun als Eisbahn dient. Drei erste Hockeyspieler.

20. Dezember

Die ersten Wintergäste sind im Dorf. Fremde Gesichter und fremde vertraute Gesichter. Sie kommen jedes Jahr. Man würde nach ihnen fragen, wenn sie nicht wieder auftauchten. Auch im Bad in Scuol, fremde und vertraute Nacktheit.

Als wir das erste Mal nach Scuol kamen, gab es das Bogn Engiadina, die Bäderanlage mit Trinkhalle, Gesundheits- und Sportzentrum, noch nicht. Heute ist das Bogn Engiadina neben der Gondel, die direkt ins Skigebiet Motta Naluns führt, die Hauptattraktion von Scuol. Als Scuol noch Schuls hieß, kamen russische Prinzessinnen in diese Gegend, französische Grafen, Schriftsteller, Exzentriker. Sie logierten in einem der großen Kurhotels in Schuls, Tarasp, Vulpera und tranken das Wasser aus den Mineralquellen. Sie kamen auch ins Val Sinestra, wo damals Europas einzige Arsenquelle genutzt wurde. (Heute fließt die Quelle in den Fluss.) Mit dem Ersten Weltkrieg hörte das gehobene Kurleben auf. Und nach dem Zweiten Weltkrieg begann eine populärere Reisezeit.

21. Dezember

Gleich wird es dunkel. 16.45 Uhr: Der Mond steht über dem S-charltal, hellmetallischer Himmel, die Berge sind ganz nah. Das Licht ändert sich innerhalb weniger Minuten. 17 Uhr, noch blaues Dunkel. Der Mond ist über den Piz Pisoc gewandert. Die Berge jetzt glänzend grau. Wolkenkino.

Wir singen. Am Dorfplatz, am Brunnen Curdin, am Brunnen bei der Plazzetta, an unserem Brunnen Bügl Süt, am Brunnen Schigliana, am Brunnen Stron, dann vor der Kirche. Wir sind sicher 50 Sänger, Einheimische und Gäste. Gianna Bettina dirigiert. In dieser Nacht scheint sie nur aus vielen langen Armen zu bestehen. Sie gibt die Töne, die Einsätze. Es ist kalt. Nach dem letzten Gloria sagt ein Bass hinter mir zu seinem Nebensänger: *Quai d'eira fich bun*. Das sei doch jetzt richtig gut gewesen. Hinterher gibt es Glühwein in der Grotta, aber ich gehe nicht mit. Ich würde lieber mitgehen als nach Hause. Aber ich möchte nicht deutsch sprechen, und romanisch sprechen kann ich nicht.

23. Dezember

Es ist wärmer geworden. Weihnachtsföhn, sagt Ida, als ich mich nach dem Klavierspielen von ihr verabschiede. Der Luftbefeuchter neben dem Flügel haucht, die Fische schwimmen über den Bildschirmschoner. Ich nehme meinen Pullover von der Stuhllehne. Der Weihnachtsföhn in Sent sei sprichwörtlich. Dann korrigiert sie mich. Ich solle nicht »*Bellas festas*« sagen, Schöne Feiertage, sondern »*Bunas festas*«, gute Feiertage. »*Bellas festas*« sei ein Germanismus. Und an Silvester: »*Bun di, bun on*«, guten Tag, gutes Jahr.

Das Romanische ist ein Sprachschild des Dorfes. Eine feine, subversive Grenze gegen die Touristen, aber auch gegen die Zuwanderer. Es ist wie im Märchen. Du musst das Wort kennen, wenn du den Felsen öffnen willst.

Manfred brät Wiener Schnitzel. Die großen Kinder sind gekommen. Vor zwei Tagen Silvia, sie war schon zweimal Ski fahren. Gestern Andreas. Die Kinder essen unglaublich. Der Kleine ist in den Brunnen gefallen; seine nassen Sachen liegen im Flur. Silvia hat ihn in die Badewanne gesteckt. Viel Schaum, er spielt, hat ganz rote Backen.

24. Dezember

Heute Morgen gehen die Senter Kinder ohne Schulranzen in die Schule. Sie proben für das Singen am Abend in der Kirche.

Im Föhn ist der Stern gebrochen. Auf dem Weg in die Kirche regnet es. In den Straßen liegt Schneematsch. Viele Fenster sind mit brennenden Kerzen geschmückt. Ich bin eine Stunde vor Beginn des Weihnachtsfestes alleine vorausgegangen. Ich möchte einen Platz vorne, damit ich die Kinder beim Singen sehen kann. Meine Familie lacht mich deshalb aus. Dabei ist diese Stunde allein in der leeren, sich langsam füllenden Kirche mein Weihnachtsgeschenk. Die Kirche ist offen. Ich setze mich in die dritte Reihe auf die Seite des großen, nach Harz riechenden Baums. Die drei bis vier Meter hohe Fichte ist mit roten Kerzen, roten Kugeln und Strohsternen geschmückt. Der Pfarrer nickt mir zu und stellt weiter Papiersterne, in denen Teelichter flackern, in Winkel und Nischen oder auf Absätze aus Stein.

Ich mag Weihnachten nicht. Und ich bin Manfred sehr dankbar, dass er sich jedes Jahr völlig unkompliziert auf Weihnachten freut. Weihnachten ist Skifahren mit den Kindern und gemeinsames Fondue oder Raclette. Und die Geschenke sind klar: Skipässe, ein neuer Helm, ein neuer Anorak. Ich glaube immer noch nicht recht, dass mir an Weihnachten nichts mehr geschehen kann. Weihnachten, das war eine weinende Mutter, eine von der selbst auferlegten Weihnachtsperfektion (Großputz, Gebäck, Gans, Garderobe) überforderte und müde Mutter, die regelmäßig zusammenbrach. Weihnachten hieß alarmbereit sein. Abfangen, was abzufangen war. Ich, ein größenwahnsinniges Kind. Und dann schenkte der Vater ihr die falsche Kaffeemaschine. Und wieder war nichts mehr zu retten.

Arvengeruch. In Scuol werden jetzt mit Arvenspänen gefüllte Kissen verkauft. Arvengeruch soll beruhigen und den Schlaf fördern. Ich weiß nicht, ob das stimmt, aber ich bin gerne in diesem Kirchenschiff aus Arvenholz und Stein. Keine Gemälde, kein Kreuz. Kein hoher Altar. Höchstens ein einfacher Tisch mit einem weißen Tuch. Ein sehr altes, aus Stein gehauenes Taufbecken. Arvenbänke und eine gemalte Decke aus Blütengirlanden. Sie müssen sich den Himmel als Blumenwiese gedacht haben.

Jugendliche haben angefangen, die Kerzen am Baum zu entzünden. Der Baum ist so hoch, dass sie auf eine Leiter steigen müssen. Sie halten zwei, drei Meter lange Stangen in den Händen, an deren Enden eine brennende Kerze befestigt ist. Es ist nicht einfach, auf die Entfernung mit der kleinen Flamme die noch nicht brennenden Dochte anzustecken. Am ausgestreckten Arm werden die Stangen schwer. Langsam füllt sich die Kirche. Menschen kommen und grüßen, als beträten sie ein Wohnzimmer. Das Fest wird so lange dauern, bis die Kerzen heruntergebrannt sind. Christbaumkerzenuhr. Während die Erwachsenen und die kleinen Kinder des Dorfs in den Bänken sitzen, versammeln sich in den hinteren, versteckten Räumen der Kirche die Schulkinder. Manfred, Silvia, Andreas rutschen zu mir in die Bank. Nun ziehen die gut 90 Kinder der Senter Schule und ihre Lehrer ein und stellen sich im Chor und entlang der Apsis auf. Sie werden klassenweise, auch stufenweise mit ihren Lehrerinnen und Lehrern singen. Die jüngsten Schüler sind sieben; die ältesten 16 Jahre alt. Den 24. Dezember feiert das Dorf gemeinsam. Weihnachtsessen und Geschenke gibt es morgen. »*Propcha ün bel bös-chin*«, sagt neben mir eine alte Frau und nickt. Wirklich ein schöner Weihnachtsbaum. Ich bestätige auf Romanisch. Aber als sie nun ein Gespräch mit mir anfangen möchte, kann ich nicht viel sagen. Und als ich auf Deutsch ausweiche, merke ich, dass sie nicht so viel Deutsch kann, dass sie es sprechen möchte.

Elizabeth von Arnim

Weihnachten in einem bayerischen Dorf

Als ich im taubenblauen Zwielicht des späten Nachmittags aus dem Zug stieg, rannte meine Tochter den Bahnsteig entlang, um mich zu begrüßen; neben ihr rannte ein junger Mann in kurzen Lederhosen, mit nackten Knien. Es wurde schon dunkel und diese Kleidung war mir vertraut, also nahm ich an, es sei ihr Ehemann. Ich begrüßte ihn mit angemessener Begeisterung, nahm seine beiden Hände in meine und rief: »Wie reizend von dir, dass du bei dieser Kälte herausgekommen bist!«

Glücklicherweise küssen mein Schwiegersohn und ich uns nie, aber davon abgesehen war alles sehr herzlich, inklusive des vertrauten Duzens.

Meine Tochter packte mich am Arm. »Das ist der Taxifahrer«, flüsterte sie und unterdrückte ein Kichern.

Der junge Mann, das muss ich sagen, ließ mein Verhalten mit Würde an sich abprallen. Vielleicht dachte er, alle Ausländer verhielten sich bei der Ankunft am Bahnhof so, und die Engländer seien ganz und gar nicht kalt, sondern von glühender Herzenswärme.

Etwas gedämpft ließ ich mich aus dem Bahnhof in eine Welt der Christbäume führen. Vor den meisten Häusern standen elektrisch beleuchtete Tannen, und in der Mitte der breiten Hauptstraße war ein riesiges Exemplar aufgerichtet worden, eine Pyramide von feierlichem Glanz.

Ich fühlte mich, als wäre ich in eine Weihnachtskarte hineinspaziert – glitzernder Schnee, alte Häuser mit steilen Dächern und sogar die komplette Windstille einer Postkarte. Mein letztes deutsches Weihnachtsfest hatte ich 1909 gefeiert, als letztes einer langen Reihe. Es lag schon fast zwanzig Jahre zurück, und seitdem war viel geschehen – umso seltsamer, wie zu Hause ich mich fühlte, wie vertraut mir alles vorkam und wie leicht dies das seinerzeit anstehende Weihnachtsfest von 1910 hätte sein können.

Auf der Schwelle eines kleinen Hauses inmitten verschneiter Felder, umringt von steil emporragenden Bergen, stand mein wahrer Schwiegersohn, um mich willkommen zu heißen. Er war genau gleich gekleidet wie der Taxifahrer, mit kurzen Lederhosen und besticktem Hemd, wie konnte man da von mir erwarten, die beiden auseinanderzuhalten? Diesmal schaute ich ihn mir genau an, bevor ich Wärme in meine Stimme legte. »Wie reizend von dir«, rief ich, als ich mir ganz sicher war, »dass du bei dieser Kälte herausgekommen bist!« Ich weiß nicht viele deutsche Sätze und muss jeden von ihnen mehrfach nutzen.

Außer ihm gab es über der Türschwelle auch viele bezaubernde, für die Hungrigen herrliche Düfte, nach Lebkuchen, Leberwurst, Blaukraut, Gänsebraten, außerdem den ernsthafteren Geruch – ernsthaft, weil er auch Beerdigungen und Grabkapellen umweht – des kerzenbestückten Tannenbaums, der im Wohnzimmer bereitstand.

Es war der Heilige Abend, an dem die Deutschen Weihnachten feiern, und während ich mein Gepäck nach oben brachte, wurden die Kerzen am Baum entzündet, sodass, als ich herunterkam, der gesamte Haushalt, bestehend aus Vater, Mutter, kleiner Tochter, drei Bediensteten mit weißen Häubchen und weißen Handschuhen und zwei Scotchterriern, vor der geschlossenen Tür zum Raum der Mysterien bereitstand und auf mich wartete.

Zu den Klängen von »Stille Nacht, heilige Nacht«, marschierten wir nach Alter sortiert ein, die Jüngste zuerst und die Köchin, nach mir, als Letzte. Seit einiger Zeit scheinen alle jünger zu sein als ich, daher war ich sehr zufrieden mit der Köchin.

Ich wusste genau, was ich im Raum vorfinden würde – hatte ich nicht selbst jahrelang Weihnachtszimmer mit Christbaum und Gabentischen vorbereitet? Da standen die Tische in vertrauter Reihe, einer pro Person, beladen mit Päckchen in buntem Papier und silbernen Schleifen, geschmückt mit Alpenveilchen und Azaleen in Töpfen, und da stand der Baum, mit einer kleinen Krippe davor, in der sich Marzipanschweine um drei Heilige Könige aus Schokolade scharten.

Wir standen im Halbkreis und richteten unsere Blicke fest auf den Baum, anstatt sie zu den Gabentischen schweifen zu lassen, was von schlechten Manieren gezeugt hätte. Und während wir damit beschäftigt waren, zur Begleitung des Grammophons »Stille Nacht« zu singen, fraßen die Scotchterrier, die keinerlei Manieren hatten, unter unseren empörten Blicken sämtliche Marzipanschweine, eines nach dem anderen. Weil es so Brauch war, konnten wir nichts tun, als stramm dazustehen und zu singen. Tradition und Anstand verdammten uns zur Bewegungslosigkeit. Zum Glück wurden nur zwei Verse gesungen, und wir konnten die drei Könige in letzter Sekunde retten, und ich dachte bei mir, dass nur die Deutschen so diszipliniert sein können, scheinbar in heilige Welten versunken, während ihre Herzen wahrscheinlich vor Zorn kochen.

Wegen des Benehmens der Hunde mussten die Gabentische warten. Erst als wir uns mit den Scotties befasst und sie aus dem Raum verbannt hatten, konnten wir unsere Aufmerksamkeit wieder den Weihnachtsfreuden zuwenden. Die Hunde scherten sich keinen Deut darum, dass sie in Ungnade gefallen waren. Tief in ihrem Inneren, sicher verstaut, waren die Marzipanschweine, und ich könnte schwören, dass sie lachten, als sie hinausgeführt wurden.

Etwas gedämpft – schon zum zweiten Mal – fing ich an, meine Geschenke auszupacken, denn es kam mir für mich wie für die Familie traurig vor, dass all diese extra wegen mir erworbenen Schweine weg waren, die noch mindestens fünf weitere Weihnachtsfeste vor sich gehabt hätten. Aber bald hatten wir uns wieder in die richtige Stimmung versetzt. Von allen Tischen ertönten Rufe der Begeisterung und Freude. Von allen Tischen rannten Menschen weg, um andere dankbar zu umarmen oder ihnen dankbar die Hand zu küssen. Selbst die Köchin und ich, die *Doyennes* der Party, hätten uns beinahe umarmt. Zum Glück musste sie sich bald in die Küche zurückziehen, um letzte Hand an die Gans zu legen, sonst wären wie uns vielleicht auch in den Armen gelegen.

Durch zerrissenes Papier und silberne Bänder wateten wir zum Abendessen, tranken, hielten Ansprachen und waren fröhlich. Nach dem Essen wateten wir wieder zurück, etwas weniger fröhlich, und nachdem wir Baumkuchen gegessen und Glühwein getrunken hatten, waren wir fast gar nicht mehr fröhlich, weil wir alle gern schlafen gegangen wären, das aber aufgrund von Tradition und Anstand nicht durften.

»Ich kann mir nicht vorstellen«, sagte ich und schüttelte die Benommenheit ab, die mich allmählich befiel, »dass dieses Deutschland irgendwie anders ist als das, das ich kannte.«

»Aber das ist es –«, begann meine Tochter, wurde aber sofort von ihrem Mann mit einem schnellen »Vorsicht!« unterbrochen, weil eines der Dienstmädchen hereinkam.

Jetzt war ich wieder vollkommen wach. Vorsicht? Wovor?

Zum dritten Mal etwas gedämpft ließ ich mich in meinen Pelzmantel packen und zur Mitternachtsmesse fahren. Eine strahlende Nacht, voller Frieden und Schönheit. Die Glocken der alten Kirche auf dem Hügel läuteten, und Ströme dunkler Figuren – *Ströme*, bemerkte ich erstaunt – flossen in frommer Stille zu ihr hinauf. Unten auf der Straße strahlte der riesige Christbaum. Auf dem Friedhof brannten auf allen Gräbern kleine Lichter und erhellten ihn mit Symbolen liebevoller Erinnerung. Und in der Kirche, so dicht gepackt, dass wir kaum durchkamen, stand eine so fromme Menschenmenge, so konzentriert andächtig, so versunken in die Schönheit des (erneuten) Singens von »Stille Nacht«, dass ich, die ich in der *Times* gelesen hatte, was mit den

Kirchen in Deutschland geschah, meinen Augen kaum traute.

»Aber –«, begann ich, während ich mich am Arm meines Schwiegersohns festhielt.

»Vorsicht!«, flüsterte er sofort und packte meine Hand.

Vorsicht. Schon wieder. Musste man von nun an immer vorsichtig sein? Und was hatte ich überhaupt gesagt außer »Aber«?

Leta Semadeni

Are You Lonesome Tonight?

Durch den Spalt zwischen den Vorhängen sickert das Licht der Straßenlampe und fällt auf das Gesicht der Großmutter, das aussieht, als sei sie daraus entwischt.

Man hört von draußen das Muhen einer Kuh.

Der Wind tobt im frischen Schnee herum, die Welt ist wie verwandelt. Auch drinnen ist alles anders.

Am Morgen, als das Kind mit roten Augen und dem Geruch von Schnee in der Nase erwacht war, hatte die Großmutter gesagt:

Wenn man sich vor der Einsamkeit nicht mehr fürchtet, dann ist man frei.

Es versucht schon den ganzen Tag zu verstehen, was das Wort bedeutet: Einsamkeit. Die Großmutter meinte, die Einsamkeit habe etwas zu tun mit der Faust, die ständig in seinen Magen boxt und es manchmal nicht schlafen lässt.

Während das Kind mit der Einkaufstasche auf der Türschwelle zum Wohnzimmer steht und darauf wartet, dass die Großmutter wieder in ihr Gesicht zurückkehrt und etwas sagt, ist auf dem äußeren Fenstersims eine Dohle gelandet und pickt am Fenstersims herum. Die Großmutter klopft mit den Fingerknöcheln zurück, die Dohle fliegt weg, die Großmutter dreht sich um und ist wieder ganz die Großmutter.

Komisch, sagt sie, dass die Kühe muhen, das Muhen kommt so fremd und mühsam aus ihren Mäulern.

Zusammen gehen sie in die Küche. Die Großmutter packt den fremden Vogel aus, den sie schon vor Wochen, wie jedes Jahr, beim Metzger bestellt hat und den das Kind gerade aus dem Dorf gebracht hat.

Man sieht es sofort: Er ist zu groß für zwei Personen. Der Großvater hat sich vor einem Jahr ganz plötzlich *aus dem Staub gemacht, dieser Feigling,* wie die Großmutter sagt, Kasimir und seine Frau können dieses Jahr nicht dabei sein. Und die Eltern, sie haben es im Dorf nicht mehr ausgehalten und sind weggezogen. Geblieben sind nur sie beide, die alte Frau und das Kind. Und Chan, der Hund.

Darum hat die Großmutter noch Elsa aus dem gelben Haus eingeladen, die ihr manchmal im Garten oder bei den Hausarbeiten hilft. An solchen Abenden sollte man nicht allein sein.

Punkt sieben läutet es an der Tür. Elsa schreitet als Engel im Pelz über die Schwelle. Sie hat sich Engelshaar in ihre grauen Zöpfe geflochten und die Zöpfe mit Büroklammern am Kopf festgemacht. Das Kind fürchtet sich ein bisschen vor der Elsa, aber die Großmutter findet sie erfrischend.

Bei den meisten Leuten weiß man schon im Voraus, was sie zu sagen haben, sagt sie, es ist eine langweilige Wiederholung, was sie von sich geben, es ist, als würde man sich dasselbe hundert Mal ansehen oder anhören, stinklangweilig ist das, wogegen die Elsa voller Überraschungen steckt. Sie ist erfrischend, sagt die Großmutter, sie ist ein gutes Kind, man muss ihr nur zuhören. Elsa kann die verschiedensten Dinge und Gedanken zusammenlegen und sie zu einem ordentlichen Paket verschnüren.

Als Überraschung hat Elsa heute Elvis mitgebracht. Er hat natürlich wieder seinen blöden Tarnanzug an, den weißen mit den glitzernden Pailletten, weil Weihnachten ist, sagt Elsa, und weil an Weihnachten überall alles glitzert und glänzt. Auch die Berge glitzern draußen um die Wette mit den Pailletten auf Elvis' Brust und stoßen ihre Zacken in Richtung Mond und Sterne.

Die Leere neben Elsa riecht ein wenig nach Chanel N°5 und Kartoffelkeller – nach Elsa eben. Niemand weiß, seit wann genau Elsa und Elvis ein Paar sind.

Irgendwann, an einem Morgen nach einer schlaflosen Nacht, auf dem Weg zum täglichen Einkauf, lief sie an der Alpenrose vorbei und wusste, sie MUSS da hinein, koste es, was es wolle, jetzt, sofort, auch wenn's gerade kurz vor acht war und sie befürchten musste, dass der schwarze Mann um diese Zeit gerade seinen Morgenschoppen zu sich nahm. Sie hatte wieder geträumt, von der Schwerkraft und von der Zeit, die ihre schwarzen Haare grau färbte. Zusammen mit der Schwerkraft hatte sich die Zeit gegen Elsa verschworen, davon war sie überzeugt. Es nützt gar nichts, sich da etwas vorzumachen, sagte Elsa gern, man kann sich an glitzernden Klunkern und an Pelzmänteln berauschen, so viel man will, es ist unmöglich, der Schwerkraft und der Zeit ein Schnippchen zu schlagen. Spätestens dann, wenn man abends grau vom Tag ins Pyjama steigt, schlagen sie wieder zu, und am Morgen ist das Resultat sichtbar.

Irgendwie hatte die Sache mit Elvis auch mit der Schwerkraft und der Zeit zu tun. An diesem elenden Morgen hatten die beiden Elsa direkt in die Alpenrose und in die Arme von Elvis getrieben.

Und dann bin ich in die Kindheit hineingegangen, hatte Elsa erzählt.

Der Kaminfeger stand tatsächlich noch an der Theke, rabenschwarz, mit dem Glas Rotwein in der

Hand, die so früh am Morgen noch rosa und fremd aus dem schwarzen Ärmel schaute, genau wie sein Gesicht aus dem hochstehenden Kragen, der seinen Hals vor dem Ruß hätte schützen sollen.

Er muss immer viel trinken, um all den Ruß aus seiner Kehle zu spülen, meinte die Großmutter, wenn die Rede auf ihn kam, und er macht das *prophylaktisch* schon früh am Morgen.

Hinter der Theke war an diesem Morgen die Serviertochter Claudia damit beschäftigt, die schmutzigen Gläser über ihren Mund zu stülpen und ihren Atem hineinzublasen, um die Schlieren an den Glaswänden und -rändern mit dem weichen Tuch wegzukriegen, als Elsa eintrat.

Du hauchst dir noch die Seele aus dem Leib, hatte sie zur Serviertochter gesagt, in ein paar Jahren hast du keine mehr.

Ich hatte noch nie eine, hatte Claudia geantwortet, und Elsa war klar geworden, warum Claudia keine Angst vor dem Kaminfeger hatte: Sie hatte nichts zu verlieren.

In der »Kindheit« drinnen war eine Fliege zur Unzeit erwacht, flog verwirrt im Zickzack durch den Raum und lenkte die Augen von Elsa hinüber zum kleinen Tisch links neben der zweiten Tür mit der Aufschrift »Privat«. Da saß nun wirklich und wahrhaftig Elvis vor einem Glas Bier und schmierte sich Brillantine ins Haar.

Seitdem sind sie ein Paar. In guten wie in schlechten Zeiten. Es war Liebe auf den ersten Blick gewesen. Der Kaminfeger konnte ihr seitdem nichts mehr anhaben.

Elvis hatte sie in seine Arme genommen, ihr »Are you lonesome tonight« ins Ohr gesummt und ihr dabei den Klunker vom Finger gestreift, zärtlich, liebevoll.

Es ging nicht immer gut mit ihm.

Es gibt Tage, da muss ich ihm einen Tritt in den Arsch verpassen, sagte Elsa, wegen dem Klunker, oder weil er zu viel Platz einnimmt. Oder einfach so, aus lauter Spaß am Treten. Diese Bewegung, so aus der Hüfte heraus, hat etwas Befreiendes. Sie machte eine kleine Pause.

Es sind immer die abwesenden Dinge, die so viel Platz in meinem Zimmer einnehmen.

Ja, die plötzlichen Zeitsprünge, sagt Elsa jetzt und legt ihre Handschuhe in den Korb bei der Garderobe, kaum zu glauben, dass wir immer noch zusammen sind, Elvis und ich. All die Seelen, die inzwischen irgendwo am Straßenrand liegen geblieben sind. Die man achtlos, ohne Bedauern hinter sich gelassen hat. Man ist einfach weitermarschiert, als wär nichts gewesen. Da liegen sie nun, haben nicht aufgepasst, zu nah an die Fackel ran, und schon zerfallen sie zu Staub und Asche.

Welche Fackel?, fragt die Großmutter und hilft ihr aus dem Mantel.

Ich, sagt Elsa, das weißt du doch.

Klar, sagt die Großmutter und führt sie in die Küche, während Elvis in seinem Tarnanzug schon ins Esszimmer geschickt wird, damit er sich in der Küche nicht bekleckert. Beim Kochen stören die Männer nur, besonders wenn sie einen Tarnanzug tragen. Man weiß nie, was ihnen in ihrer Tarnung alles so einfällt.

Elsa schweigt jetzt, die Großmutter schweigt, ein Gewicht legt sich auf die Küche, auf den nackten Vogel und das Kind. Es spürt eine unbestimmte Gefahr. In solchen Situationen kann man vom Schweigen leicht gefressen werden, ohne dass es jemandem auffallen würde.

Ich habe Hunger, sagt es ein bisschen zu laut, und die Großmutter macht sich mit Elsa an die Arbeit. Gemeinsam würzen und stopfen sie den Vogel, als wär's ein Strumpf, mit Apfelstückchen, mit Nüssen und Kräutern, bis er ganz prall ist. Dann wird die Bauchwunde zugenäht und der Vogel in den heißen Ofen geschoben.

Eigentlich ist Elsa Vegetarierin, aber sie macht Ausnahmen. Während des ganzen Jahres isst sie aus Prinzip keine Tiere, obwohl das Fleisch ihr schmeckt. Um trotzdem hie und da in seinen Genuss zu kommen, malt sie auf großen Leinwänden die gebratenen Fleischstücke, an die sie gerade denkt.

Aus dem Plastiksäckchen, das auf dem Küchentisch übrig geblieben ist, nimmt die Großmutter jetzt die Leber, schneidet sie in Stückchen und wirft sie kurz in die Bratpfanne mit einem Stück Butter.

Ein *Amuse-Gueule,* sagt sie und füttert das Kind und Elsa mit der Gabel.

Wenn die Großmutter isst, leuchten ihre Augen. Sie erinnert sich an das große Hotel, wo sie zusammen mit dem Großvater gearbeitet hat, und sie liebt es, dem Kind möglichst viel von ihrem Erfahrungsschatz mitzuteilen.

Vom Essen versteht sie etwas.

Essen ist die beste Medizin, wiederholt sie bei jeder Gelegenheit, es hilft gegen alles. Und wenn der Schmelz der Jugend weg ist, soll man sich ans

Essen halten. Schon Wilhelm Busch wusste: Wer einen guten Braten macht, hat auch ein gutes Herz.

Wenn sie nachts nicht schlafen kann, weil sie tagsüber eine Schlankheitskur in Angriff genommen hat, dann setzt sie sich heimlich bei Mondschein an den Küchentisch und isst.

Morgen ist auch noch ein Tag, sagt sie zum Kind, wenn es wieder einmal in den Socken des Großvaters an der Küchentür auftaucht mit fragenden Augen, wach geworden und erschrocken über die Leere im Bett neben sich, morgen ist auch noch ein Tag, da kann man von Neuem ein paar Kalorien abspecken. Die laufen einem nicht davon.

Unterdessen hat sie zusammen mit Elsa und dem Kind den Tisch im Esszimmer gedeckt. Heute ist schließlich trotz allem ein Feiertag, da isst man nicht in der Küche. An gewisse Regeln muss man sich halten, sonst wird man haltlos, und die Großmutter hat etwas gegen Haltlosigkeit. Haltlosigkeit kommt kurz vor dem totalen Absturz.

Das Wohnzimmer bleibt vorläufig noch geschlossen. Man weiß ja nie. Vielleicht. Vielleicht hat das Christkind Mitleid mit dem gewöhnlichen Kind und kommt doch noch vorbei. Das Christkind ist ja auch ein Kind, und vielleicht hat es alles gesehen – und verstanden. Was hätte es, ein kleines Mädchen, tun können? Der Fluss war so stark, und beinahe wäre es, das gewöhnliche Kind, auch mitgerissen worden. Es hatte gerufen, geschrien, geschrien.

Still und klein, immer kleiner, mit einer verstörenden Selbstverständlichkeit, ohne sich im Geringsten zu wehren, war der kleine Bruder einem bleichen Fischlein gleich auf dem funkelnden, wilden Wasser geschaukelt, immer weiter weg, immer kleiner, bis er nur noch ein winziger Fleck war, bis ihn eine Welle ganz und gar zu sich holte.

Wohin geht unser Fluss?, hatte es die Großmutter später einmal gefragt.

Ins Schwarze Meer.

Manchmal schwamm der kleine Bruder mit den Fischen im pechschwarzen Wasser des fernen Meers, oder er ritt auf einer riesigen Regenbogenforelle durch die Fluten und trieb sie jauchzend und lachend mit seiner kleinen Gerte an.

Doch der Traum hatte eine Kehrseite. Dann rutschte der kleine Bruder plötzlich vom Buckel der Forelle ins Meer und schrie und schrie, und das Kind erwachte schreiend neben der Großmutter.

Es war sich ganz sicher, es hatte den Sonnenschein der Mutter ausgelöscht und sie in die Finsternis gestoßen. Das konnte niemand verzeihen, auch eine Mutter hatte die Kraft dazu nicht.

Nur eine Großmutter konnte diese Kraft aufbringen.

Der Vogel ist jetzt gar, die Großmutter nimmt ihn aus dem Ofen, prüft die Kruste und legt ihn auf die große Platte auf dem Küchentisch. Sie wird mit allerlei farbigem Gemüse angerichtet und ins Esszimmer getragen. Zu dritt, nein, zu viert setzen sie sich an den weiß gedeckten Tisch. Die Großmutter legt ihren großen Busen auf die Tischplatte, wo er sich zwischen den Ellbogen ausbreitet bis über den Rand des Tellers und nagt den Brustkorb blank, während das Kind versucht, einen Schenkel zwischen die Zähne zu bekommen, und Elsa an einem Flügel knabbert. Sie trägt das T-Shirt mit dem Tiger auf der Brust. Direkt über ihren Brustwarzen liegen die Augen des Tigers, und wenn Elsa den Kopf zum Flügel hinunterbeugt, bewegen sich die Augen des Tigers, als würde er gierig mitfressen.

Elvis verhält sich wie immer mäuschenstill und lässt sich wie ein Kind von Elsa füttern.

Nach dem Essen gehen sie in die Küche, wo die Großmutter aus dem Kühlschrank die Flasche mit dem Rahm holt und einen großen Schluck daraus trinkt, damit alles besser rutscht. Wenn der Vogel rutscht, hat's auch noch Platz für das Dessert.

Der Großvater konnte das Fleisch der Tiere, die er

selber geschossen hatte, nicht essen, sagt sie plötzlich und hat wieder diesen Blick, während sie die Teller übereinanderstellt. In der Nacht träumt sie von ihm. Das Kind kann das an den Geräuschen erkennen, die die Großmutter macht im Schlaf. In solchen Nächten ist das Schnarchen leiser und es macht so kleine Hüpfer zwischendrin. Dann weiß das Kind: Er hat sich wieder einmal in ihren Traum geschlichen, kommt vielleicht über den Fluss auf ihre Seite, wo sie zwischen den Felsen steht in ihrem rosa Nachthemd, barfuß mit dem Haarwölkchen im Nacken, und ihm die Hände im Traum entgegenstreckt.

Spätestens zum Dessert kamen früher auch der kleine Kasimir und seine Frau. Doch dieses Jahr feiern sie im Altersheim.

Kasimir saß meistens eingesunken im tiefen Sofa zwischen seiner Frau und seiner Verzweiflung, die, wenn seine Schuhe neben ihren riesigen schwarzen Ballerinas aus Krokodilleder auf den Blumen des Teppichs wie ausgestellt nebeneinanderlagen, noch *skandalöser* wirkte. Diese zwei Paar Schuhe passten irgendwie nicht zueinander. Es war nicht die Größe, es war, wie die Großmutter sagte, die Art, wie sie dalagen, wie die kleinen Schuhspitzen schüchtern nach innen schauten, wogegen die Ballerina-Spitzen mit einer frechen Bewegung den Platz um sich herum reklamierten.

Manchmal, als der Großvater noch da war, kam Kasimir auch allein zu Besuch; dann war er oft guter Laune, sehr guter Laune.

Du hast wieder zu tief ins Glas geschaut, sagte der Großvater und redete auf Kasimir ein, ein bisschen ernst mit dem Mund, ein bisschen belustigt mit den Augen, genauso, wie er manchmal mit dem Kind schimpfte, wenn es etwas angestellt hatte.

Alkohol ist die Kaminfegerbürste für die Seele, krächzte Kasimir, versuchte sogar ein paar Tanzschritte zu machen, stolperte über die roten Lilien am Rande des Teppichs und wäre hingefallen, wäre das Sofa nicht gewesen.

Kaum lag er auf dem Sofa, kroch ihm das Kind kichernd auf den Schoß.

Kaminfegerbürste für die Seele, lallte Kasimir noch einmal und wurde schnell ganz still mit dem Kind auf dem Arm, während dieses darüber nachdachte, wie es möglich ist, zu tief ins Glas zu schauen, und sich fragte, wo die Seele sitzt.

Irgendwo tief drinnen in Kasimir musste sie sein. Mit seiner langen Bürste konnte der Kaminfeger wohl am besten durch den Hals in Kasimir hineinkommen. Den Kaminfeger, den kannte auch das

Kind, den schwarzen Mann, der auf der anderen Seite der Straße etwas weiter dorfauswärts wohnte mit seiner schwarzen Bürste, die er zu einer Schnecke zusammengerollt über der Schulter trug. Das Kind malte sich aus, wie der Kaminfeger dem Kasimir die Bürste in den Hals steckte, ganz tief hinein und raus und rein, bis die Seele wieder ganz sauber wäre wie die Kamine, die der Feger sonst putzte.

Kasimir ist klein und dünn, drahtig. Er hat eine dunkle Haut und tiefe Runzeln in seinem Gesicht und er riecht gut. Das Kind war ganz vernarrt in diesen Geruch. War die Frau nicht dabei, lachte Kasimir, wenn das Kind hinter seinem rechten Ohr schnüffelte. Er saß da wie ein König und schaute nicht die ganze Zeit auf seine Schuhe hinunter. Und Chan, der Hund, legte sich zufrieden in seiner Nähe hin.

Ja, ja, wir beide, sagte dann Kasimir und löste die dünnen Finger des Kindes nacheinander von seinem Hals.

Für das Kind und den Hund Chan hatte Kasimir viel übrig. Obwohl Chan, der alte Kämpfer, nur noch einen Hoden hatte, behauptete die Großmutter stolz, er sei der Vater sämtlicher Welpen im Dorf. Am Morgen verließ er das Haus und wenn er zurückkehrte, war er so müde, dass er schon einschlief, während er sich noch hinlegte. Und während sich die linke Vorderpfote noch wie in Zeitlupe senkte, begann er schon zu träumen und zu wimmern im Schlaf.

Wovon Hunde träumten, wusste die Großmutter ganz genau. Sie träumten von Würsten, von fetten Braten und von Schnitzeln, von großen Markknochen genau wie die Menschen. Und sie träumten von der Liebe, genau wie die Menschen. Wie die Großmutter.

Mal schauen, ob sich im Wohnzimmer etwas getan hat, sagt die Großmutter, stellt die Rahmflasche wieder in den Kühlschrank und schaukelt den Pudding durch den Korridor in Richtung Wohnzimmer. Elsa öffnet zusammen mit Elvis die Tür. Er setzt sich dorthin, wo sonst Kasimir saß. Im letzten Moment kann Elsa das Kind davon abhalten, sich auf Elvis' Schoß zu setzen. Das mag sie gar nicht, es könnte den Tarnanzug beschädigen.

Das Christkind muss doch ein bisschen Mitleid mit dem gewöhnlichen Kind gehabt haben. Es hat den Baum geschmückt und die Kerzen angezündet.

Unter dem Baum hockt im Großformat die heiß ersehnte schwarze Katze aus dem Märchenbuch, für Großmutter ist die Flasche Eiercognac bestimmt, und Elsa schält einen rot-grünen Klunker aus der Silberfolie, die mit dickem roten Wollfaden zusammengehalten wird.

Und Elvis?, fragt das Kind.

Die Großmutter macht langsam die Flasche auf und nimmt gleich einen großen Schluck daraus, bevor sie auch für Elsa, das Kind und für Elvis drei winzige Gläschen auf den Tisch stellt und eingießt.

Elsa gelingt es auch diesmal, dem Augenblick etwas Sternenstaub hinzuzufügen. Sie hüpft in die Ecke zur Musikanlage.

Und dann – und dann beginnt Elvis zu singen. Laut, so schön und laut, dass das Kind einen kleinen Jauchzer von sich gibt. Elsa zieht sich die Pumps aus und tanzt mit dem Kind und der Großmutter ums Sofa herum, in den Korridor hinaus, weiter in die Küche und dort um den Tisch, dann ins Esszimmer, wo noch die Platte mit dem zerfetzten Vogel auf dem Tisch liegt, und wieder zurück durch den Korridor – »Are you lonesome tonight« – und sie zieht das kichernde Kind und die Großmutter hinter sich her, während sie ihre Hüften schwingt und sich im Kreis dreht – *Are you lonesome tonight? Do you miss me tonight? Are you sorry we drifted apart?*

Später, als Elsa und Elvis gegangen sind, setzt sich die Großmutter mit Chan noch ein Weilchen vor den Fernseher.

Es beginnt wieder zu schneien, die Flocken taumeln an den Fensterscheiben herunter, man hört, wie sich draußen auf der Wiese zwei Nachtvögel um die Beute streiten. Die Türe zum Wohnzimmer ist einen Spaltbreit offen. Da setzt sich das Kind ganz leise auf den Boden.

Wann warst du am glücklichsten, fragt der Mann im Kasten, und die Frau antwortet: Jetzt. Wann warst du am unglücklichsten, fragt der Mann, und die Frau antwortet: Jetzt.

Durch den Spalt sieht das Kind im blauen Licht den Hinterkopf der Großmutter. Ihr Haar hat sich gelöst und hängt als hellgraues Wölkchen an der Rückenlehne herunter. Das Kind hört, wie die Großmutter mit den Zähnen des Kamms in ihrer Hand spielt, dann legt sie ihn auf den Tisch und schnäuzt sich.

Lise Gast

Hüttenweihnachten

Ich habe weder Eltern noch Geschwister. Dafür kann niemand was, ich auch nicht. Aber ich sehe mich, seit ich erwachsen bin, schon immer vor, dass ich Weihnachten nicht übrig bleibe. Dies Jahr habe ich es gut, ich bin sehr gern zu euch gekommen. Letztes Jahr war ich von einer andern Familie eingeladen worden, konnte dann aber nicht hingehen; warum, das wäre langweilig zu erzählen. Jedenfalls musste ich mir nun etwas anderes ausdenken.

Ich wohne in München. Dort kenne ich eine ganze Menge junger Leute. Die meisten aber fahren Weihnachten heim. Manche nicht. Und mit diesen wenigen beschloss ich, mich zusammenzutun, denn was allein oft schwer zu bestehen ist, kann für einige Gleichgesinnte sehr lustig sein. Wir wollten Weihnachten auf einer Skihütte verbringen. Das dachten wir uns schön und stimmungsvoll. Es wurde auch sehr schön.

Wir waren fünf, drei Männer – wir sagten »Jungen« –, eine Kollegin von mir und ich. Am 22. zogen wir los.

Es gibt bewirtschaftete und unbewirtschaftete Hütten. Wir wollten in einer unbewirtschafteten wohnen, obwohl das viel unbequemer ist, aber wir wollten keinen »Klamauk«. Wir wollten es schön haben, jedoch nach unserm eigenen Geschmack. Keines von uns hatte Lust, mit einer Meute alkoholtrinkender Fremder zusammen zu feiern, sondern still oder heiter, aber unter uns. Ein Bäumchen nahmen wir mit. Das bewährte sich, denn die Hütte liegt weit über der Baumgrenze, und außerdem lag so viel Schnee dort droben, dass wir nie eins gefunden hätten.

In der Hütte war alles vorhanden, was man braucht, wenn man nicht aus Mode, sondern aus Liebe zur verschneiten Bergwelt Ski läuft. Heu zum Schlafen – Schlafsacke brachten wir mit – und Holz zum Feuern, eine Pfanne und ein paar große und kleine Töpfe, alle außen schwarz berußt und innen blank, wie es die Vorschrift unter Bergsteigern verlangt. Jede Hütte muss so verlassen werden, wie man sie zu betreten wünscht, vor allem bei schlechtem Wetter. Da haben die Streichhölzer parat zu liegen, und Holz muss fein gespänt und trocken im Ofen geschichtet sein. Wer kommt, braucht nur einen einzigen Handgriff zu tun, und es wird warm und hell.

Das alles sind längst erprobte Bergsteigerregeln, nach denen sich jeder richtet, denn oft kommt man ganz erschöpft und erfroren an und kann mit klammen Fingern zunächst überhaupt nichts tun. Brennt aber erst das Feuer, dann wird man wieder lebendig und bekommt Mut und Lebenslust.

Wir fünf waren nicht erschöpft, als wir ankamen, sondern munter und übermütig. Solch eine Hütte ist wunderschön. Natürlich ist alles aus Holz, Wände und Balken nachgedunkelt, die Feuerstelle groß, rußig und gemütlich.

Über dem Herd hing ein Waldhorn. Wer weiß, wer es da einmal vergessen oder der Hütte gestiftet hat! Wir lachten, und ich musste gleich etwas darauf blasen. Ich kann Waldhorn blasen, die andern fanden das sehr bewundernswert, aber auch ein bisschen komisch.

Wir waren eine lachlustige Gesellschaft.

Wenn die andern gewusst hätten, was es mit dem Waldhorn auf sich haben sollte!

Voller Vergnügen machten wir uns daran, uns behaglich einzurichten, teilten die Tage ein – jemand muss bei so etwas immer Küchendienst machen, das geht reihum – und packten den Inhalt unserer Rucksäcke genießerisch aus. Da kamen Blockflöten zutage, Kerzen jede Menge, geheimnisvolle Kästchen mit Süßigkeiten, Fotoapparate und erstaunlich viel Bücher. Jedes hatte wohl sein Weihnachtsbuch und noch irgendein anderes, sehr geliebtes mitgenommen, und einer der Jungen machte sich sogleich daran, ein Bücherbrett aufzuhängen, wo diese Schätze nun aufgereiht wurden. Er war stolz, als es hing – ein Brett in zwei Schlingen, sehr einfach, aber zweckmäßig. Auf so einer Hütte lernt man vieles, und es ist herrlich, einmal ganz, ganz anspruchslos zu leben.

Weil man alles, was man für zehn oder vierzehn Tage braucht, selbst heraufschleppen muss, hatten wir uns gegenseitig das Versprechen abgenommen, uns nichts zu schenken, obwohl wir uns alle kannten und gut leiden konnten. Sonst aber hätte jedes für jedes etwas mitbringen müssen. Wir seien unabhängig von so etwas, erklärten wir einmütig.

Ein *Neues Testament* hatten wir mit, um die Weihnachtsgeschichte vorlesen zu können; es stand am Anfang unserer Bücherreihe, und das Bäumchen kam in die Ecke der bäuerlichen Eckbank, die um den Tisch lief. So meinten wir, für das Fest gerüstet zu sein und auch zu wissen, wie es bei uns verlaufen würde. Es wartete unser aber eine Überraschung, von der wir nichts ahnten.

Am andern Morgen nahmen wir zunächst die Skihänge rings um die Hütte in Besitz, probierten, ob die Schwünge noch gingen – gestern waren wir ja nur aufgestiegen –, und prunkten voreinander mit unserem Können. Es war kalt mit prachtvollem Pulverschnee, und wir betranken uns regelrecht daran und bekamen allesamt den weißen Rausch.

Erst als es dämmerte, kehrten wir wieder zur Hütte zurück, schlugen uns voll mit dem Essen, das wir früh gekocht und dann ins Heu gestellt hatten, und krochen todmüde, aber glücklich in unsere Schlafsäcke.

Hans Heiner, unser Ältester, der sich ein wenig als der Häuptling aufspielte – er ist Maler und sonst ein ziemlich verrücktes Haus, hier aber machte es ihm Spaß, den Vernünftigen zu spielen –, meinte, morgen müsse er aufpassen, dass alles mit Maß und Ziel geschähe, Arbeit und Vergnügen. Diese Unmäßigkeit der heutigen Jugend in allem ... zu seiner Zeit sei das anders gewesen ... aber das läge nur daran ...

Ich hörte sein Gebrabbel noch, während ich schon einschlief. Der Duft des Heus benimmt einen.

Renate, das andere Mädchen, und ich, wir hatten uns auf der einen Seite des Heubodens niedergelassen, die Jungen auf der andern. Dazwischen war die Luke mit der Leiter.

Am nächsten Morgen, dem Weihnachtsmorgen also, fanden wir erst spät heraus. Zwei Jungen wollten heute Dienst tun. Sie hatten schon Feuer gemacht, als wir herunterkamen, und richteten das Frühstück. Wir waren froh, uns warmes Wasser holen zu können; gewaschen wurde im Schuppen nebenan, und vorher pflegten wir uns im Schnee zu wälzen. Da tat es wohl, sich hinterher warm zu waschen. Die Jungen übrigens waren zu feige, sich im

Schnee zu kullern, und wir verspotteten sie deshalb weidlich.

Als wir hereinkamen, duftete es schon nach Kaffee. Eines nach dem andern stellte sich ein.

Später putzten wir das Bäumchen. Draußen war es verhangen, nichts von blitzender Sonne wie gestern. »Das gibt neuen Pulver!«, sagte Hans Heiner.

Er sollte nicht recht behalten. Es gab keinen Neuschnee, sondern Nebel. Bis mittags blieben wir draußen. Dann jedoch fanden wir, dass es wenig Vergnügen machte, im Waschküchendunst umherzukriechen, wenn keine Bodenwelle mehr zu erkennen war und man auf gut Glück dahinfegte. Nebel kann dort oben so dick sein, dass man am helllichten Tage seine eigene Skispitze nicht mehr sieht. Nun, wir hatten uns ja am Tag zuvor so richtig ausgetobt, und morgen war es vielleicht wieder schön. Wir schnallten also ab und schlüpften ins Warme.

Die Jungen hatten für abends eine leckere Erbsensuppe gekocht. Hinterher sollte es Punsch geben. Eine Flasche hatte jedes mit heraufschleppen müssen. Zunächst aber tranken wir Tee und aßen Stollen, und zwar mit dem unbegreiflichen Heißhunger, den man vom Skilaufen bekommt.

Dann versuchten wir uns ein bisschen in der Musik. Wir hatten ja einige Blockflöten da, und zur Weihnachtszeit gehört Musik. Die Jungen hatten gute Stimmen, wie sich herausstellte, und Renate sorgte für den Sopran. Ich selbst singe nur Alt, also zweite Stimme. Wir begannen erst ziemlich schüchtern, da sich jedes vor den anderen genierte, kamen aber in Feuer und vergaßen schließlich Zeit und Ort. Zu fünft kann man vielerlei anfangen, wenn alle mitsingen. Man kann zwei- und dreistimmig singen, polyphone Sätze und Dreierkanons.

Als es richtig dunkel war, zündeten wir die Kerzen unseres kleinen Baumes an, und Hans Heiner las die Weihnachtsgeschichte vor. Das war schlicht und schön und feierlich. Damals ging mir so richtig auf, dass die ganze Schenkerei an Weihnachten, so hübsch sie für Kinder sein mag, eben doch an zweiter Stelle kommt. Zuerst soll man sich daran erinnern, warum Weihnachten gefeiert wird: an das Kind, das in Dunkelheit, Kälte und Armut zu uns kam, um uns Licht, Wärme und den ewigen Reichtum zu bringen.

Sogar die Jungen waren hinterher still und nachdenklich und nicht mehr so übermütig und schnoddrig wie vorher. Es ist ja klar, dass es viel Neckerei gibt, wenn fünf solche Kindsköpfe miteinander auf einer Hütte hausen. Freilich alles zu seiner Zeit, und da bewiesen die Jungen doch ein feines Gefühl.

Renate und ich schmückten den Tisch mit Tannenzweigen und Kerzen, und dann setzten wir uns zum Essen.

Ja, und da klopfte es.

Ein Mensch in der Stadt oder auch auf dem Lande wird sich kaum vorstellen können, wie sehr merkwürdig es einem vorkommt, wenn man auf zweitausend Meter Höhe in einer Hütte sitzt, soeben Heiligabend gefeiert hat und es nun an der Tür klopfen hört. Nicht etwa, dass wir uns fürchteten. Nein, in diesem Sinne erschrak keines von uns. Wir staunten nur, und ich hatte eigentlich sofort das Gefühl: Hier geschieht etwas, was dazugehört, zu diesem ein wenig verwunschenen Weihnachten, das so anders war als alle bisherigen, die ich erlebte.

»Herein?«, sagte Hans Heiner ein bisschen ungläubig und legte den Löffel hin, und wir andern taten es ihm nach. Es sollte sehr lange dauern, bis wir unsere Löffel wieder aufnehmen und in die Suppe tauchen würden.

Vor der Tür standen zwei Skiläufer, jung wie wir, sehr erschöpft. Wir verstanden gar nicht, warum sie so abgekämpft waren, es war ja kein wüstes Wetter draußen, kein Schneesturm. Hatten sie sich verirrt? Oder …

Nein, nein. Nicht verirrt.

Es lag etwas anderes vor.

»Setzt euch doch«, sagte Hans Heiner freundlich und beruhigend.

Die beiden gehorchten.

»Und nun sprecht.«

Sie taten es. Sie seien zu viert gewesen, erzählten sie, waren in Nebel gekommen und hatten dadurch Zeit verloren. Ihr Ziel war eine Hütte, nicht allzu weit von der unseren entfernt. Ehe sie sie erreichten, stürzte der eine von ihnen sehr hässlich. Ja, ein Bruch, kein Zweifel. Das rechte Bein. Sie hatten versucht, ihn zu transportieren, sich dann aber erinnert, dass diese Hütte hier näher sein musste als die, zu der sie wollten; so hatten sie beschlossen nachzusehen, ob hier jemand sei. Glücklicherweise hatten sie den Weg trotz des Nebels gefunden, und als sie Licht sahen, war ihnen schon ein großer Stein vom Herzen gefallen.

»Natürlich holen wir die zwei!«, sagte Hans Heiner sogleich.

Wir gaben den beiden fremden Jungen heißen Tee und etwas zu essen und stellten unsere Suppe auf den Herd zurück. »Ihr könnt sie inzwischen verlängern, wir sind dann neun statt fünfen. Los, los, ihr Hausmägde!«, sagte Hans Heiner zu Renate und mir.

Ich wäre offen gestanden lieber mitgefahren, um den Verletzten zu bergen, ich bin sowieso nur aus Versehen ein Mädchen geworden und bereue das heute noch. Mich Hausmagd nennen zu lassen, noch dazu in der Heiligen Nacht, das fand ich ziemlich unverschämt. Aber ich fügte mich.

Renate und ich halfen den Jungen, alles, was

sie zum Transport eines Verletzten brauchten, so schnell wie möglich zusammenzusuchen, denn er lag ja in der Kälte draußen, wenn auch nicht allein. Ich gab ihnen eine Feldflasche mit heißem Tee mit, in den ich Rum gegossen hatte, und Schokolade als Kraftnahrung.

Nach etwa zwanzig Minuten zogen die fünf ab.

Renate und ich räumten zusammen, legten Holz aufs Feuer und kümmerten uns um die Suppe. Dann begannen wir zu warten.

Wir warteten.

Sie war eine sehr, sehr lange Nacht, diese Weihnachtsnacht. Und nicht nur eine lange, sondern auch eine bange Nacht. Denn die Jungen kamen und kamen nicht wieder.

Erst hatten wir gedacht, es könnte nicht länger als eine Viertelstunde dauern. Wir beeilten uns und rannten hin und her in der ein wenig fiebrig munteren Art, die man hat, wenn etwas droht, von dem man doch zuversichtlich hofft, dass es gut ausgehen wird.

Wir errichteten im Wohnraum ein Lager, auf das der Verunglückte kommen sollte, suchten Decken, stopften Heukissen und räumten dann alles sorgfältig auf. Die Fremden sollten es doch nett und hübsch bei uns finden. Unzählige Male sah ich unsere kleine Apotheke durch, die ich zu verwalten hatte; jedes übernahm ja ein Amt, als wir hier heraufkamen. Schließlich fanden wir nichts mehr zu tun.

Und da ging also das Warten los, und das war sehr schwer. Wir sahen auf die Uhr. Wann die Jungen losgegangen waren, wussten wir nicht genau, nur ungefähr. Genau aber merkten wir uns die Zeit, in der wir angefangen hatten, uns zu wundern und bald darauf zu sorgen.

Denn dass wir uns sorgten, blieb nicht aus. Es war jetzt sehr kalt, etwa fünfzehn Grad unter null, und die Jungen kamen nicht. War der Transport so schwierig? Freilich, allzu schnell kommt man mit einem Verletzten, den man tragen oder ziehen muss, nicht vorwärts, vor allem bei Höhenunterschieden und bei der dauernden Rücksicht, die man nehmen muss, um ihm nicht wehzutun. Vielleicht hatten sie die beiden auch noch gar nicht gefunden? Oder – diesen Gedanken hatten wir beide, Renate und ich, schon lange Zeit, ohne ihn auszusprechen –: Fanden sie nicht hierher zurück?

All dies war möglich. Wir sind einigermaßen bergerfahren, vor allem aber die Jungen. Die sind älter als wir, und zwei stammen auch aus der dortigen Gegend, sind sozusagen auf Skiern groß geworden. Vernünftig und umsichtig waren sie auch, und außerdem zu fünft.

Dies alles sagten wir uns, um uns gegenseitig zu trösten, viele Male und in immer neuen Abwandlungen. Trotzdem sahen wir immer häufiger nach der Uhr und endlich lieber gar nicht mehr. Und was erst Verwunderung, dann Besorgnis und zuletzt Sorge geworden war, das wurde nun heiße Angst. Angst um den Verletzten, Angst um »unsere« Jungen, Angst vor der schweigenden, beißenden Kälte draußen.

Wir waren zu zweien, gewiss. Aber wir fühlten uns doch sehr klein und verloren, wenn wir daran dachten, wie weit und grandios die Bergwelt um uns gebreitet gelegen hatte – vorgestern, als Sicht war. Überall Bergspitzen und Grate, Schnee, Gletscher, Halden; Menschen aber oder auch nur eine Hütte sah man nirgends.

Daran dachten wir jetzt, Renate und ich – wir haben es uns später gestanden, damals sprachen wir nicht darüber –, und es war bedrohlich und gar nicht behaglich, ganz abgesehen davon, dass wir zwei Mädchen niemals allein hinuntergefunden hätten, falls es Neuschnee geben sollte. Wir hatten uns beim Aufstieg ganz auf die Jungen verlassen und nicht auf den Weg geachtet, so wie man eben steigt, wenn man nicht führt, sondern geführt wird.

Immer wieder gingen wir vor die Hütte hinaus, horchten und riefen. Die Nacht schwieg. Es war recht schauerlich.

Allmählich konnten wir uns nichts mehr vormachen: Da stimmte etwas nicht. Da war etwas passiert.

Die Jungen müssten wahrhaftig jetzt da sein. Man beeilt sich, wenn man einen Verletzten bergen will.

»Sie finden nicht zurück«, sagte Renate schließlich. Ich nickte. Nebel, natürlich. Sie hatten zwar Taschenlampen dabei. Was aber nützt der winzig kleine Strahl einer Taschenlampe in solch einem Nebelmeer!

Wir standen wieder vor der Hütte, trampelten uns Wärme in die Füße, riefen und schrien. Unsere Stimmen waren so schwach und klein in dieser Einsamkeit. Die Jungen hatten wahrscheinlich die Spur verloren, als sie zurückfuhren, vielleicht weil sie eine Steigung umgehen wollten mit dem Verwundeten, vielleicht aus irgendeinem andern Grund. Wer wusste das? Nun fanden sie wohl nicht den Weg zur Hütte, und die Nacht war lang, die beinahe längste des Jahres, die Weihnachtsnacht.

»Komm herein, es hat keinen Zweck«, sagte Renate und zog mich an der Skijacke, »wir müssen irgendetwas unternehmen.«

»Aber was?«

Wir starrten uns in die angstblassen Gesichter. Losfahren? Suchen? Welch ein Unsinn! Dann fänden wir womöglich selbst nicht zurück. Zeichen geben? Aber was für Zeichen? Fackeln anzünden? Woher welche nehmen?

Wir besprachen das alles hin und her, unzählige Male.

Plötzlich schrie Renate laut auf und deutete an die Wand.

Ich erschrak vor ihrem Geschrei und war ärgerlich. »Was ist denn nun schon wieder los?«

Dann begriff ich.

Das Waldhorn! Nein, dass wir da jetzt erst dran dachten!

»Was ist man doch manchmal vernagelt!«, sagte ich, während ich schon auf der Bank stand und das Waldhorn herunterangelte.

»Zieh die Jacke an!«, schrie Renate noch.

Ich rannte ohne Jacke los, sie hinterher.

»Hoffentlich geht's!«, sagte ich, ehe ich ansetzte. Ich dachte an das Posthorn von Münchhausen, in dem die hineingeblasenen Lieder eingefroren waren. Wie viel kann man denken in solchen Augenblicksfetzen! Aber das Horn hatte ja warm gehangen, und kein Lied eines anderen Bläsers steckte mehr darin. Wenn ich jetzt daran zurückdenke, muss ich oft ein bisschen lachen. Zwei Mädchen in einsamer Hütte, und die eine bläst auf einem Waldhorn Weihnachtslieder!

Wir haben hinterher auch gelacht. Während dieser Zeit aber lachte auch Renate nicht. Es war ja ernst, und – so merkwürdig es klingt – es wurde sogar geradezu feierlich und tröstlich.

Natürlich blies ich Weihnachtslieder. Es war ja das Nächstliegende. Ich weiß noch, dass ich, wohl aus einer Gedankenverbindung heraus, die man verstehen kann, anfing mit: »Kommet, ihr Hirten!« Und dann, sehnsüchtig: »Herbei, o ihr Gläubigen!«

Renate ging noch einmal in die Hütte zurück, brachte mir Handschuhe und eine Decke, die sie um mich legte. Wie lange ich stand und blies, weiß ich nicht mehr. Sie hat treulich mit ausgehalten. Allmählich wurde ich ruhiger und ganz zuversichtlich. Zwischen jedem Vers horchten wir.

Und dann – ich hatte gerade »Dies ist der Tag, den Gott gemacht« zu Ende geblasen – hörten wir erstmals die Stimmen der Jungen.

»Hallo! Hallo!«

Ganz fern noch und unmöglich zu sagen, aus welcher Richtung sie kamen. Nebel verwirrt, man kann sich das hier im Flachland kaum vorstellen. Wir schrien sofort Antwort, laut, jubelnd. Und dann setzte ich wieder an und blies, und als der Vers zu Ende war, hörten wir die Stimmen noch näher.

So haben wir die Jungen durch Nacht und Nebel herbeigelockt.

»Das war mal eine gute Idee«, lobte Hans Heiner, während er aus den Bindungen trat und die Stöcke an die Hauswand lehnte, »wurde aber auch höchste Zeit. Wir suchten und suchten!«

Der Verletzte war nicht so durchkältet, wie wir gefürchtet hatten. Der heiße Tee, die Jacken der anderen, die sie über ihn gedeckt hatten, schützten ihn. Er versicherte immerzu, es gehe ihm blendend.

Drinnen in Wärme und Helligkeit entfaltete sich eine emsige, glückliche Tätigkeit. Alles war gut gegangen, der Kranke lag auf seinem Heusack, die andern hängten ihre Sachen auf, steckten sich Zigaretten an und redeten durcheinander. Es war laut, herzlich, fröhlich – wir waren dem Schicksal so von Herzen dankbar. Keines sprach es aus, aber alle fühlten es.

»Posaunenengel, du sollst leben!«, rief Hans Heiner und schlug mir auf die Schulter, dass ich fast zusammenbrach.

Ach, es war ganz zauberhaft, und er und ich blieben wach, als die andern schlafen gegangen waren. Der Verletzte behauptete zwar, seinetwegen brauche keiner zu wachen, aber wir einigten uns stillschweigend darauf, es doch zu tun. Bald schlief er auch, friedlich und beruhigt, wir aber saßen und sprachen leise miteinander oder schwiegen.

Es war eine sehr schöne, sehr eigenartige, ganz wunderbare Weihnachtsnacht.

Die vier Fremden blieben die ganze Zeit auf unserer Hütte. Am andern Tag sorgten wir dafür, dass gleich ein Arzt kam und das Bein richtete. Die Jungen holten ihn aus einem nicht allzu fernen Sporthotel zu uns herauf. Es war ein glatter Bruch, so etwas heilt meist tadellos. Hinunter aber wollte der Patient nicht. Ich konnte das verstehen.

Wir haben dann noch sehr beschwingt Silvester gefeiert.

Diese Sache hatte noch ein Nachspiel. Ich kümmerte mich natürlich um den Verletzten, das hätte jedes andere Mädchen auch getan. Das aber passte jemandem nicht, der sonst recht klug ist – Hans Heiner. Er fing an, mich damit zu hänseln, erst harmlos, dann boshaft und giftig.

Ich ließ es mir nicht gefallen. Ich sagte, dass immer erst die Verwundeten kämen und dass ich als Heilgymnastin die Pflicht habe – und dass – und dass … Ich sagte eine ganze Menge. Er auch. Wir haben uns schrecklich gezankt. Den andern zuliebe taten wir, als wäre es nur Spaß. Aber innen drin brodelte der Zorn in uns beiden weiter.

Später, in München, rief mein »Schützling« – er war wieder gesund – mich einmal an, wir wollten zusammen einen Kaffee trinken. Er war mir dankbar, das ist doch klar. Durch Zufall oder nicht – eifersüchtige Männer haben da einen sechsten Sinn – tauchte nach einer Viertelstunde Hans Heiner dabei auf. Hinterher zerstritten wir uns ernstlich. Es tat mir sehr leid.

Ein Jahr lang sahen wir uns nicht. Ich hörte, dass er ein Stipendium in Paris bekommen hatte und dorthin gefahren sei, sehr überstürzt, ohne sich von seinen besten Freunden zu verabschieden. Freilich hätte er auch schreiben können, aber wir waren ja ohnehin verzankt. Ich machte anschließend mein Examen, und da muss man alle Gedanken zusammennehmen und hat vielerlei im Kopf.

Gestern aber, ehe ich hierherfuhr – ich hatte schon den Koffer in der Hand und den Mantel an –, da ging das Telefon. Ein bisschen ärgerlich lief ich zurück und hob ab. Und da wäre ich beinahe nicht gefahren.

»Bist du das, Posaunenengel?«, fragte er. »Ich wollte nur fragen, ob du mich auch nicht vergessen hast – und unser Weihnachten da oben? Als du uns durch den Nebel in die Geborgenheit führtest?«

Er fragte dann noch mehr. Und erzählte. Es kam eine Flut von Beschreibungen seiner Arbeiten, von Plänen, von allem, was ihn erfüllte; er schien ganz und gar vergessen zu haben, dass wir im Unfrieden auseinandergegangen waren. Ich hätte um ein Haar meinen Zug versäumt, und er bedauerte sehr, dass ich fortmusste.

Dann aber sagte er: »Na schön, fahr los. Ich habe sowieso unendlich viel zu tun und zu ordnen. Das nächste Weihnachten aber, Posaunenengel, das feiern wir wieder in den Bergen. Nur du und ich, und von da an jedes. Willst du?«

Ich habe Ja gesagt. Und mir ist, als habe er wiederum zu mir gefunden wie damals durch den Nebel und die Kälte – in jener Heiligen Nacht auf der Hütte.

Urs Augstburger

El, cun ella

Die Frau schob das Adventsgesteck zur Seite, nahm die Karaffe und goss das Wasser sorgfältig neben ihr Trinkglas.

Draußen verklangen die allgegenwärtigen Glocken, jene der Klosterkirche zuletzt. Die Temperatur war im Laufe des Tages gefallen, die Regentropfen gefroren jetzt zu Schneegraupeln, erst bei Anbruch des Weihnachtstages würden daraus Kristallsterne werden, so, wie es sich gehörte. Heftige Windböen begleiteten den Wetterumschwung, sie pfiffen durch die Gassen des Bergdorfes und zerrten an den geschnitzten Fensterläden von Corsins Gaststube. Drinnen warfen bunt gemischte Lampen ein warmes Licht auf die Secondhand-Möbel. Stiva Diva hatte Corsin das Lokal nach einer legendären Skimarke getauft, die in der örtlichen Manufaktur gefertigt wurde. Er beobachtete das irritierende Verhalten der Frau drüben und machte einen ersten Schritt hinter seinem Tresen hervor, doch ihr Begleiter winkte beschwichtigend ab. Mathias Maissen nahm seiner weißhaarigen Freundin die

Karaffe aus der Hand, einen Augenblick später brachte er sie herüber.

»*Ei quei uss ella?*« fragte Corsin halblaut.

»Ja, das ist sie. Madlena.«

Corsin betrachtete die Frau eingehender. Sie war noch immer eine Schönheit, daran änderten ihre gebeugte Haltung und das feine Netz von Falten im Gesicht nichts. Wegen dieser Madlena war Corsins Freund damals ins Kloster gegangen, auch wenn er es stets anders erklärte, wegen ihr war er nach fünfunddreißig Jahren wieder ausgetreten. Das hingegen bestritt er nicht. Corsin wiederum hatte sich noch nicht daran gewöhnt, dass der ehemalige Benediktinermönch nun wieder in normalen Kleidern durchs Dorf ging und jeden Abend bei ihm in der Stiva Diva saß.

Was denn nun die Verkleidung sei, das Benediktiner-Gewand einst oder die Jeansjacke heute?, hatte er sich kürzlich und scherzhaft erkundigt. Eine gute Frage, hatte Mathias zurückgegeben, aber nicht mehr weitergesprochen. Was bei ihm, der vor seiner Klosterzeit einer der erfolgreichsten Werber des Landes gewesen war, äußerst selten vorkam.

»Hat ja gedauert, bis du sie mitgebracht hast«, sagte Corsin jetzt.

»Ich habe mich nicht getraut. Das Dorf ist klein und jeder Tratsch willkommen, wie du weißt.

Aber … morgen ist Weihnachten«, fügte er hinzu, als ergebe das einen Sinn.

Mathias ging durch die Gaststube zum Tischchen zurück, wo Madlena mit einer graziösen, fast zärtlichen Bewegung ihre Finger durch den See auf der Tischplatte gleiten ließ.

Corsin wandte sich anderen Gästen zu. Mit jeder Stunde wurde er wehmütiger. Er verhielt sich so normal wie möglich, ließ sich nichts anmerken, doch jede Verrichtung war vom selben Gedanken bestimmt. Heute war der letzte Abend. Nach sieben Jahren ging er nun doch in Konkurs, mit dem alten Jahr ging auch die Geschichte der Stiva Diva zu Ende, alle Möglichkeiten waren ausgeschöpft. Sein Herz sei eben größer als sein Geschäftssinn, hatte ihm der Schulfreund bei der Regionalbank vorgehalten und Corsin den rettenden Kredit verweigert. Dieser fand, es gebe schlimmere Vorwürfe, nur war das kein Argument für solche Verhandlungen. Der Banker hatte auch wenig Verständnis für Corsins Pläne, die Stiva zu erweitern, im Sommer den großen Garten hinter dem Haus den Gästen zugänglich zu machen. Die Zahl der Wandertouristen nehme ohnehin stetig ab, erinnerte der Bankbeamte Corsin nachsichtig, und die Jungen, die in der Bar verkehrten, verließen das Bergdorf, sobald sich ihnen eine Möglichkeit eröffnete! Seine Analyse war nicht ganz falsch, gestand Corsin sich ein. Die

Klosterschule, die das Bergdorf im ganzen Land berühmt gemacht hatte, trug ironischerweise das ihre zur Abwanderung bei, sie ermöglichte vielen Jugendlichen den Wechsel an die ferne Universität in Zürich. Eine Bar, wie sie Corsin betrieb, habe im Dorf deshalb miserable Aussichten, gab sich der Banker überzeugt, zumal sie ein wenig aus der Norm fiel und damit den Alten ein Dorn im Auge war.

Der Bankbeamte hieß Rolf. Ein Einheimischer, sein Name war nicht romanisch, dafür passte er zu ihm, das fand jeder, der Rolf kennenlernte.

Andererseits war er einer von Corsins treusten Gästen.

Die Eingangstür schwang auf. Wer von den männlichen Anwesenden nicht in Begleitung war, starrte unverhohlen hinüber. Crista gehörte zu jenen Frauen, die sich der Wirkung ihres Äußern nicht bewusst sind. Sie setzte sich ohne Aufheben an ihr übliches Tischchen in der Ecke. Es war Corsins liebstes Möbel im Raum. Als er das Fifties-Stück mit dem eingelegten Steinmosaik bei einem Trödler entdeckt hatte, war er versucht gewesen, es in die eigene Wohnung zu stellen. Morgen würde er genau das tun, doch heute bildete es zusammen mit zwei alten Polstersesseln ein letztes Mal die gemütlichste Ecke der Stiva.

Corsin winkte ihr kurz zu.

»*Tut en uorden?*«, fragte er dann den jungen Andrin am Tresen. Dieser nickte, sein Blick indes verriet das Gegenteil. Andrin war Stammgast und seit Jahren Cristas stummster Verehrer. Auch er würde nun einen neuen Ort für seine abendlichen Fluchten finden müssen, dachte Corsin.

Die Spülmaschine piepste. Er wuchtete das Plastikgitter heraus und räumte die Gläser ins Gestell.

»Hast du dir das Geschenk angeschaut?«, fragte Andrin leise, aber drängend.

»*Stai lucs*«, bremste Corsin ihn. Er unterdrückte einen Seufzer. Andrin war ein Zauderer, stete Unschlüssigkeit sein Markenzeichen. Sollte er das Sportgeschäft des Vaters übernehmen oder einfach abhauen, so wie alle andern? Wie viele Winter als Skilehrer würde er noch aushalten, und sollte er seine Musik weiterhin im Geheimen zelebrieren? War es besser, sich bei Crista duldsam in stiller Verehrung zu üben, oder sollte er endlich mal was wagen? Es schien, als sei Andrin heute zu einer Antwort gekommen, deshalb wohl das Geschenk. Eine echte Chance gab Corsin ihm allerdings nicht. Crista kam von ihrem Mann nicht los, obwohl jeder ahnte, wie wenig sie zu Rolf passte. Aus unerklärlichen Gründen harrte sie an seiner Seite aus, und nur ganz selten flackerte Sehnsucht in ihren Augen.

Corsin kannte sie gut. Vielleicht war er sogar der Einzige, der sie durchschaute.

Verstohlen schaute Andrin zu ihr hinüber. Auch heute keine Gemütsregung in ihrem rätselhaften makellosen Gesicht. Corsin hätte Andrin am liebsten hinübergeprügelt. Stattdessen fischte er auf ihr Handzeichen eine Flasche Morellino di Scansano hervor, zugleich zupfte er halb neugierig das Zeitungspapier auseinander. Andrins Geschenk war eine – nun ja: wohl eine Lampe. Der Schirm war selbst gemacht, eine Collage aus beschriebenen, vergilbten Zettelchen, die sich über ein Drahtgeflecht spannte. Corsin stutzte. Die Schrift wirkte kindlich, war aber immer dieselbe, die Art der Zettel erinnerte ihn unvermittelt an die zerkratzten Bänke drüben in ihrer alten Dorfschule.

Corsin begriff plötzlich. Irritiert schaute er Andrin an.

»Was?«, fragte dieser nervös.

»Warst du mit Crista schon in der Schule?«

Andrin nickte.

»Hast du mir nie gesagt. Lass mich raten: Das da ist ihre Schrift?«

Andrin nickte wieder.

»Du hast all die Zettel …?«

»Gesammelt!«, beendete Andrin seine ungläubige Frage. »Exakt! Jedes Briefchen gesammelt, das sie in der Klasse an ihre Freundinnen weitergegeben hat. Hab ich denen abgeluchst oder aus dem Papierkorb gefischt, vom Boden aufgenommen, zwischen zwei Pulten abgefangen ...«

Corsin fuhr sich durch die struppigen Haare. Was würde ihm dieser letzte Abend noch bescheren? Andrin war der größte Romantiker, der ihm jemals untergekommen war, das Geschenk bestätigte es.

»Du wirst ihr das nicht geben«, sagte er brüsk.

»Nicht?«

»Die hält dich sonst für verrückt. Die meint, du seist ein ... wie sagt man gleich?«

»Stalker?«, sagte Andrin, dem diese Folgerung nicht ganz fremd schien.

Mathias platzte in ihren Wortwechsel. Er gehe rauchen, ob Corsin in der Zwischenzeit ein Auge auf Madlena habe. Corsin griff in die Schublade, wo er für Mathias die Zigaretten aufbewahrte. Er nahm eine aus dem Päckchen und reichte sie seinem Freund.

»Noch drei diese Woche.«

Mathias ging hinaus. Corsin drückte mit der Hüfte die Schublade zu. Ab morgen würde Mathias sich selber zügeln müssen. Seine alte neue Freundin würde das nicht übernehmen können. Versonnen schaute er zu Madlena hinüber. Das Verhängnis hatte anscheinend damit begonnen, dass Madlena, kaum war die Liebe der beiden entbrannt, mit ihren

Eltern nach Chicago ziehen musste, vermeintlich für immer. Ende der 1950er-Jahre war das gewesen, und Mathias war in seiner Verzweiflung nach Zürich geflüchtet. Er hatte alle Brücken hinter sich abgebrochen, hatte sich in der Jazzszene und in ersten Drogen-Experimenten verloren, nicht ahnend, dass Madlenas Familie nach dem missratenen Amerika-Abenteuer bald wieder ins Klosterdorf zurückgekehrt war. Erst zehn wilde Jahre später kam Mathias zur Besinnung. Er fand sich in der Werbeszene wieder, bewies sein ihm eigenes Verkaufstalent und erhielt eine gute Anstellung bei einer der damals noch wenigen Agenturen. In der alten Heimat hatte er sich nicht mehr blicken lassen. Von Madlenas Heirat mit einem ihrer Schulkollegen habe er erst viel später erfahren. Was Corsin ihm nicht ganz glaubte. Die große Sinnkrise sei ohnehin erst später gekommen, mit fünfunddreißig, und eher beruflich bedingt, hatte ihm Mathias versichert. Jeder Arbeitstag zu hoch dosiert, immer noch ein nächster Tanz auf Messers Schneide. Als nichts mehr ging, die nächste Flucht, im Zustand der kompletten Erschöpfung, diesmal zurück in die Berge. Das Kloster, in dem er seine glückliche Schulzeit verbracht hatte, nahm ihn auf. Für einige Wochen nur, hatte Mathias gedacht, dann waren es zur Überraschung aller plötzlich Monate geworden. Weil er nichts mehr ersehnt hatte als diese Stille in der Benediktinerabtei. Noch heute behauptete er zwar von sich, er sei nicht mal richtig katholisch, bloß ein Mystiker. Das Kloster, seit Jahrzehnten geprägt von den vielen Internatsschülern aus der ganzen Schweiz, war alles andere als weltfremd. Das machte es Mathias leichter. Bald hatte er den Gestaltungsunterricht übernommen und brachte den Schülern erst bei zu sehen, und dann, wie er es ausdrückte, zu erkennen, was sie sahen. Madlena, seine große Liebe, hatte Mathias nie vergessen. Er sah sie nur sehr selten und von ihr jedes Mal unbemerkt. Sie war auf den Hof ihres Mannes in ein schwer zugängliches Nebental gezogen, fast dreißig Kilometer über dem Klosterdorf. Im Winter blieb sie von der Umwelt praktisch abgeschnitten. Im Sommer führte Mathias die eine oder andere ausgedehnte Velotour schon mal zufällig in die Nähe des Hofs, so hatte er sie manchmal aus dem Schutz einer Fichtengruppe beobachtet. Wie sie den Garten besorgte, wie sie mit ihren Kindern spielte, wie das Sonnenlicht erst in ihren schwarzen, später in den grauen Haaren schimmerte … Mehr war nie gewesen.

Im vergangenen Jahr war Madlenas Mann gestorben. Und vor vier Monaten hatten ihre Kinder sie ins Pflegeheim bringen müssen. Mathias war ihr bald darauf in der Kirche begegnet, hatte sie während jenes Gottesdienstes keine Sekunde aus den

Augen gelassen und dem Abt noch am selben Tag seinen Austritt aus dem Kloster verkündet.

Er habe jetzt eine andere Aufgabe.

Seither verbrachte er jeden Tag einige Stunden mit Madlena. Seinen Entscheid, das Kloster zu verlassen, habe er nie bereut, hatte Mathias erst kürzlich versichert.

Dabei, dachte Corsin, erkannte Madlena ihn meist gar nicht.

Sie zupfte drüben eben Tannenzweige aus dem Adventsgesteck. Corsin betrachtete erneut Andrins seltsame Lampe. Auf einem der Zettelchen las er den Bandnamen »Fugees«. Es brachte ihn auf eine Idee.

»Welches war ihr Lieblingslied damals?«

Andrin beugte sich über den Tresen und deutete auf ein anderes Briefchen.

Corsin tippte »Killin' me softly« in seinen Laptop. Aus Nostalgie wählte er das Original von Roberta Flack, wie immer verwünschte er die langsame Internetverbindung hier in der Surselva. Er nutzte die Zeit des Downloads und brachte Crista ihren Wein.

»*Viva! In bi nadal.*«

»*Semegliont*, Corsin, *engraziel.*«

Einen Moment lang war er versucht, sich zu ihr zu setzen und ihren Rolf in das verdient schlechte Licht zu rücken. Corsin hatte sich viel zu lange nicht mehr mit ihr unterhalten. Crista wusste noch nicht mal, dass er Fjodor nach der Steinbockjagd im Oktober hatte einschläfern müssen oder dass er aus einer Laune heraus den Rest seiner Schafe verkauft hatte. Ebenso wenig hatte er ihr vom letzten Streit mit seiner Tochter erzählt unten im Tal, oder vom Konkurs und was er jetzt zu tun gedachte.

Corsin behielt das meiste für sich. Priester bleiben stets auf ihrer Seite des Beichtstuhls.

Er lächelte. Mit Ausnahme von Mathias natürlich.

Zurück am Tresen sah er, dass der Download abgeschlossen war. Er beugte sich zu Andrin vor.

»Versuchen wir es mal altmodisch. Bring ihr während des Liedes diese Rose.«

Er zog sie aus der Vase und startete das Lied. Gespannt warteten die beiden auf die Reaktion von Crista. Schon bei den ersten Takten horchte sie auf. Sie wurde gar etwas blass, schien es Corsin, gleichzeitig zog jemand anderer ihre Aufmerksamkeit auf sich: Madlena. Die alte Frau stand plötzlich mitten auf der sonst nie genutzten Tanzfläche der Stiva. Sie legte ihre Hand auf eine unsichtbare Schulter und begann zu tanzen. Ihr Blick war plötzlich beseelt, ihr Gesicht weniger starr als zuvor. Das zögerliche Tocken ihrer Absätze wurde lebhafter, sie hörte offenbar einen ganz anderen Rhythmus. Der Anblick war berührend und beängstigend.

Mathias hatte sie durchs Fenster gesehen, er kam

Buchhandlung Rupprecht GmbH
Fischerstraße 9, 87435 Kempten
Tel. 0831 52393880 - www.rupprecht.de
UID-Nr: DE134028669

BELEG

Datum: 07.12.2024, 12:59:44

9783311151098
Weihnachten in den Bergen .. 13,00 EUR(7%)

Summe: 13,00 EUR

Summe (Netto) 12,15 EUR
1 * 7 % USt (Netto): 12,15 EUR 0,85 EUR

Bar 13,00 EUR

Steuerreferenz:

Transaktionsnr.: 292442
Signaturzähler: 628412
Signatur: gFUVHQiatkFasJaXoQFd46LOMBPNbYBCA8mUcab
AqP1mPYHtiHxErpKwHgHKEm4UTBNSXm5dGHBgTf
PBEKsTMxEhSw+zfTTYYm8JRQfD1rIiTgYOmOzsE
gSdN2GalhDA
Seriennr. TSE: 4b5065df9521b1eaf39792d73d8a4d3c2d805ed
35224b511776fadb0349c4034
Seriennr.: zynf7m86bfrezxt9zrxx4ytxdc
Start: 2024-12-07T11:59:48Z
Ende: 2024-12-07T11:59:48Z

Unsere Öffnungszeiten
Mo - Sa 09:00-19:00 Uhr

310048 / 55 / 310048 / 1 / 1056 / 1056237091 / 168

R. Rupprecht Buchhandlung

Bücher portofrei: **www.rupprecht.de**

R. Rupprecht Buchhandlung

Bücher portofrei: **www.rupprecht.de**

hereingeeilt, blieb dann aber stehen. Ihr Lächeln! Seit Tagen das erste Lächeln.

Corsin setzte sich behutsam auf einen der Stühle an der Bar. Das war nicht das, was er mit dem Lied bezweckt hatte. Das entrückte Gesicht der alten Frau ergriff ihn, so wie jeden im Raum, der die Szene beobachtete.

Wer war der Unsichtbare aus der Vergangenheit, der Madlena vor ihren Augen in eine junge Frau zurückverwandelte?

Corsin sah ein Glitzern in Mathias' Augen.

Dieser hatte die Tannenzweige aus dem Adventsgesteck in Madlenas Hand entdeckt. Ihr einziger Kuss, nach der *procession da sogn Placi,* im Fichtenwald über dem Kloster. Vierundfünfzig Jahre her.

Die Musik in der Ferne, ihre geschlossenen Augen, der Duft von Harz in der Sommersonne …

Jetzt lächelte auch Mathias, doch im selben Moment erstarrte Madlena. Ihr Arm blieb angewinkelt in der Luft stehen, ihre Hand ragte ins Leere, der erinnerten Berührung beraubt.

Mathias ging vorsichtig zu ihr.

»Komm.«

Er nahm ihre Hand. Sie ließ es geschehen. Unter den verstohlenen Blicken der Gäste, etliche darunter Skitouristen, führte er sie an den Tisch zurück.

Die Gespräche flackerten nur langsam wieder auf.

Corsin musste alle seine Überredungskünste aufbieten, damit Andrin mit seiner Lampe nicht alles verdarb und weiter auf die Rose vertraute. Als er schon aufgeben wollte, winkte Crista ihn zu sich. Er ging hinüber.

»*Jeu sto ir.*«

»Jetzt schon? Du bist doch eben erst gekommen.«

»Eigentlich habe ich auf Rolf gewartet …« Sie verstummte, nur um gleich darauf zu fragen: »Wer ist das bei Mathias?« Corsin fiel auf, wie aufgewühlt sie wirkte.

»Madlena. Seine große Liebe.«

»Ich habe sie hier noch nie gesehen.«

»Sie ist von hier, hat aber oben im Val Medel gelebt. Die beiden haben sich ein Leben lang verpasst und erst kürzlich wiedergefunden.«

Crista schaute ihn ungläubig an. »Sie haben sich verpasst?«

»Mathias nennt es so. Solche Dinge geschehen.«

Kaum hatte er ihr das Retourgeld gegeben, sprang sie ruckartig auf. Sie küsste Corsin flüchtig auf die Wange.

»*In bi nadal.* Und … Ich warte draußen.«

Hatte er sich verhört?

»*Di ei!*«, bekräftigte sie. »Und sag es nur ihm!«

Corsin verstand erst, als Crista schon draußen in den Schneegraupeln verschwand. Er ging zu Andrin.

»Du wolltest zahlen!«, sagte er resolut.

»*Pertgei?*«, fragte Andrin irritiert.

»Sie wartet draußen auf dich.«

»Wer?« Andrins Gesichtsausdruck war köstlich.

»Wer wohl! Vielleicht hat sie eben was begriffen.« Corsin deutete mit dem Kinn zu Mathias und Madlena hinüber.

Andrin verstand nicht wirklich, aber er hatte es plötzlich eilig.

Fünf Minuten später legte Mathias seiner Freundin den Mantel über die Schultern.

»Komm, ich bringe dich ins Heim.«

»*Leave me alone, please!*«

Ihr Widerstand war geringer als sonst, der Tanz hatte sie erschöpft. Mathias wünschte Corsin schöne Weihnachten, sie würden sich ja bald wiedersehen. Corsin wollte etwas sagen und konnte nicht. In der Tür kreuzten die beiden Rolf. Der Banker hielt ihnen die Tür auf und setzte sich dann auf Andrins Stuhl.

»Da, nimm!«

»Was ist das?«, fragte Corsin, unangenehm berührt, verstohlen schaute er auf den Vorplatz der Stiva hinaus. Hatte Rolf denn die beiden nicht mehr gesehen?

»Mach auf!«, drängte ihn Rolf.

Corsin öffnete den Umschlag und zog eine Weihnachtskarte heraus. *Vergiss die Banken!*, hatte Rolf mitten in einen Sternenhimmel geschrieben. *Mit meiner Hilfe bringen wir die Stiva wieder auf Kurs!* Corsin faltete den beigelegten Zettel auseinander, es war ein Scheck, ausgestellt auf seinen Namen, die Summe war exakt jene, die Rolf ihm in der Bank noch verweigert hatte.

»Wie soll ich das verstehen?«

»Ein zinsloses Privatdarlehen.«

Corsin war baff. »Aber warum denn jetzt?«

»Warum, warum …! Ich lass mir doch nicht unser Wohnzimmer schließen. Crista liebt ihr Tischchen da drüben, das weißt du doch. Das Darlehen ist eigentlich ihr Weihnachtsgeschenk. Wo ist sie übrigens?«

Corsin zögerte die Antwort hinaus. »Wer jetzt?«

»Die heilige Mutter Gottes. Blödsinn: Crista.«

»Ach so!« Corsin wandte sein Gesicht ab. »Na, eben war sie noch da, sie ist glaub mit jemandem raus, einer … Kollegin wohl?«

»Wir waren doch hier verabredet! Egal, sie wird bald zurück sein. Lass uns unsere neue Partnerschaft schon mal begießen. Und Corsin!« Er wedelte mit der Hand, bis Corsin widerwillig näher kam. »Sag es nicht weiter: Die Finanzierung für das Golfhotel steht, der alte Belgierbunker da drüben wird in die Luft gesprengt, die Bauarbeiten beginnen in zwei Monaten. Deine Stiva steht genau am richtigen Ort, also gewöhn dich schon mal ans Champagner-Ausschenken.«

Corsin öffnete den Kühler und löste dann das Drahtgeflecht um den Korken, so langsam und umständlich, also könne er so seinem Dilemma entrinnen.

Durfte er dieses Geschenk annehmen?

Komplett ratlos schaute er in die Dunkelheit hinaus, in die Andrin und Crista eben verschwunden waren.

Draußen verwandelten sich die Schneegraupeln endlich in echte Flocken, die wild durch die Luft tanzten. Das Pflegeheim war nur zwei Straßenbiegungen von der Stiva entfernt. Als Mathias und Madlena dort in den gelben Lichtkegel der Straßenlampe traten, hielt auf der anderen Straßenseite gerade das Postauto. Mathias sah, wie Andrin und Crista Hand in Hand einstiegen. Lächelnd schaute er dem Bus hinterher, bis er im Schneegestöber verschwunden war. Dann zog er Madlena dichter an sich. Der Baum war geschmückt, das Geschenk lag bereit, nach zwei getrennten Leben würden sie morgen den Weihnachtsabend erstmals gemeinsam verbringen. *El, cun ella.* Er, mit ihr.

Rainer Moritz

Hoesslis Flügel

Hoessli! Doktor Hoessli! Den kennen Sie, oder? Ein Arzt, der hier am Ort wirkte, damals Ende des 19. Jahrhunderts, als St. Moritz zu den ersten mondänen Winterurlaubsadressen gehörte. Mit seiner Frau Adèle, einer Baslerin, falls Sie das interessiert, kam er 1887 an und etablierte sich rasch als einer der renommierten Badeärzte. Von den Gästen der Reine Victoria werden ihn nicht wenige aufgesucht haben. Sich den Vergnügungen der Wintersaison hinzugeben und gleichzeitig von der medizinischen Versorgung profitieren, das waren zwei Fliegen mit einer Klappe, wenn Sie verstehen, Madame Gertrud …

Gertrud lehnte sich auf dem Sofa zurück, tat so, als würde sie nichts mehr erregen als die Geschichte dieses Hoessli. Sie gab dem Barkeeper, der – obwohl sie erst vorgestern angekommen war – bereits jede ihrer Handbewegungen zu deuten wusste, ein Zeichen und er füllte ihr Weinglas umgehend auf. Ohne diese Bündner Riesling-Sylvaner-Cuvée waren die weitschweifigen Erzählungen ihres Gegenübers nicht auszuhalten, und dass die enormen Beträge, die man für ein winziges Glas Wein zu entrichten hatte, ihr Weihnachtsbudget über Gebühr strapazierten, nahm sie in Kauf.

Palm, Helmut Palm, so hatte sich der Mann mit dem grauen pomadisierten Haar vorgestellt, Fachgeschäft für Herrenbekleidung in Castrop-Rauxel, erstes Haus am Platz, in dritter Generation. Er war in ihrem Alter, um die sechzig, bemühte sich jedoch mit einer Krawatte, auf der Pinguine hin- und herhüpften, und mit seinen zweifarbigen Schuhen um ein jüngeres Erscheinungsbild. Verwitwet, zwei Kinder, der Sohn sei im Begriff, in den Betrieb einzusteigen, was für einen Geschäftsmann das größte Glück auf Erden bedeute. Es dauerte keine halbe Stunde, bis Gertrud über alles und jeden im engeren und weiteren Umfeld der Familie Palm Bescheid wusste. Als würde man sich seit Jahrzehnten kennen.

Er war nicht mehr von ihrer Seite gewichen und hatte seiner Freude Ausdruck verliehen, das Abendessen mit ihr einzunehmen. Gertrud war zu schwach gewesen – vielleicht lag es an der ungewohnten Höhenluft –, um sein Angebot auszuschlagen. In der Reine Victoria wurde kein Diner serviert, die Gäste bewegten sich im Tross über die Straße hinweg in ein angeschlossenes Hotel, wo ein Büfett auf sie wartete.

Herrenausstatter Palm, der, wie er ausführte, seit über zwanzig Jahren sommers wie winters das Engadin aufsuchte, gab Gertrud ungefragt Speiseempfehlungen und riet ihr vom Fisch ab. Man wisse ja in den Bergen nie, wie es um dessen Frische bestellt sei. Das Geschnetzelte hingegen gelte zu Recht als sichere Bank, und das Rösti werde alle Viertelstunde gebraten, sodass es am Büfett nicht austrocknen konnte. Gertrud nickte freundlich, ließ das Geschnetzelte links liegen, nahm vom Wildragout und war sich sicher, dass es »die« Rösti hieß. Darüber mit diesem Palm zu debattieren, vermied sie. Wozu sollte das führen?

Dass Gertrud seine Empfehlung ignoriert hatte, störte Palm offensichtlich nicht. Er gehörte zu den Männern, denen es wichtiger war, Ratschläge zu erteilen, als auf deren Umsetzung zu hoffen. Palm selbst säbelte an einem Stück Fleisch herum, das er als Cordon bleu bezeichnete, ein Lieblingsgericht seiner Kindheit. Noch heute könne er da nicht widerstehen, wenngleich es für ein Büfett im Grunde ungeeignet sei. Frisch ausgebacken, so müsse ein Cordon bleu auf den Tisch kommen. Aber besser ein Cordon bleu als kein Cordon bleu! Finden Sie nicht auch, Madame Gertrud?

Palm verstand es, zwischen seinen Bissen nahezu pausenlos weiterzureden, ohne dass es unappetitlich wirkte. Und kaum hatte er seine sämtlichen

Leib-und-Magen-Gerichte beschrieben und kommentiert, kam er auf sein eigentliches Thema zurück. Doktor Hoessli sei wenige Jahre nachdem die Reine Victoria eröffnet wurde, nach St. Moritz gekommen. Ein Hotel der Belle Époque, eine der besten Adressen damals. Etliches aus der Zeit habe sich erhalten, obwohl das Hotel dürftige Zeiten durchgemacht habe. Bis vor Kurzem sei es ein Umschlagplatz für Bustouristen gewesen, eine Ladung nach der anderen habe hier zu Billigtarifen – wenn man im Engadin von Billigtarifen sprechen könne – logiert. Dahin der alte Glanz der Belle Époque, Menschen mit Stil und Geschmack hätten einen weiten Bogen um das Hotel gemacht, doch nun, seit ein paar Jahren, fuhr Palm fort, während er eine zweite Portion Tiramisu verzehrte, wehe ein frischer Wind. Die alte Victoria, wenn sie ihm einen Scherz erlaube, unterzöge sich gerade einem Lifting. Und deshalb hätten ja Madame Gertrud und er sich dort einquartiert.

Gertrud erlaubte alles. Sie nahm einen Espresso und empfand kein Bedauern, als sich Palm entschuldigte. Er habe Telefonate zu führen und E-Mails zu beantworten. Als Geschäftsmann kenne man keinen Feierabend, selbst kurz vor Weihnachten. Morgen würde er ausführlich von diesem Doktor Hoessli berichten, der übrigens ein leidenschaftlicher Alpinist gewesen sei, bis an sein Lebensende.

Sein Sohn habe ebenfalls den Arztberuf ergriffen. Die Entstehung einer Dynastie gewissermaßen, dergleichen gebe es nicht nur bei Herrenausstattern. Aber Hoessli junior habe sich nicht nur um die Gebrechen der St. Moritzer Kurgäste gekümmert, an einer Grönland-Expedition habe er teilgenommen, stellen Sie sich das vor!

Palm hielt sich an der Tischkante fest, ehe er wild mit den Händen herumzuwedeln begann. Ein Schweizer Geophysiker, zwei Deutsche und unser Hoessli junior auf dem Weg ins ewige Eis! Ein Einheimischer habe ihm die Geschichte erzählt, ein wahres Abenteuer. Darüber müsse man ein Buch schreiben. Hans habe er mit Vornamen geheißen, doch dann sei er zu Tode gekommen, nein, nicht im Eis, sondern 1918, die Spanische Grippe, Sie wissen schon … Wie furchtbar für seinen Vater, das eigene Kind zu überleben, das wünsche man keinem …

Gertrud atmete tief durch, als Palm mit gezücktem Handy auf die Drehtür zusteuerte. Immerhin schien er ein harmloser Vertreter seines Geschlechts zu sein, ein Vielredner, der von der Wichtigkeit seiner Äußerungen so überzeugt war, dass er Reaktionen darauf gar nicht registrierte. Zum Glück wirkte er nicht aufdringlich, was womöglich daran lag, dass Gertrud ihn nicht als Frau interessierte. Daran hatte sie sich gewöhnt. Mit Anfang fünfzig merkte sie, dass die Blicke der Männer nichts Taxierendes mehr hatten. Früher war das anders gewesen, sogar im Kollegium, wenn neu hinzugekommene Lehrer sie auf eine ganz gewisse Weise musterten. Die Musiklehrerin Gertrud Uhl hatte nie als erste erotische Anlaufstelle gegolten, doch sie hatte gewusst, dass sie auf Männer, mitunter auch auf Frauen, eine unbestreitbare Wirkung ausübte.

Ihr eigener Mann hatte sie vor Jahren verlassen, von heute auf morgen, mit Begründungen, für die sie nicht mehr als ein Lächeln übrighatte. Für sich und vor anderen nannte sie ihn den Abhandengekommenen. Manchmal musste sie sich konzentrieren, um sich an seinen Vornamen zu erinnern. Sie litt nicht mehr darunter, doch an Weihnachten hielt sie es in ihrer Wohnung nicht aus. Ihre Ehe war kinderlos geblieben, ein Umstand, den sie zumindest an Feier- und Festtagen bedauerte, wenn alle Welt bei Söhnen und Töchtern unterschlüpfte. Keine Kinder, keine Geschwister, damit kam sie einundfünfzig Wochen im Jahr gut zurecht. An Weihnachten jedoch nicht, und sie wollte auf keinen Fall auf mitleidige Einladungen ihrer Kolleginnen warten.

So fuhr sie fort, am ersten Tag der Weihnachtsferien, und so war sie im Engadin gelandet, auf Empfehlung ihrer Freundin Ulrike, der sie ihre Weihnachtsängste einmal gebeichtet hatte. Ein Jugendstilhotel in St. Moritz, wo sie doch für die

Komponisten jener Zeit, für Fauré und Debussy, schwärme, und dazu eines, das nach der alten englischen Königin Victoria benannt sei. Zuerst hatte Gertrud abgewunken, darauf verwiesen, dass das ihre finanziellen Möglichkeiten übersteige, doch schließlich beschloss sie kurzerhand, das Weihnachtsarrangement zu buchen. Eine Entscheidung, die zu ihrer Gemütslage passte. Denn sie hatte sich vorgenommen, ihrer Schule Adieu zu sagen – sosehr sie es liebte, Musik zu unterrichten, ein Fach, das niemand ernst nahm. Ihre Schülerinnen und Schüler mochten sie, weil sie keinen mit Verachtung strafte, der die Kreuztonarten nicht unterscheiden konnte, eine Triole für ein Instrument hielt und Bach im falschen Jahrhundert verortete. Sie war Angestellte, keine Beamtin, sie würde ihrem Direktor demnächst erklären, dass er, nach über zwanzig Jahren, bald auf ihre Dienste würde verzichten müssen. Was danach kam? Sie wusste es nicht, vielleicht würde ihr das Engadin auf die Sprünge helfen.

Und klang Reine Victoria nicht einladend genug? Ulrike hatte die richtigen Köder ausgelegt: ein leicht angestaubtes Hotel mit Kronleuchtern aus dem Fin de Siècle, mit einem Theatersaal, in dem – sie wollte es erst nicht glauben – Herbert von Karajan mit seinen Berliner Philharmonikern irgendwann in den sechziger Jahren Mozarts Symphonien gespielt hatte. Und Ulrike wusste um Gertruds Schwäche für das englische Königshaus, hatte miterlebt, wie Lady Dianas Unfalltod sie wie der Verlust eines nahen Anverwandten mitgenommen hatte. Tagelang hatte sich Gertrud krankgemeldet, unfähig, vor ihre Klassen zu treten. Und hatte nicht Victorias Urenkelin – oder Ururenkelin? –, die junge Elisabeth II., ihren Heimatort besucht? Gertrud erinnerte sich daran, wie sie an der Hand ihrer Mutter vor dem Langenburger Schloss in einer Menschentraube stand, um der Königin und ihrem hochgewachsenen Mann zuzuwinken. Ein junges Mädchen war sie gewesen, doch einer leibhaftigen Monarchin zu begegnen, das hatte sie beeindruckt. Der Langenburger Bürgermeister hatte Elisabeth begrüßt, auf Englisch, und Geschenke überreicht.

Die Weihnachtsfeiertage verbrachte Gertrud auf eine Art, die sie als wohltuend ruhig empfand. Sie ging zur Mittagszeit ins Schwimmbad, wenn die meisten Gäste zum Essen einkehrten. Sie lieh sich ein Paar Langlaufski, ohne mit Begeisterung bei der Sache zu sein. Sie stapfte abseits der Wege durch den Tiefschnee, bis sie hüfttief einsank und für einen kurzen Moment die Furcht aufkam, sich nicht mehr befreien zu können. Sie umrundete die französische Kirche, die im Winter geschlossen war. Sie setzte sich der Sonne aus, auf einer Bank neben der Boulebahn, malte sich aus, wie die Einheimischen, ausschließlich Männer wohl, Ehrgeiz an den Tag legten und in ihrer Sprache, die sie nicht verstand, darüber stritten, welche Kugel den Sieg davongetragen hatte.

Sie nahm jedes Detail des Hotels in sich auf, die Deckenmalereien, die dunkelblauen Teppiche mit ihren goldenen Ornamenten. Sie schloss die Augen und stellte sich vor, wie Karajan gestikulierend durch die Hotelhalle stürmte, und sie nahm in einem Saal Platz, der Lobby genannt wurde und mit seinen gelben Ledersitzgruppen den Charme vergangener Tage versprühte.

Heiligabend verbrachte sie im Kreis dreier Frauen, die wie sie diesem Tag mit Beklemmung entgegengesehen hatten. Die Hoteldirektion verzichtete darauf, die Räume mit »O du fröhliche« zu beschallen; nur Herrenausstatter Palm bestand darauf, dass Rocco, der rumänische Barkeeper, eine Vico-Torriani-Weihnachts-CD einlegte. Im Frühstücksraum stand eine enorme, dezent geschmückte Tanne, mehr an Aufwand betrieb man nicht. Ein Viergangmenü wurde serviert, und kurz nach zehn zog sich Gertrud zurück. Ein kleines, zweigeteiltes Zimmer – sie hatte sich für die preisgünstigste Variante entschieden – mit einer blassrosa Récamiere, die Gertrud zu ihrem liebsten Möbelstück erkor. Sie legte sich hin, öffnete das Fenster, um der Weihnachtsstille zu lauschen, und empfand

Zufriedenheit. Unwillkürlich dachte sie an Doktor Hoessli; Palms Erzählungen hatten sich festgesetzt. An Hoessli junior, den Arzt, der sich dieser waghalsigen Expedition angeschlossen, seinem Leben eine neue Wendung gegeben hatte.

Nach den Weihnachtstagen mit ihrer aufgeladenen Atmosphäre kehrte rasch wieder die Routine des Hotelgeschehens ein. Es war klirrend kalt, der See, auf dem im Januar oder Februar verrückterweise Pferderennen stattfanden, zugefroren. Gertrud unternahm Spaziergänge, einen nach Sils Maria, der sie anstrengte. Doch die Teestunde im Waldhaus ließ sie zu Kräften kommen. Würde sie Lotto spielen und würde sie im Lotto gewinnen, dann verbrächte sie nicht nur eine Woche in diesem Hotel.

Der Anblick der schroffen Felsen und Berggipfel schüchterte sie ein, von zu Hause war sie an die sanfte Hohenloher Hügellandschaft gewöhnt. Vielleicht hatte sie sich in den letzten Jahren zu sehr in diesem unaufgeregten Gleichmaß eingerichtet. Die Reine Victoria machte es ihr leicht, Distanz zu wahren. Sie ließ sich beim Frühstück auf eine Plauderei mit einem Schauspielerpaar aus Zürich ein und versuchte, um Herrenausstatter Palm einen weiten Bogen zu machen. Was ihr nur halbwegs gelang, denn sein Impuls, ihr die Hoessli'sche Grönlandexpedition in allen Einzelheiten zu schildern, war nicht zu bremsen. Manchmal schien er ihr aufzulauern und schnellte im Foyer hinter einer Säule hervor, wenn sich Gertrud in Sicherheit wähnte. Einmal schwänzte sie das abendliche Büfett und reservierte einen Tisch im Restaurant Corvatsch, dessen Arvenholzambiente auf sie wie das Urbild einer Engadiner Wirtsstube wirkte. Sie bestellte Mistkratzerli und ließ sich von dem ausgesucht höflichen Kellner schnell davon überzeugen, einen zweiten Wein zu nehmen.

Bevor sie auf ihr Zimmer ging und sich lesend auf der Récamiere ausstreckte – sie hatte ein Bändchen mit Maupassants Novellen mitgenommen –, nahm sie an der Bar Platz. Ruhig ging es da zu; die meisten Hotelgäste klagten über eine der Höhenluft zugeschriebenen Müdigkeit und zeigten kein Interesse, den Abend zechend und palavernd ausklingen zu lassen. Gertrud nickte den beiden Schauspielern zu, die keine Sekunde lang die Hände voneinander lassen konnten, setzte sich auf einen Barhocker und bestellte ein Glas Riesling-Sylvaner. In Langenburg trank sie unter der Woche nur Tee und Saft, aber das hieß ja nicht, dass sie zeitlebens unter der Woche Tee und Saft trinken musste.

Rocco strahlte sie an, schob ihr ein Schälchen Salzmandeln zu und begann zu erzählen. Aus Rumänien, ja, aus dem Dracula-Land, stamme er, seit dreißig Jahren arbeite er in den Hauptsaisons in St. Moritz, in mehreren Hotels habe er gedient, als Oberkellner oder Barkeeper. In der Reine Victoria gefalle es ihm am besten, und er hoffe darauf, dass der anstehende Besitzerwechsel nichts an der Atmosphäre ändere. Im Sommer, das könne sich Gertrud wohl kaum vorstellen, herrsche im Theatersaal ein Treiben und Lärmen, doch dann gebe es wieder diese Zeiten, wo das Leben an Geschwindigkeit verlor. Wie an den Weihnachtstagen, während derer es die Gäste langsamer angehen ließen.

Gertrud hörte diesem Mann gern zu. Wenn er sich unbeobachtet fühlte, verzog er mitunter sein Gesicht, als litte er Schmerzen, die er nicht zeigen wollte. Gertrud erzählte ihm von Langenburg, von ihrem Dasein als geachtete und leise belächelte Musiklehrerin, und sie gab ihm – erstaunt über ihre Offenheit – zu verstehen, dass sie sich verändern wolle. Kaum hatte sie das Wort ausgesprochen, lachte sie auf. »Sich verändern«, wie komisch das klang. Nein, kam sie Rocco zuvor, einen Mann gebe es nicht in ihrem Leben, zumindest keinen, nach dem sie sich richten müsse.

Sie zerbiss eine Mandel, während sich Rocco um die wenigen anderen Barbesucher kümmerte. Ihr Blick fiel auf einen schwarzen Flügel, einen Yamaha-Flügel, der in einer Ecke sein Schattendasein fristete. Warum spielte niemand? Gab es Angenehmeres als unaufdringliche Pianomusik, die

die Luft und die Menschen einhüllte? Sie beugte sich hinüber zu Rocco, der einen Cocktail mixte, und deutete auf den Flügel. Ja, ja, das sei ein Jammer, man habe ihn eigens angeschafft vor der Wintersaison, ein Klavier oder einen Flügel habe es in der Reine Victoria nie gegeben, allenfalls zu der Zeit, als die Namensgeberin, die englische Königin, eine ganze Etage angemietet habe, was aber wahrscheinlich nur eine weitergesponnene Legende sei. Historiker hätten keinen Beleg für einen solchen Aufenthalt gefunden. Aber das erzählte man sich nur unter der Hand … Ja, dieser Flügel, man habe einen jungen Einheimischen gefunden, einen talentierten Musiker aus Pontresina, der sich als Barpianist etwas dazuverdienen wollte. Doch nach zwei Tage habe er sich beim Skifahren das Bein gebrochen, ein geübter Sportler wie er! Und seitdem stehe der Flügel verwaist da, und es sei unmöglich, Ersatz zu finden.

Gertrud hörte ihm zu und umkreiste mit ihren Blicken den schwarz glänzenden Flügel. Ihre Füße wippten, sie richtete den Oberkörper auf. Ob es möglich wäre, Herr Rocco, ein paar Takte zu spielen … Sie wolle sich nicht aufdrängen und niemanden belästigen, aber den Klang des Instruments würde sie gern einmal hören … Rocco setzte den Shaker abrupt ab und starrte sie an. Gnädige Frau, das wäre wundervoll. Eigentlich müsse er den

Direktor fragen, doch der sei außer Haus, er übernehme die Verantwortung, und gegen den Vortrag einer ausgebildeten Musiklehrerin könne niemand Einwände vorbringen.

Rocco verbeugte sich mit einer Handbewegung, die Gertrud den Weg zum Flügel wies. Sie erhob sich zögernd, spürte den Wein und wusste, dass es kein Zurück gab, an diesem 27. Dezember in der Reine Victoria. An der Rezeption erkannte sie Palm, der auf eine Frau in ihrem Alter einredete. Es konnte sich nur um eine Hoessli-Erzählung handeln, er schien ein neues Opfer gefunden zu haben. Gertrud öffnete den Flügel, rückte den Hocker zurecht und schlug sanft ein paar Töne an. Sie wusste um ihre Fähigkeiten, etwas von Chopin oder Ravel, das hatte sie parat. Sie begann zu spielen, erst ängstlich, doch nach ein, zwei Minuten gewann sie an Zutrauen und Sicherheit. Sie lächelte, und es kam ihr vor, als wäre sie in der kleinen Musikmansarde ihrer Wohnung, in jenem Zimmer, das einst der Abhandengekommene in Beschlag genommen hatte.

Sie spielte weiter, merkte, wie sich eine Handvoll Gäste um den Flügel gruppierte, und wie Wärme das Foyer durchströmte. Ein Hotel aus der Belle Époque ohne abendliche Musik – wie hatte die Reine Victoria so lange in diesem beklagenswerten Zustand verharren können?

Ein Stück noch, dachte Gertrud, ein Stück noch,

und morgen, ja, morgen, wenn ich ausgeschlafen bin und weiß, dass ich keiner Weinlaune erlegen bin, dann spreche ich mit dem Direktor. Vermutlich würde er an ihrem Verstand zweifeln, doch sie würde nicht nachgeben, darauf beharren, dass sie die Richtige sei, keine Reichtümer erwarte … Auf keinen Fall, das würde sie dem Direktor klarmachen, werde sie sein Büro ohne seine Zustimmung verlassen. Das neue Jahr nahte, die Sache duldete keinen Aufschub.

Eine Probezeit ließe sich vereinbaren, kein Problem. Und sie, Gertrud Uhl aus Langenburg, erfahrene Musikpädagogin ihres Zeichens, würde den Getränkeumsatz an der Bar ankurbeln. Womöglich würde sich Rocco bereit erklären, neue Cocktails zu kreieren, bunte Getränke à la Claude Debussy oder César Franck. Oder, wenn es sich nicht umgehen ließ, Hochprozentiges à la Hans Hoessli.

Gertrud klappte den Flügel zu und stand auf. Um sie brandete Applaus auf. Rocco klatschte am lautesten. Morgen, ja, morgen.

Alexander Oetker

Schneegestöber am Matterhorn

Der Schaffner pfiff laut durch seine metallene Pfeife, die Lok hupte, dann setzte sich der rotweiße Zug langsam in Bewegung und glitt beinahe lautlos aus dem Bahnhof von Zermatt in Richtung Täsch. Nach diesem gab es heute keinen mehr, der Fahrgäste aus dem letzten Alpental auf Schweizer Boden herausfahren konnte. Zermatt war autofrei, das hieß, es gab nur diesen Zug, um von hier wegzukommen. Im Ortskern selbst fuhren nur kleine Elektrowägelchen, die Gustav Kant reichlich komisch fand. Sie surrten so lautlos an ihm vorbei, dass er schon mehrfach hatte zur Seite springen müssen. Dafür war die Luft hier unglaublich: kalt und klar und sauber, ganz anders als im smoggeplagten Berlin. In Zermatt hatte die Zukunft schon begonnen, so schien ihm. Und dennoch hatte er sich wie an den drei Abenden vorher wieder zum Bahnhof geschlichen, vor einer halben Stunde schon, hatte beobachtet, wie Dutzende Fahrgäste aus dem Zug ausstiegen, die wenigen Abreisenden in den Zug einstiegen und dieser sich dann in Bewegung setzte.

Gustav Kant hatte hinter einer Säule gestanden und dabei zugesehen. Er wusste, er würde nicht einsteigen. Sein Gepäck stand ja im Hotel. Dennoch mochte er die Möglichkeit, einsteigen zu können. Jetzt war die Möglichkeit passé.

Zermatt war eine Sackgasse. Und das hier war der Heilige Abend. Gustav Kant knurrte.

Wie hatte es so weit kommen können, dass er hier gelandet war, an dem Tag im Jahr, den er am meisten verabscheute?

Ganz einfach: Er hatte einmal im Leben Glück gehabt. Für ihn recht zweifelhaftes Glück. Die junge, hübsche Verkäuferin im EDEKA in den Schönhauser Allee Arcaden hatte ihn angesprochen, als er gerade eine Stange Porree und zwei Schweinenackensteaks in seinen Korb gelegt hatte. Ob er denn nicht an diesem Preisausschreiben teilnehmen wolle. Er wollte nicht, aber sie lächelte so freundlich, dass er sich überwand. Er füllte das merkwürdige Rätsel aus, die Frage war:

Für welches Wahrzeichen ist Berlin berühmt?

A) Fernsehturm B) Eiffelturm.

Er überlegte einen Moment, das Falsche anzukreuzen, aber dann folgte er einem Instinkt und gab die richtige Antwort, er füllte sogar noch den Schein mit seiner richtigen Adresse aus.

Einen Monat später, es war Ende August, flatterte ein Brief aus der EDEKA-Konzernzentrale ins Haus.

Er hatte gewonnen. Hauptgewinn. Eine Woche Urlaub im Fünfsternehotel Mont Cervin Palace am Fuße des Matterhorns – und zwar über die Weihnachtsfeiertage desselben Jahres. Für zwei Personen.

Gustav Kant kam aus dem Lachen gar nicht mehr heraus. Er. In Zermatt. An Weihnachten. Der Weihnachtshasser schlechthin.

Doch dann kam er ins Grübeln: Eigentlich war es auch egal, wo er das Fest der Liebe verbrachte. In Berlin würde er bei Cynthia am Tresen seiner Stammbar sitzen und grummelig in die beleuchteten Altbaufenster ringsum schauen. Und in der Schweiz gab es sicher auch Bars. Er hatte ernsthaft überlegt, ob er die Barfrau fragen sollte, ob sie ihn begleiten wolle – doch den Gedanken gleich wieder verworfen: Sie beide im Winterwunderland, das wäre nun wirklich mehr als ein Weihnachtswunder.

Also hatte er den Veranstalter angerufen und zu dessen Verwunderung angegeben, dass er allein reisen würde. So saß er am 21. Dezember im Zug, der ICE Richtung Interlaken hatte auf deutscher Seite noch 48 Minuten Verspätung und holte die auf wundersame Weise in der Schweiz wieder auf. Umsteigen in Spiez und in Visp, das Hotel hatte alles perfekt vorbereitet. Und schon eine Stunde später war Kant in Zermatt eingerollt. Auf dem Weg zum Hotel war er mehrere Male dem Elektroauto-Tod entgangen, er hatte die elegante Weihnachtsdeko auf der Bahnhofstrasse angesehen mit einer Mischung aus Bewunderung und Abscheu. Minuten später stand er vor dem Prachtbau und wollte sich erst mal kneifen, was ihm nicht recht gelang, weil die Klimaanlage im Zug etwas stark eingestellt worden war und er einen steifen Nacken hatte. Sechs Etagen im schweizerischen Bergstil mit grünen Türmchen obenauf, es gab schmiedeeiserne Balkone vor den Fenstern und drum herum Nobelboutiquen, in denen sich Gustav Kant, nach einem Blick in die Schaufenster, nicht mal dann etwas leisten könnte, wenn er die Monatseinnahmen seiner Detektei mal eben verzehnfachen würde.

Seitdem hatte er schon drei Tage hier verbracht. Sein steifer Nacken war auf wundersame Weise verschwunden, durch eine Massage bei einem jungen Mann, von dessen Worten Kant nicht ein einziges verstanden hatte – so stark war der Bergdialekt des Wallisers gewesen. Doch er hatte magische Hände. Stunden hatte Gustav Kant am warmen Pool zugebracht, während er eine alte Detektivgeschichte von M.R.C. Kasasian gelesen hatte. Immer wieder war sein Blick aus dem Fenster aufs Matterhorn gefallen. Was für ein Berg – das musste er zugeben. Dieses sanfte Ansteigen, und dann der auf einmal aufragende steile Gipfel – im Licht der Sonne eine strahlend weiße Kuppe, dicht mit weichem Schnee besetzt. Über 4000 Meter Fels und Eiswüste. Dahinter lag Italien. Doch dorthin kam man nur mit dem Helikopter oder auf Skiern. Gustav Kant konnte nicht Ski fahren. Deshalb ließ ihn bei aller Herrlichkeit des Aufenthalts das Gefühl nicht los, in diesem Alpendorf ganz schön eingesperrt zu sein.

Und das auch noch inmitten von Menschen, die irgendwie ganz anders waren als er. Nicht, weil er sie nicht verstand – dieses Walliserdeutsch war aber auch eine kehlige Angelegenheit, er hatte gelesen, dass nicht mal Züricher oder Basler diesen Dialekt verstanden.

Nein, es lag eher daran, dass alle hier wohlhabend zu sein schienen. Nein, nicht wohlhabend. Reich. Er sah auf der Bahnhofstrasse Frauen in eleganten Roben und Pelzmänteln, Männer mit Uhren an den Handgelenken, augenscheinlich so teuer, dass man ganze afrikanische Dörfer jahrelang davon ernähren könnte.

Sein Gewinn war inklusive Halbpension, und Gustav Kant hatte gut daran getan, sich im KaDeWe extra noch einen dunklen Anzug zu kaufen, ein treuloser Ehemann hatte dieses edle Kleidungsstück über die Detektei-Zahlung seiner misstrauischen Frau finanziert.

So fühlte er sich nicht ganz so unwohl am Büfett seines Nobelhotels. Es war ein gediegener Raum, in dem sich die abendliche Fütterung der zahlenden plus eines nicht zahlenden Gastes abspielte. Wie das ganze Hotel war auch dieser Raum in hellem Holz gehalten, die Tische waren schick eingedeckt, und Kant versank am ersten Abend fast in dem ausladenden Sessel.

Er hatte einen einzelnen Tisch für sich, der aufmerksame Kellner hatte ihm einen am Rand ausgewählt, von dem aus er gut beobachten konnte, ohne selbst im Zentrum der Aufmerksamkeit zu sitzen. Er war schließlich der einzige Gast, der alleine speiste. In den Weihnachtsferien. *Quelle tristesse.*

So saß er hier und aß mittlerweile zum dritten Mal Speisen, die so exklusiv waren, dass er größtenteils nicht mal die Namen der Gerichte kannte – oder er verstand schlicht die junge Schweizer Köchin nicht, die an der Show-Cooking-Station anbot, was sie in der Pfanne hatte.

Es war ihm aber auch herzlich egal, denn die Alternative erlebte er immer am Mittag. Da sein Gewinn nur Halbpension bot, war er auch heute am Heiligabend zum Metzger Bayard auf der Bahnhofstrasse gegangen. Für sechs Franken hatte er sich eine Bratwurst gegönnt – dazu ein Zermatt-Bier. Sechs Franken. Das waren fast sechs Euro. Und das war das günstigste Essen weit und breit. Da gab's in Berlin ein ganzes Hauptgericht für. Allerdings ohne Matterhorn-Blick.

»So, Monsieur Kant«, sagte der freundliche Kellner, und der Detektiv erschrak. Er hatte ihn nicht kommen hören – dieser junge Kerl schlich sich aber auch immer an. »War alles recht?«

»War sehr juut«, sagte Kant und verfluchte seine Altberliner Erziehung. Nicht mal hier schaffte er es, anständiges Hochdeutsch zu sprechen.

»Das freut mich. Ich weiß, Sie gehen normalerweise früh zu Bett, darf ich Ihnen aber heute etwas empfehlen? Es ist doch die Heilige Nacht. In der Pfarrkirche von Zermatt, in St. Mauritius, ist in einer Stunde unsere Mitternachtsmesse. Das ist wirklich ganz besonders, ein Spektakel aus Kerzen und Lichtern – und dann die Orgel. Es ist wirklich … magisch.«

Gustav Kant betrachtete den Kellner, als wäre er ein Außerirdischer. Nichts lag ihm, dem heidnischen Detektiv aus der heidnischen Stadt Berlin, ferner als ein Gottesdienst ausgerechnet hier, in der erzkatholischen Schweiz. Und dennoch lag da etwas in der Stimme des jungen Mannes, eine Aufregung, beinahe ein Drängen, sodass Kant nicken musste. Doch das reichte dem Kellner nicht, immer noch wartete er auf eine Reaktion.

»Gut gut, ich komme, wo ist das denn?«

»Nur die Straße hinauf, zweihundert Meter, dann sind Sie da. Es sieht aus wie eine … nun ja, Kirche.«

Kant ärgerte sich über seine – zugegeben – nicht besonders clevere Frage.

Er bedankte sich, hinterließ ein kleines Trinkgeld und ging kurz auf sein Zimmer, um sich seine Jacke zu nehmen, dazu eine Mütze, Schal und Handschuhe. Verkleidet wie ein Inuk ging er nach unten und machte einen Schritt aus dem Hotel, um gleich darauf zu wissen, warum er sich im Funktionskleidungsgeschäft in Berlin derart ausstaffiert hatte. Herrgott, war das kalt. Der Schneefall hatte pünktlich zur Mitternachtsmesse wieder eingesetzt. Der Kellner hatte recht gehabt, er war hier noch nie so spät draußen gewesen, stets war er der erste Restaurantgast, der sich auf sein Zimmer verzogen hatte. Nun aber stand er auf der Bahnhofstrasse, es war Viertel nach elf, und das Licht der gelben Laternen beleuchtete die Fassaden der schönen alten Berghäuser, vor den Lichtern tanzten die Flocken. Schon beim ersten Atemzug sah er, wie eine Wolke aus seinem Mund kam, die Kälte drang sprichwörtlich durch alle Poren seiner Kleidung. Unter seinen Füßen knirschte der harschige Schnee, dass es eine Freude war. So stapfte er die Hauptstraße des Dorfes empor, es war eine ziemliche Steigung. Doch er war nicht allein hier, in dieser Nacht. Alle Zermatter, alle Touristen schienen nur ein Ziel zu kennen: St. Mauritius. Die Gemeinde kämpfte sich durchs Schneegestöber, Kants Jacke war im Nu schneeweiß.

Den Turm der hoch aufragenden und schlichten

Kirche hatte Gustav Kant natürlich schon gesehen, er hatte sie nur wie alle Gotteshäuser geflissentlich ignoriert. Als er vor der Kirche stand, zeigte die Turmuhr zwanzig vor zwölf. Das grüne Schindeldach der Kirche war teilweise noch von Schnee bedeckt, durch die Tür strömten die Leute in Scharen nach drinnen. Er wusste, dass er sich würde beeilen müssen, wollte er noch einen Platz ergattern.

Kurz zögerte er – sollte er einfach umkehren, in sein warmes Hotelzimmer, vor den Fernseher? Doch etwas in ihm verbot ihm diesen Gedanken. So knurrte er noch einmal, dann ging er die paar Schritte und betrat die Kirche durch das breite Portal.

Drinnen verschlug es ihm wirklich den Atem: Es gab kein einziges künstliches Licht, es wäre tiefdunkel gewesen hier drinnen, doch da waren Kerzen an Kerzen – es mussten Tausende sein. Im Widerschein des warmen Lichtes saßen die Menschen dicht gedrängt in den Reihen, in der Luft lag eine Mischung aus Weihrauch und Wachs. Vorn waren die beiden goldenen Altäre nur zu erahnen. All die Besucher sprachen ganz leise, und so war es wie eine dunkle Litanei, die von Reihe zu Reihe ging. Kant hatte so etwas noch nie erlebt. Wenn er sich einmal im Jahrzehnt in eine Berliner Kirche verirrte, weil er irgendjemanden beschatten musste, dann saßen da höchstens zehn Hanseln – was das Beschatten umso schwieriger machte.

Er suchte sich einen Platz in der hintersten Reihe, genau am Rand. Neben ihm saß eine ältere Dame im Sonntagsstaat, die ihn freundlich anlächelte. Ihr Krückstock lehnte vor ihr in der Bank.

Es dauerte nicht lange, dann begann die Orgel zu spielen, das Präludium erklang, im selben Moment schlugen auch die Glocken, so laut, dass es selbst auf dem Matterhorn noch zu hören sein müsste. Der Organist hatte echt was drauf, befand Kant, er legte sich ins Zeug, schlug die Tasten, als gelte es, ein Concerto grosso hinzulegen.

Die Menschen wurden nach und nach stiller, sie ließen sich ein auf diesen Augenblick der Magie, die Frau neben ihm hatte die Augen geschlossen.

Als der Organist endete, geschah erst mal: nichts. Was niemandem aufzufallen schien. Die Menschen saßen in ihren Bankreihen, es war gänzlich still, bis auf einen, der ab und an hustete.

Erst nach Minuten fingen einzelne Besucher an sich umzudrehen. Vor ihm beugte sich ein Mann zu seiner Frau, beide tuschelten. Irgendwann drehte sich auch eine Frau zu der alten Dame neben ihm um. »Was ist denn los?«, fragte sie. »Keine Ahnung, es sollte doch losgehen«, antwortete die Alte im Dialekt der Walliser. Sie schüttelten beide fragend den Kopf, der Blick zur Tür im Kirchenschiff. Nichts passierte.

Doch. Da. Die Tür öffnete sich. Die Frau neben

ihm atmete auf. Doch heraus trat nicht etwa der Pfarrer, gefolgt von Dutzenden Messdienern, sondern ein kleiner Mann in Jeans und Hemd, der schnellen Schrittes in den Mittelgang trat. Er blieb an einer Reihe stehen, zwei Damen standen auf, dazu ein weiterer Herr. Sie steckten die Köpfe zusammen, immer wieder schüttelte eine Frau den Kopf, der Mann zuckte ratlos mit den Schultern. Die Verwirrung schien die Kirchenreihen zu ergreifen, es wurde bald ein Stakkato, ein Mantra: »Was ist los?«, raunten alle. Doch niemand schien die Antwort zu kennen. Dann traten auch noch die Messdiener aus der Tür im hinteren Teil der Kirche. In ihren Gewändern standen sie kurz darauf ein wenig verloren herum, aus dem Gefäß mit Weihrauch kam dichter Rauch, ohne dass die Messe schon begonnen hätte. Nun husteten deutlich mehr Besucher.

Irgendwann entschied sich der Mann in Hemd und Jeans und trat nach vorne an den Altar. Er betätigte den Knopf am Mikrophon, sodass die Rückkopplung erst mal durch die Kirche fegte. Dann räusperte er sich und sagte laut:

»Entschuldigen Sie, liebe Gläubige, es ist mir wirklich wahnsinnig unangenehm, dass das ausgerechnet heute passiert. Aber es ist eben so, ich weiß auch nicht, wieso. Wir können den Herrn Pfarrer nicht finden.«

Aus dem Raunen in den Bankreihen wurde nun

ein Staunen, ein »Ah!« und »Oh!«, die Leute steckten die Köpfe zusammen, Einzelne standen auf und wollten Fragen stellen.

»Er hat sich nicht abgemeldet, und Sie wissen, dass es nicht seine Art ist. Aber er geht nicht an seine Tür, er nimmt das Telefon nicht ab, Sie müssen wissen, dass wir ernsthaft besorgt ...«

Ein Mann rief: »Polizei«, ein anderer »Ambulanz«, die Rufe unterbrachen den Mann am Mikrophon, doch er beugte sich gleich wieder vor.

»Sie wissen doch, wir sind hier abgeschnitten, besonders jetzt in der Heiligen Nacht. Niemand arbeitet. Die Polizei wäre erst morgen früh hier. Was machen wir denn bloß?«

Der letzte Satz war nicht geplant gewesen, er zeigte nur die Verzweiflung des Mannes, der die Schultern hängen ließ und vom Altar abtrat. Gustav Kant konnte es selbst nicht glauben, dass er aufstand und nach vorne ging, zu der Gruppe der vier Menschen, die sich wieder gebildet hatte. Sie hatten wieder die Köpfe zusammengesteckt, als berieten sie das weitere Vorgehen. Als Kant dazutrat, stoben die Köpfe auseinander, der Mann schaute ihn an, als würde er stören.

»Ja, bitte?«

»Entschuldigen Sie, mein Name ist Gustav Kant. Ich bin Detektiv in Berlin.«

»Ja?«

»Ich habe Übung darin, Menschen zu finden.«

»Meinen Sie?«

Der Mann schaute misstrauisch.

»Sie wollen Ihre Messe feiern, und ich würde Ihnen gerne dabei helfen.«

»Nun los, Beat, der Mann meint es gut«, sagte die ältere der beiden Frauen.

»Gut«, sagte Beat entschieden.

Er trat noch einmal ans Mikrophon und sagte:

»Wir werden den Pfarrer jetzt suchen. Bitte, gehen Sie erst mal nach Hause. Wir werden die Glocke läuten, wenn die Messe beginnen kann.«

Kant hatte erwartet, dass alle aufstehen und loslaufen, stattdessen blieb die Gemeinde genau dort, wo sie war. Niemand stand auf und bewegte sich von seinem Platz. Kant war beeindruckt. »Wo wohnt der Pfarrer? Wie heißt er denn überhaupt?«

»Er heißt Urs Hummel. Kommen Sie, ich zeige es Ihnen.«

Zusammen traten sie aus der Kirche hinaus in den Schnee, Kant zog seinen Schal enger. Es war drinnen wirklich herrlich warm gewesen. Sie gingen ein Stück bis zu einem hohen Holzhaus aus alten Balken, die von der Bergsonne ganz dunkelbraun geworden waren.

»Das ist unser Pfarrhaus«, sagte der Mann. Er klingelte beim Namen *Hummel.* Niemand reagierte.

»Gibt es eine Haushälterin?«

»Wir sind doch nicht in den Fünfzigern«, sagte der Mann. »Ich bitte Sie. Aber ich kann aufschließen.«

»Warum sagen Sie das nicht gleich?«

Vorsichtig drehte Beat den Schlüssel im Schloss, so, als beginge er eine Sünde. Dann öffnete sich die Tür. Sie stiegen zusammen die Treppe hinauf.

»Hier, in der ersten Etage, hinter dieser Glastür wohnt er.«

Die Lampe im Zimmer war angeschaltet.

Kant klopfte, doch da war niemand. Er drückte die Klinke herunter, die Tür ging auf. Langsam trat er hinein. Er ging ins Wohnzimmer und erstarrte, hinter ihm stöhnte Beat auf.

»Herrgott«, sagte er.

Kant trat näher an die Stelle heran, wo die Dielen in einen Teppich übergingen, beugte sich herab und wischte mit dem Zeigefinger durch die rote Flüssigkeit.

»Ohne Zweifel. Blut.«

»Sind Sie sicher? Oh Gott.«

»Das können Sie laut sagen. Es ist viel Blut.«

»Dass es wirklich wahr geworden ist.«

Der Mann war blass geworden.

»Was denn?«

»Das kann ich nicht … wirklich nicht, das ist eine Sache des Dorfes.«

»Mann«, sagte Gustav Kant, »hier ist vielleicht ein Verbrechen geschehen. Reden Sie …«

»Man sagt«, fing Beat schluckend an, »dass Pfarrer Hummel eine Affäre gehabt habe.«

»Mit wem?«

»Mit Regula Hänni, der Frau des Schreiners. Und der … Reto Hänni, ist ein echt übler Bursche.«

Kant überprüfte die restlichen Zimmer.

»Los, wir dürfen keine Zeit verlieren. Hier ist keine Spur vom Pfarrer. Wir müssen zu den Hännis, vielleicht lebt er noch …«

»Sie meinen, er könnte …«

»Los, führen Sie mich hin.«

Beat ging flinken Schrittes voraus, doch Kant sah, dass der Mann zitterte. Die ganze Sache war ihm nicht geheuer – wie auch?

Sie traten aus dem Pfarrhaus und gingen die Bahnhofstrasse noch ein Stück hinauf. Das hier musste das alte Zentrum des Ortes sein, es gab keine Läden mehr, nur alte Holzhäuser, die niedriger waren als im heutigen Dorfkern. Auch die Laternen waren spärlicher.

An einem zweistöckigen Trutzbau hielten sie, hinter den Balken bellte ein Hund. Beats Hand zitterte noch mehr, als er die Klingel drückte. Drinnen hörten sie laute Schritte, als trüge dort jemand Holzpantinen oder Stiefel mit Stahlkappen. Die Tür wurde aufgerissen.

»Wer stört in der Heiligen Nacht?«

Der Mann nahm die gesamte Tür ein, so gewaltig waren seine Ausmaße. Seinen Kopf musste er einziehen, um herauszusehen. Kant sah seine Hände, weil er nach Blut suchte. Er fand aber nur die sauberen Riesenpranken des Schreiners, die schwielig waren und in der Tat so groß, dass er damit ganze Holzbalken mühelos würde durchbrechen können.

»Entschuldigen Sie, Herr Hänni, ich bin Beat Schneider von der katholischen Gemeinde. Und das ist Monsieur Kant, ein Detektiv. Dürfen wir eintreten?«

»Ein Detektiv?« Hännis Stimme knarzte, als habe er so etwas noch nie gehört.

Kurz darauf standen sie in der Stube, die viel gemütlicher war, als dieser Mann aussah. Im offenen Kamin brannte ein Feuer, und eine hübsche ältere Frau kam eben mit einem Tablett mit einer Flasche Rotwein herein.

»Guten Abend, Madame Hänni«, sagte Beat. »Entschuldigen Sie die Störung.«

»Was ist denn?«, fragte sie mit besorgter Stimme.

»Wir sind auf der Suche nach Pfarrer Hummel.«

»Und Sie suchen ihn hier?«, fragte der Schreiner, und seine Stimme hatte eine drohende Färbung angenommen.

»Wir haben die Annahme, dass ihm etwas zugestoßen ist«, sagte Gustav Kant und versuchte, gleichzeitig die verschiedenen Reaktionen der Eheleute wahrzunehmen. Doch beide blieben wie angewurzelt stehen, ihre Münder weit aufgerissen. Sie schienen schon lange zusammenzuleben, dachte der Detektiv, nicht ohne einen Funken Neid zu verspüren.

»Wie kommen Sie denn darauf?«, fragte Herr Hänni.

»Wir haben Blut gefunden, in seiner Wohnung.«

»Und da wollen Sie wissen, ob ich ihn …«

»Warum sollten wir das fragen?«

Der Schreiner lachte hämisch.

»Ach, Herr Detektiv, ich bitte Sie. Das ganze Dorf redet doch darüber. Dass meine Frau mir Hörner aufgesetzt haben soll – mit dem Pfarrer. Und nun soll ich ihn …«

Kant ging aufs Ganze.

»Haben Sie denn, Monsieur Hänni? Mit Ihrer Statur sollte das kein schwieriges Unterfangen sein.«

»Hör mal, du …«, schrie der Schreiner auf und wollte sich eben auf Kant stürzen, da rief die Frau:

»Reto, nicht. Hör doch auf.« Sofort blieb der gewaltige Mann stehen. »Es hat doch keinen Sinn. Wir waren den ganzen Abend zusammen, mein Mann und ich. Er hätte gar keine Gelegenheit gehabt rauszugehen. Glauben Sie mir, Beat, wirklich nicht.«

Beat sah ihr flehendes Gesicht, und auch Kant wusste, dass die Frau die Wahrheit sagte.

»Gut, wir müssen dann morgen früh die Polizei rufen«, sagte Kant, »danke Ihnen in jedem Fall.« »Eine gute Heilige Nacht und verzeihen Sie die Störung«, fügte Beat hinzu.

Sie gingen aus dem Haus.

»Das war ja mal ein Reinfall«, sagte Kant.

»Und zwar nicht der von Schaffhausen«, sagte Beat. Kant sah ihn fragend an.

»Schweizer Witz«, sagte Beat schnell.

»Witzig.«

Hinter ihnen pfiff es, und Kant drehte sich um, suchte nach dem Ursprung des Geräuschs. Dort, da oben, da sah eine Gestalt aus dem Fenster. Es war …

»Madame Hänni«, flüsterte Kant.

»Ich weiß, wo er ist. Er hat es mir gesagt, dass er dorthin geht, wenn er nachdenken muss. Oben, auf halbem Weg zum Gornergrat, dort, auf der Riffelalp gibt es eine Hütte für Bergsteiger, die in Not geraten. Da schläft er manchmal, er fühle sich Gott dort näher, sagt er.«

»Aber warum denn am Heiligen Abend?«, fragte Beat, doch da hatte Madame Hänni das Fenster schon wieder geschlossen.

»Können wir dorthin laufen?«, fragte Kant, vom Jagdfieber gepackt.

Beat lachte. »Nicht mal am helllichten Tag schaffen Sie das unter drei Stunden. Sie sind ein Flachland-Heini. Aber jetzt, in der Nacht … ausgeschlossen. Warten Sie.«

Gut vernetzt war er, das musste man Beat lassen. Keine zehn Minuten später standen sie vor einer hell leuchtenden gelben Pistenraupe, die die Bahnhofstrasse entlanggeschrammt kam. Es schneite wenigstens nicht mehr.

»Steigt ein«, sagte die junge Frau, die eine Weste der Bergwacht trug. »Riffelalp?«

»Genau, Vroni.«

Die Frau schien nebenbei Rallyes zu fahren, denn in weniger als zwei Minuten hatten sie das Dorf hinter sich gelassen und fuhren im Schein der hellen Lichter auf die Anhöhe, die den Ort begrenzte. Auf der Pistenraupe blinkte eine gelbe Rundumleuchte.

Irgendwann stand das Fahrzeug gänzlich schräg, so steil ging es aufwärts. Kant musste sich festhalten und kam dennoch nicht umhin, das Alpenpanorama zu bewundern. Der Schnee ließ Berg und Tal taghell erscheinen. Und das Matterhorn glänzte im Mondlicht. Es war unwirklich schön, wie ein Gemälde, das sich Kant nie aufhängen würde.

Höher und höher wand sich die Raupe empor, in Vronis Gesicht konnte er ein Strahlen erkennen, als bereite ihr das eine unbändige Freude. Sie erinnerte ihn an Cynthia in Berlin.

Auf einer Lichtung bremste sie. Eine glatte weiße

Schneelandschaft breitete sich vor ihnen aus, als sei hier noch nie ein Mensch gewesen.

»Aussteigen«, sagte Vroni, und sie taten wie ihnen geheißen. »Braucht ihr mich?«

»Kannst du warten?«

»Klar. Bescherung ist erst morgen«, sagte sie lachend.

»Da, da sind Spuren«, sagte Kant und zeigte auf das einzige Paar Schritte, das augenscheinlich durch den Schnee gestapft war. Auf eine kleine Hütte zu, die am Rand des Hochplateaus stand. War das da ein Lichtschein?

»Los«, sagte Beat, doch Kant war schon vor ihm. Er war brennend interessiert, dieses Rätsel zu lösen. Er klopfte nicht, stattdessen öffnete er die Tür leise. Und da saß Urs Hummel am hinteren Fenster, auch in diesem Ofen war ein Feuer, und der Priester saß da in seiner Soutane und sah aufs Matterhorn und auf den Mond. Er erschrak kein bisschen, als die Männer eintraten.

»Beat. Und Sie ...«

»Herr Pfarrer. Was machen Sie denn?«, fragte Beat vorwurfsvoll.

»Ich ...«

»Geht es Ihnen denn gut?«, fragte Kant, »wir haben das Blut gesehen. Wurden Sie überfallen?« Er sah die Wunde am Arm und an der Hand, die der Pfarrer liederlich verbunden hatte.

»Was?«, fragte Hummel und sah an sich herab. »Ach, das meinen Sie. Nein, alles in Ordnung, das war so dumm. Ich habe die Flasche mit dem Messwein geöffnet, der Korken saß so fest, und dabei ist sie runtergefallen. Ich habe die Scherben aufheben wollen und mich dabei ganz schlimm geschnitten.«

»Und wir dachten schon …«, sagte Kant und atmete auf.

»Was dachten Sie? Wer sind Sie überhaupt?«

»Das ist ein Detektiv aus Berlin, Herr Pfarrer. Gustav Kant. Wir dachten, dass Monsieur Hänni Ihnen eins übergebraten hätte, aus Eifersucht.«

»Eifersucht worauf?«

»Weil Sie doch mit seiner Frau …«

»Regula und ich?« Hummel lachte heiser. »Ich bitte Sie. Sie ist ein so feiner Mensch. Und Reto, der ein guter Freund von mir ist, arbeitet ständig in der Schreinerei. Er ist anders als sie, das wissen sie beide. Und deshalb freut sich Reto, wenn Regula und ich Zeit miteinander verbringen. Wir lesen Gedichte zusammen, wir spielen die Orgel, das ist sehr schön. Sie ist ein sehr künstlerischer Mensch, aber sie brauchte jemanden, der sie fördert. Und das tue ich und bekomme dafür ihre wunderbare Gesellschaft. Ganz ohne Hintergedanken.«

Beat schüttelte den Kopf und rief: »Gut, Herr Pfarrer, alles schön und gut. Aber nun mal ehrlich, die Gemeinde wartet auf Sie. Es ist Weihnachten.«

»Das ist es ja«, sagte Hummel plötzlich düster und wandte den Blick zum Fenster hin. »Weihnachten. Ja, da kommen sie alle. Da sitzt die Kirche voll. Weil sie es erwarten, die Menschen, dass es da richtig heilig zugeht. Dass Wunder geschehen, dass wir sie aus ihrer hektischen und kommerziellen und eindimensionalen Welt reißen. Da muss ich liefern. Eine Predigt mit Weitsicht und Besinnlichkeit, aber bitte nicht zu religiös. Früher, ja, früher war Zermatt mal richtig katholisch. Wir haben uns auf uns besonnen, auf die Berge, das Holz, auf Gott überm Matterhorn. Doch heute geht es hier doch auch zu wie überall: Alles muss schnell gehen, und der Rubel muss rollen – und beim Kommunionsunterricht sitzen die Kinder da mit ihren Handys und hören nicht zu. Es ist … Ich weiß auch nicht. Es liegt ja nicht nur an den Menschen. Es ist Gott, der die Welt so macht, der die Regeln vorgibt. Ich konnte heute Nachmittag einfach nicht mehr, ich habe gezweifelt. Und deshalb habe ich die letzte Gornergratbahn genommen und bin hier raufgefahren; seitdem sitze ich hier und versuche, mit ihm zu reden, aber er antwortet mir einfach nicht.«

»Soll ich Ihnen mal was sagen?«, fragte Kant. »Ich bin nun wirklich der Letzte, der diesen ganzen Zirkus mit Weihrauch und Gedöns braucht – und doch fühle ich gerade, dass ich in diesem Moment ein bisschen mehr an all das glaube, als Sie es tun.

Das ist doch schon mal was. Und dort unten in Ihrer Gemeinde, da sitzen die Menschen auf den harten Bänken und warten auf Sie. Weil das nun mal so ist mit den Wundern – an Weihnachten. Und das allein zeigt doch, dass die Menschen glauben. Also los, Sie sollten nicht der sein, der am wenigsten glaubt, an diesem Abend. Kommen Sie, sehen Sie es sich an – dann wird das schon wieder.«

Kant konnte selbst nicht glauben, dass er das eben gesagt hatte – und auch Beat schaute ihn an wie einen Außerirdischen.

Doch Pfarrer Hummel stand auf, zupfte seine Soutane glatt, dann löschten sie das Feuer im Ofen und gingen hinaus. Vroni hielt die Tür auf, alle stiegen ein, und dann raste die Frau wieder los, als gebe es eine Medaille zu gewinnen. Minuten später bremste sie vor der Kirche.

Drinnen saßen alle genau so da, wie Beat und Kant sie zwei Stunden zuvor zurückgelassen hatten. Die Kerzen waren mittlerweile ein Stück abgebrannt. Die Messdiener standen gelangweilt herum, doch als sie Pfarrer Hummel sahen, nahmen sie Haltung an. Auch der Organist hieb sofort in die Tasten. Der alte Pfarrer betrachtete seine Gemeinde, und Kant sah, dass er sich eine Träne aus dem Auge wischte. Der Detektiv zwinkerte ihm zu.

Mit gemessenem Schritt, hoch aufragend, ging der Pfarrer den Mittelgang entlang, hinter ihm die Messdiener. Er verbeugte sich vor dem Altar, dann drehte er sich zur Gemeinde um. »Gott sagt: Welcher Mensch ist unter euch, der hundert Schafe hat und, wenn er *eins* von ihnen verliert, nicht die neunundneunzig in der Wüste lässt und geht dem verlorenen nach, bis er's findet? Und wenn er's gefunden hat, so legt er sich's auf die Schultern voller Freude. Und wenn er heimkommt, ruft er seine Freunde und Nachbarn und spricht zu ihnen: Freut euch mit mir; denn ich habe mein Schaf gefunden, das verloren war.

An Weihnachten, meine Schwestern und Brüder, ist genau das das Wunder. Und dann kann auch ich mal das vermisste Schaf sein. Ich danke euch dafür, dass ihr mich gesucht habt.«

Diesmal war es Gustav Kant, der die Träne wegwischte. Als das Orgelspiel am Ende verklungen war, kamen sie alle zusammen: Der Pfarrer, Beat, die alte Dame, die sich als Beats Mutter herausstellte, sogar Regula und Reto Hänni waren gekommen.

»Ich habe Käsefondue zur Nacht bereitet«, sagte der massige Schreiner, und seine Frau fügte hinzu: »Das Käsefondue meines Mannes ist himmlisch.«

»Halt, hiergeblieben, Sie kommen mit, Sie Deutscher.«

Gustav Kant wollte eben verschwinden, doch die große Hand von Reto hielt ihn auf. Minuten später saßen sie zusammen um den alten Holztisch im

Hause Hänni, aßen Fondue und tranken Himbeergeist und wünschten sich eine Heilige Nacht. Draußen begann der Schnee wieder zu fallen.

»Na, das ist ja ein Weihnachtswunder«, murmelte Kant, als der Intercityexpress von Interlaken nach neun Stunden Fahrt pünktlich in den Berliner Hauptbahnhof einfuhr. Er setzte sich in die Straßenbahn und ratterte durch Berlin. In der Nacht war Schnee gefallen, doch die Straßen sahen nicht aus wie im Weihnachtswunderland, eher wie eine graue matschige Piste in der Taiga.

In der Ferne hörte er die ersten Irren mit ihren Silvesterraketen, heute war Verkaufsstart.

Als er am Helmholtzplatz ausstieg, ging er schnurstracks ins Café Liebling an der Ecke, seinem zweiten Wohnzimmer.

Cynthia stand wie üblich in diesen Tagen am Tresen, sie machte die ruhigen Festtagsdienste. Aus den Lautsprechern erklang leise Rockmusik.

»Hey, Gustav«, sagte sie, und ein Lächeln huschte über ihr Gesicht. »Na, wie war's in der Schweiz? Hast du gut gegessen? Und gab es Schnee? Also, richtigen Schnee?« Sie wies hinaus zu dem Matsch vor dem Fenster.

»Es war scheußlich«, sagte er, »ein Weihnachten im Kitschparadies.«

»Hmm«, sagte sie und grinste, »dafür siehst du aber ganz schön gut gelaunt aus.«

»Du wirst mich nicht dazu kriegen zuzugeben, dass es mir gefallen hat. Mach mir lieber ein Bier. Ach ja, und fröhliche Weihnachten nachträglich.«

Und dann zwinkerte er ihr zu, während sie an den Zapfhahn trat und ihm lächelnd ein Glas füllte.

Reimmichl

Weihnacht auf der Alm

Nicht ganz, aber beinahe auf der Alm steht das Haus. Vom Talboden klettert man gut zwei Stunden an den abschüssigen Waldhängen empor und kommt fast über die Waldgrenze hinaus in eine Hochmulde, wo halb versteckt das ansehnliche Gehöft liegt. Seiner Lage entsprechend heißt es beim Almhofer. Im Winter ist's da droben noch herrlicher als im Sommer. Während auf der Schattseite, wo monatelang kein Sonnenstrahl hinkommt, ewige Nacht lagert, strahlt hier auf den Kämmen der Tagseite die Sonne mit einem Glanz und einer Lichtflut hernieder, dass man glaubt, es sei ein neues Gestirn und man könne die blendenden Reflexe nicht aushalten. Selbst auf die blaudunkle Schattseite hinüber werfen die Reflexe ab und zu einen märchenhaften Schimmer, sodass sie von einem zarten Rosaton angehaucht erscheinen. Die prächtigen Halden liegen schneeweiß eingebettet im tiefen Schlummer, sie treten viel größer und breiter, die Abhänge viel steiler hervor als im Sommer. Welliger und weicher, wie ein ungeheures Federbett, dehnt sich die Alm; denn alle Senkungen werden vom Schnee ausgefüllt, die Hügel abgeebnet. Man sieht von hier tief in die Region der Hochalpen hinein, die sich mit ihren Kuppen und Zinnen, Türmen und Hörnern zur Winterszeit viel mächtiger und höher in blendend weißer Majestät aufbauen. Bei Sonnenaufgang und -untergang entwickelt sich ein Farbenspiel von bezaubernder Schönheit. Alle Farben, vom brennendsten Feuerrot bis zum glastenden Ockergelb, vom zarten Hochgrün bis zum satten Dunkelviolett, kommen und gehen auf den Breitflächen und Zinnen des Gletscherkreises, indem sie wahre Blumenstücke in den Wintergarten des Hochlandes malen.

Da droben beim Almhofer lebte ein viel genannter Bauerndichter und »Leutprediger«, mit dem ich mich seinerzeit stark angefreundet habe. – Der Almhofer-Jörg, ein Bruder des Bauern, war klein von Statur und untersetzt, hatte beinahe kindliche Gesichtszüge, eine hohe, geistreiche Stirn, schneeweiße Haare und wasserblaue Augen. Ganze Stöße von urwüchsigen, sinnreichen Liedern und Reimen hatte er gedichtet, die er bei Hochzeiten, Primizen und an Feierabenden in den Bauernhäusern vor einem andächtig lauschenden Publikum deklamierte oder nach einer selbst erfundenen Melodie vorsang. Noch lieber entfaltete er aber seine Kunst als sogenannter Leutprediger. In den abendlichen

Heimgarten konnte man ihn da und dort hören, wie er die Geheimnisse der kirchlichen Festzeiten in seiner anschaulichen Dichtersprache auslegte und den Leuten teils in Versen, teils in Prosa so warm und originell ins Herz predigte, dass sein Publikum häufig zu Tränen gerührt wurde. Der Almhofer-Jörg war einer jener Bauernpoeten, wie wir sie in Tirol nicht selten finden und die nicht nur Lehrer, sondern auch Lieblinge des Volkes sind … Einmal hat mir der Jörg die innere und äußere Weihnachtsfeier beim Almhofer in schwungvoller Rede und Dichtung geschildert. Ich will einige Züge hierhersetzen: Der Jörg erzählte:

»… Am Heiligen Abend, sobald es zu dunkeln anfängt, erscheinen die ›Sternsinger‹. Voraus schreitet ein als Engel gekleideter Bub, der den goldenen Stern trägt, hinter ihm kommen, als Heilige Drei Könige und Krippenhirten gewandet, die anderen Sänger. Sie stellen sich in einer Reihe um die Weihnachtskrippe in der Stube und lassen im vollen Chor ihre Wecklieder und Christnachtsgesangeln ertönen.«

»Die Sternsinger werden reichlich bewirtet«, fuhr der Jörg fort, »und ziehen dann in andere Häuser. Man schließt hierauf alle Türen, und der ganze Hof wird mit einer Glutpfanne, worauf die geweihten Palmkätzchen und die am Frauentage gesegneten Blumen brennen, ausgeräuchert. Alle Zimmer werden mit Weihwasser besprengt, Bauer und Großknecht beten während der Räucherung zwölf Vaterunser, um den Einfluss des Bösen in den zwölf heiligen Nächten zu vertreiben. Nachdem von allen Hausleuten der ganze Psalter (die drei Rosenkränze, d. V.) gebetet und die drei Evangelien: zum Engelamt, Hirtenamt und Königsamt vorgelesen sind, geht's zum heiligen Mahl. Es ist dies ein besonders reichliches Essen mit den eigentümlichen Weihnachtsspeisen. – Zuerst rückt das Schmalzmus auf den Tisch, dann eine Pfanne Weihnachtsbrei. Der Brei ist schneeweiß, es liegen rotwangige Apfelstücke und schwarze ›Weinbeerlen‹ drin, welche mit dem Brei recht hübsche Kindergesichtchen bilden. Hernach erscheint das eigentliche Weihnachtsgericht: die süßen Krapfen. Diese Krapfen, viel größer als die gewöhnlichen, kommen auf einem weiten Teller nach Art der Dachschindeln übereinander zu liegen. Mit einem Teig aus Mohn, Birnmehl und Zucker bestrichen, wird jede Lage noch mit heißem Schmalz und Honig übergossen. Das Ganze schaut aus wie ein riesiger Tannenzapfen, an welchem außen herunter die Goldtropfen und Silberfäden von Honig und Schmalz sich ziehen. An einem richtigen Weihnachtskrapfenstock dürfen diese schillernden, süßen Eiszäpfchen nicht fehlen. Zum Schlusse rollen die Äpfel, Birnen, gebratenen Kastanien, Nüsse usw. über den Tisch und wird der Weihnachtszelten (Weihnachtsbrot) angeschnitten. Das Vieh im Stalle erhält ebenfalls eine bessere Mahlzeit. – Selbst Feuer, Wind und Wasser werden an diesem hochfestlichen Abend mit Brot gefüttert ...

... In der Heiligen Nacht tut sich der Himmel ein wenig auf, und Sonntagskinder, die ein reines Herz haben, dürfen einen Blick hineinwerfen. Sie hören auch die Engel singen, aber nur ein paar kurze Augenblicke.

O du mein Gott, du mein Gott,
Singen Engelein so fein,
Singen aufe, singen abe,
Schlagen Trillerlein drein!

Draußen auf der Alm suchen die Engel ein Plätzchen aus, und da beginnt auf einmal mitten in der Nacht die Sonne zu scheinen. Der Schnee schmilzt weg wie Butter, und auf den grünen Fleck legt die Muttergottes das holdselige Christkind nieder. Ein wunderbares Klingen geht durch die Lüfte.

Kling, kling, Glöcklein!
Drei Englein in goldenen Röcklein:
Eins spinnt Seiden,
Eins flicht Weiden,
Eins schließt den Himmel auf,

Lässt ein bisschen Sonn' heraus
Lässt ein bisschen drinn',
Daraus die Liebfrau Maria spinn'
Ein Röcklein für ihr Kindelein.

Da rücken die hohen Berge alle näher heran und neigen ihr Haupt. Die Vögel werden munter; aber auch die Blümlein alle, die im Sommer da oben geblüht haben, dann gestorben und unter die Erde gesunken sind, die wachen plötzlich auf: Edelweiß und Almrösl, Brunellen und Speik, Engelshut, Liebfrauenglöcklein und Schneeäugl; dann kommen Blumen und Vöglein in langer Prozession her zum Christkind und singen miteinander ein Lied, das so schön und rein ist wie die Musik im Himmel. Nur ganz unschuldige Seelen können das Lied hören, weil dieses Stück noch aus dem Paradiese herstammt, wo auch die Blumen reden konnten. – Das dauert aber nur so lange, als die Glocken drunten in der Kirche zum Gloria läuten. Sind die Glocken verstummt, sinkt alles wieder in Nacht und Schlaf. – Selbst reden hört man die Tiere in der Heiligen Nacht. Der Hahn ruft: ›Christ ist geboren!‹ Der Hund fragt: ›Wo? Wo? Wo?‹ Die Schafe sagen: ›Z' Bethlehem! Z' Bethlehem!‹ Der Geißbock: ›Mecht hingehn! Mecht hingehn!‹ Der Esel: ›Ja, ja!‹ – Im Stall tut das Vieh sogar eine Stunde lang mitsammen reden.

… Bevor die Hausleute zur Mitternachtsmesse in das Dorf hinuntersteigen, wird noch der ›Wolfssegen‹ gesprochen. Dieser Brauch stammt aus der alten Zeit, da der nächtliche Gang zur Christmette durch die wilden Tiere gefährdet war, und man hat den Segen als Erbstück der heiligen Feier beibehalten. Wunderbar ist der Kirchgang in heller Nacht. Mondschein liegt auf den Bergen, flimmert um die Hochkuppen und Spitzen, die wie ungeheure weiße Tempel dastehen, huscht durch den Wald, blitzende Lichter springen von Ast zu Ast, Eiszäpfchen klingen und knallen. Wenn man stille steht und horcht, vernimmt man die traurigen Stimmen der Berggeister, der ›Saligen Fräulein‹ auf der Alm, der Zwerge in den Eishöhlen, der ›Norken‹ am Stein, die ausgeschlossen sind von der Seligkeit und dem Heile der gnadenvollen Nacht – man hört ihr jammervolles Schluchzen, ihr sehnsüchtig Klagen und Wimmern. Von der Kirche herauf aber singen die Glocken den lauten Weihnachtsjubel in die Berge.«

Adalbert Stifter

Bergkristall

Unsere Kirche feiert verschiedene Feste, welche zum Herzen dringen. Man kann sich kaum etwas Lieblicheres denken als Pfingsten und kaum etwas Ernsteres und Heiligeres als Ostern. Das Traurige und Schwermütige der Karwoche und darauf das Feierliche des Sonntags begleiten uns durch das Leben. Eines der schönsten Feste feiert die Kirche fast mitten im Winter, wo beinahe die längsten Nächte und kürzesten Tage sind, wo die Sonne am schiefsten gegen unsere Gefilde steht und Schnee alle Fluren deckt, das Fest der Weihnacht. Wie in vielen Ländern der Tag vor dem Geburtsfeste des Herrn der Christabend heißt, so heißt er bei uns der Heilige Abend, der darauffolgende Tag der Heilige Tag und die dazwischenliegende Nacht die Weihnacht. Die katholische Kirche begeht den Christtag als den Tag der Geburt des Heilandes mit ihrer allergrößten kirchlichen Feier, in den meisten Gegenden wird schon die Mitternachtstunde als die Geburtstunde des Herrn mit prangender Nachtfeier geheiligt, zu der die Glocken durch die stille, finstere, winterliche Mitternachtluft laden, zu der die Bewohner mit Lichtern oder auf dunkeln, wohlbekannten Pfaden aus schneeigen Bergen an bereiften Wäldern vorbei und durch knarrende Obstgärten zu der Kirche eilen, aus der die feierlichen Töne kommen, und die aus der Mitte des in beeiste Bäume gehüllten Dorfes mit den langen beleuchteten Fenstern emporragt.

Mit dem Kirchenfeste ist auch ein häusliches verbunden. Es hat sich fast in allen christlichen Ländern verbreitet, dass man den Kindern die Ankunft des Christkindleins – auch eines Kindes, des wunderbarsten, das je auf der Welt war – als ein heiteres, glänzendes, feierliches Ding zeigt, das durch das ganze Leben fortwirkt und manchmal noch spät im Alter bei trüben, schwermütigen oder rührenden Erinnerungen gleichsam als Rückblick in die einstige Zeit mit den bunten, schimmernden Fittichen durch den öden, traurigen und ausgeleerten Nachthimmel fliegt. Man pflegt den Kindern die Geschenke zu geben, die das heilige Christkindlein gebracht hat, um ihnen Freude zu machen. Das tut man gewöhnlich am Heiligen Abende, wenn die tiefe Dämmerung eingetreten ist. Man zündet Lichter und meistens sehr viele an, die oft mit den kleinen Kerzlein auf den schönen grünen Ästen eines Tannen- oder Fichtenbäumchens schweben, das mitten in der Stube steht. Die Kinder dürfen nicht eher kommen, als bis das Zeichen gegeben wird, dass der heilige Christ zugegen gewesen ist und die Geschenke, die er mitgebracht, hinterlassen hat. Dann geht die Tür auf, die Kleinen dürfen hinein, und bei dem herrlichen schimmernden Lichterglanze sehen sie Dinge auf dem Baume hängen oder auf dem Tische herumgebreitet, die alle Vorstellungen ihrer Einbildungskraft weit übertreffen, die sie sich nicht anzurühren getrauen, und die sie endlich, wenn sie sie bekommen haben, den ganzen Abend in ihren Ärmchen herumtragen und mit sich in das Bett nehmen. Wenn sie dann zuweilen in ihre Träume hinein die Glockentöne der Mitternacht hören, durch welche die Großen in die Kirche zur Andacht gerufen werden, dann mag es ihnen sein, als zögen jetzt die Englein durch den Himmel oder als kehre der heilige Christ nach Hause, welcher nunmehr bei allen Kindern gewesen ist und jedem von ihnen ein herrliches Geschenk hinterbracht hat.

Wenn dann der folgende Tag, der Christtag, kommt, so ist er ihnen so feierlich, wenn sie frühmorgens mit ihren schönsten Kleidern angetan in der warmen Stube stehen, wenn der Vater und die Mutter sich zum Kirchgange schmücken, wenn zu Mittage ein feierliches Mahl ist, ein besseres als an jedem Tage des ganzen Jahres, und wenn nachmittags oder gegen den Abend hin Freunde und Bekannte kommen, auf den Stühlen und Bänken herumsitzen, miteinander reden und behaglich durch die Fenster in die Wintergegend hinausschauen können, wo entweder die langsamen Flocken niederfallen, oder ein tobender Nebel um die Berge steht, oder die blutrote, kalte Sonne hinabsinkt. An verschiedenen Stellen der Stube, entweder auf einem Stühlchen oder auf der Bank oder auf dem Fensterbrettchen, liegen die zaubrischen, nun aber schon bekannteren und vertrauteren Geschenke von gestern Abend herum. Hierauf vergeht der lange Winter, es kommt der Frühling und der unendlich dauernde Sommer – und wenn die Mutter wieder vom heiligen Christe erzählt, dass nun bald sein Festtag sein wird und dass er auch diesmal herabkommen werde, ist es den Kindern, als sei seit seinem letzten Erscheinen eine ewige Zeit vergangen und als liege die damalige Freude in einer weiten nebelgrauen Ferne.

Weil dieses Fest so lange nachhält, weil sein Abglanz so hoch in das Alter hinaufreicht, so stehen wir so gerne dabei, wenn die Kinder dasselbe begehen und sich darüber freuen. –

In den hohen Gebirgen unsers Vaterlandes steht ein Dörfchen mit einem kleinen, aber sehr spitzigen Kirchturme, der mit seiner roten Farbe, mit welcher die Schindeln bemalt sind, aus dem Grün vieler Obstbäume hervorragt und wegen derselben roten Farbe in dem duftigen und blauen Dämmern der Berge weithin ersichtlich ist. Das Dörfchen liegt gerade mitten in einem ziemlich weiten Tale, das fast wie ein länglicher Kreis gestaltet ist. Es enthält außer der Kirche eine Schule, ein Gemeindehaus und noch mehrere stattliche Häuser, die einen Platz gestalten, auf welchem vier Linden stehen, die ein steinernes Kreuz in ihrer Mitte haben. Diese Häuser sind nicht bloße Landwirtschaftshäuser, sondern sie bergen auch noch diejenigen Handwerke in ihrem Schoße, die dem menschlichen Geschlechte unentbehrlich sind und die bestimmt sind, den Gebirgsbewohnern ihren einzigen Bedarf an Kunsterzeugnissen zu decken. Im Tale und an den Bergen herum sind noch sehr viele zerstreute Hütten, wie das in Gebirgsgegenden sehr oft der Fall ist, welche alle nicht nur zur Kirche und Schule gehören, sondern auch jenen Handwerken, von denen gesprochen wurde, durch Abnahme der Erzeugnisse ihren Zoll entrichten. Es gehören sogar noch weitere Hütten zu dem Dörfchen, die man von dem Tale aus gar nicht sehen kann, die noch tiefer in den Gebirgen stecken, deren Bewohner selten zu ihren Gemeindemitbrüdern herauskommen und die im Winter oft ihre Toten aufbewahren müssen, um sie nach dem Wegschmelzen des Schnees zum Begräbnisse bringen zu können. Der größte Herr, den die Dörfler im Laufe des Jahres zu sehen bekommen, ist der Pfarrer. Sie verehren ihn sehr, und es geschieht gewöhnlich, dass derselbe durch längeren Aufenthalt im Dörfchen ein der Einsamkeit gewöhnter Mann wird, dass er nicht ungerne bleibt und einfach fortlebt. Wenigstens hat man seit Menschengedenken nicht erlebt, dass der Pfarrer des Dörfchens ein auswärtssüchtiger oder seines Standes unwürdiger Mann gewesen wäre.

Es gehen keine Straßen durch das Tal, sie haben ihre zweigleisigen Wege, auf denen sie ihre Felderzeugnisse mit einspännigen Wäglein nach Hause bringen, es kommen daher wenig Menschen in das Tal, unter diesen manchmal ein einsamer Fußreisender, der ein Liebhaber der Natur ist, eine Weile in der bemalten Oberstube des Wirtes wohnt und die Berge betrachtet, oder gar ein Maler, der den kleinen spitzen Kirchturm und die schönen Gipfel der Felsen in seine Mappe zeichnet. Daher bilden die Bewohner eine eigene Welt, sie kennen einander alle mit Namen und mit den einzelnen Geschichten von Großvater und Urgroßvater her, trauern alle, wenn einer stirbt, wissen, wie er heißt, wenn einer geboren wird, haben eine Sprache, die von der der Ebene draußen abweicht, haben ihre Streitigkeiten, die sie schlichten, stehen einander bei und laufen zusammen, wenn sich etwas Außerordentliches begibt.

Sie sind sehr stetig, und es bleibt immer beim Alten. Wenn ein Stein aus einer Mauer fällt, wird derselbe wieder hineingesetzt, die neuen Häuser werden wie die alten gebaut, die schadhaften

Dächer werden mit gleichen Schindeln ausgebessert, und wenn in einem Hause scheckige Kühe sind, so werden immer solche Kälber aufgezogen, und die Farbe bleibt bei dem Hause.

Gegen Mittag sieht man von dem Dorfe einen Schneeberg, der mit seinen glänzenden Hörnern fast oberhalb der Hausdächer zu sein scheint, aber in der Tat doch nicht so nahe ist. Er sieht das ganze Jahr, Sommer und Winter, mit seinen vorstehenden Felsen und mit seinen weißen Flächen in das Tal herab. Als das Auffallendste, was sie in ihrer Umgebung haben, ist der Berg der Gegenstand der Betrachtung der Bewohner, und er ist der Mittelpunkt vieler Geschichten geworden. Es lebt kein Mann und Greis in dem Dorfe, der nicht von den Zacken und Spitzen des Berges, von seinen Eisspalten und Höhlen, von seinen Wässern und Geröllströmen etwas zu erzählen wüsste, was er entweder selbst erfahren oder von andern erzählen gehört hat. Dieser Berg ist auch der Stolz des Dorfes, als hätten sie ihn selber gemacht, und es ist nicht so ganz entschieden, wenn man auch die Biederkeit und Wahrheitsliebe der Talbewohner hoch anschlägt, ob sie nicht zuweilen zur Ehre und zum Ruhme des Berges lügen. Der Berg gibt den Bewohnern außerdem, dass er ihre Merkwürdigkeit ist, auch wirklichen Nutzen; denn wenn eine Gesellschaft von Gebirgsreisenden hereinkommt, um von dem Tale aus den Berg zu besteigen, so dienen die Bewohner des Dorfes als Führer, und einmal Führer gewesen zu sein, dieses und jenes erlebt zu haben, diese und jene Stelle zu kennen, ist eine Auszeichnung, die jeder gerne von sich darlegt. Sie reden oft davon, wenn sie in der Wirtsstube beieinander sitzen, und erzählen ihre Wagnisse und ihre wunderbaren Erfahrungen und versäumen aber auch nie zu sagen, was dieser oder jener Reisende gesprochen habe und was sie von ihm als Lohn für ihre Bemühungen empfangen hätten. Dann sendet der Berg von seinen Schneeflächen die Wasser ab, welche einen See in seinen Hochwäldern speisen und den Bach erzeugen, der lustig durch das Tal strömt, die Brettersäge, die Mahlmühle und andere kleine Werke treibt, das Dorf reinigt und das Vieh tränkt. Von den Wäldern des Berges kommt das Holz, und sie halten die Lawinen auf. Durch die innern Gänge und Lockerheiten der Höhen sinken die Wasser durch, die dann in Adern durch das Tal gehen und in Brünnlein und Quellen hervorkommen, daraus die Menschen trinken und ihr herrliches, oft belobtes Wasser dem Fremden reichen. Allein an letzteren Nutzen denken sie nicht und meinen, das sei immer so gewesen.

Wenn man auf die Jahresgeschichte des Berges sieht, so sind im Winter die zwei Zacken seines Gipfels, die sie Hörner heißen, schneeweiß und stehen, wenn sie an hellen Tagen sichtbar sind, blendend in der finstern Bläue der Luft; alle Bergfelder, die um diese Gipfel herumlagern, sind dann weiß; alle Abhänge sind so; selbst die steilrechten Wände, die die Bewohner Mauern heißen, sind mit einem angeflogenen weißen Reife bedeckt und mit zartem Eise wie mit einem Firnisse belegt, sodass die ganze Masse wie ein Zauberpalast aus dem bereiften Grau der Wälderlast emporragt, welche schwer um ihre Füße herum ausgebreitet ist. Im Sommer, wo Sonne und warmer Wind den Schnee von den Steilseiten wegnimmt, ragen die Hörner nach dem Ausdrucke der Bewohner schwarz in den Himmel und haben nur schöne weiße Äderchen und Sprenkeln auf ihrem Rücken, in der Tat aber sind sie zart fernblau, und was sie Äderchen und Sprenkeln heißen, das ist nicht weiß, sondern hat das schöne Milchblau des fernen Schnees gegen das dunklere der Felsen. Die Bergfelder um die Hörner aber verlieren, wenn es recht heiß ist, an ihren höheren Teilen wohl den Firn nicht, der gerade dann recht weiß auf das Grün der Talbäume herabsieht, aber es weicht von ihren unteren Teilen der Winterschnee, der nur einen Flaum machte, und es wird das unbestimmte Schillern von Bläulich und Grünlich sichtbar, das das Geschiebe von Eis ist, das dann bloß liegt und auf die Bewohner unten hinabgrüßt. Am Rande dieses Schillerns, wo es von ferne wie ein Saum von Edelsteinsplittern aussieht, ist es in der Nähe ein

Gemenge wilder, riesenhafter Blöcke, Platten und Trümmer, die sich drängen und verwirrt ineinandergeschoben sind. Wenn ein Sommer gar heiß und lang ist, werden die Eisfelder weit hinauf entblößt, und dann schaut eine viel größere Fläche von Grün und Blau in das Tal, manche Kuppen und Räume werden entkleidet, die man sonst nur weiß erblickt hatte, der schmutzige Saum des Eises wird sichtbar, wo es Felsen, Erde und Schlamm schiebt, und viel reichlichere Wasser als sonst fließen in das Tal. Dies geht fort, bis es nach und nach wieder Herbst wird, das Wasser sich verringert, zu einer Zeit einmal ein grauer Landregen die ganze Ebene des Tales bedeckt, worauf, wenn sich die Nebel von den Höhen wieder lösen, der Berg seine weiche Hülle abermals umgetan hat und alle Felsen, Kegel und Zacken in weißem Kleide dastehen. So spinnt es sich ein Jahr um das andere mit geringen Abwechslungen ab und wird sich fortspinnen, solange die Natur so bleibt und auf den Bergen Schnee und in den Tälern Menschen sind. Die Bewohner des Tales heißen die geringen Veränderungen große, bemerken sie wohl und berechnen an ihnen den Fortschritt des Jahres. Sie bezeichnen an den Entblößungen die Hitze und die Ausnahmen der Sommer.

Was nun noch die Besteigung des Berges betrifft, so geschieht dieselbe von dem Tale aus. Man geht nach der Mittagsrichtung zu auf einem guten, schönen Wege, der über einen sogenannten Hals in ein anderes Tal führt. Hals heißen sie einen mäßig hohen Bergrücken, der zwei größere und bedeutendere Gebirge miteinander verbindet und über den man zwischen den Gebirgen von einem Tale in ein anderes gelangen kann. Auf dem Halse, der den Schneeberg mit einem gegenüberliegenden großen Gebirgszuge verbindet, ist lauter Tannenwald. Etwa auf der größten Erhöhung desselben, wo nach und nach sich der Weg in das jenseitige Tal hinabzusenken beginnt, steht eine sogenannte Unglücksäule. Es ist einmal ein Bäcker, welcher Brot in seinem Korbe über den Hals trug, an jener Stelle tot gefunden worden. Man hat den toten Bäcker mit dem Korbe und mit den umringenden Tannenbäumen auf ein Bild gemalt, darunter eine Erklärung und eine Bitte um ein Gebet geschrieben, das Bild auf eine rot angestrichene hölzerne Säule getan und die Säule an der Stelle des Unglückes aufgerichtet. Bei dieser Säule biegt man von dem Wege ab und geht auf der Länge des Halses fort, statt über seine Breite in das jenseitige Tal hinüberzuwandern. Die Tannen bilden dort einen Durchlass, als ob eine Straße zwischen ihnen hinginge. Es führt auch manchmal ein Weg in dieser Richtung hin, der dazu dient, das Holz von den höheren Gegenden zu der Unglücksäule herabzubringen, der aber dann wieder mit Gras verwächst. Wenn man auf diesem Wege fortgeht, der sachte bergan führt, so gelangt man endlich auf eine freie, von Bäumen entblößte Stelle. Dieselbe ist dürrer Heideboden, hat nicht einmal einen Strauch, sondern ist mit schwachem Heidekraute, mit trockenen Moosen und mit Dürrbodenpflanzen bewachsen. Die Stelle wird immer steiler, und man geht lange hinan; man geht aber immer in einer Rinne gleichsam wie in einem ausgerundeten Graben hinan, was den Nutzen hat, dass man auf der großen, baumlosen und überall gleichen Stelle nicht leicht irren kann. Nach einer Zeit erscheinen Felsen, die wie Kirchen gerade aus dem Grasboden aufsteigen und zwischen deren Mauern man längere Zeit hinangehen kann. Dann erscheinen wieder kahle, fast pflanzenlose Rücken, die bereits in die Lufträume der höhern Gegenden ragen und gerade zu dem Eise führen. Zu beiden Seiten dieses Weges sind steile Wände, und durch diesen Damm hängt der Schneeberg mit dem Halse zusammen. Um das Eis zu überwinden, geht man eine geraume Zeit an der Grenze desselben, wo es von den Felsen umstanden ist, dahin, bis man zu dem ältern Firn gelangt, der die Eisspalten überbaut und in den meisten Zeiten des Jahres den Wanderer trägt. An der höchsten Stelle des Firns erheben sich die zwei Hörner aus dem Schnee, wovon eines, das höhere, mithin die Spitze des Berges ist. Diese Kuppen sind sehr schwer zu erklimmen; da sie mit einem oft breiteren, oft engeren Schneegraben – dem Firnschrunde – umgeben sind, der übersprungen werden muss, und da ihre steilrechten Wände nur kleine Absätze haben, in welche der Fuß eingesetzt werden muss, so begnügen sich die meisten Besteiger des Berges damit, bis zu dem Firnschrunde gelangt zu sein und dort die Rundsicht, soweit sie nicht durch das Horn verdeckt ist, zu genießen. Die den Gipfel besteigen wollen, müssen dies mithilfe von Steigeisen, Stricken und Klammern tun.

Außer diesem Berge stehen an derselben Mittagseite noch andere, aber keiner ist so hoch, wenn sie sich auch früh im Herbste mit Schnee bedecken und ihn bis tief in den Frühling hinein behalten. Der Sommer aber nimmt denselben immer weg, und die Felsen glänzen freundlich im Sonnenscheine, und die tiefer gelegenen Wälder zeigen ihr sanftes Grün von breiten blauen Schatten durchschnitten, die so schön sind, dass man sich in seinem Leben nicht satt daran sehen kann.

An den andern Seiten des Tales, nämlich von Mitternacht, Morgen und Abend her, sind die Berge lang gestreckt und niederer, manche Felder und Wiesen steigen ziemlich hoch hinauf, und oberhalb ihrer sieht man verschiedene Waldblößen, Alpenhütten und dergleichen, bis sie an ihrem Rande mit fein gezacktem Walde am Himmel hingehen, welche Auszackung eben ihre geringe Höhe anzeigt, während die mittäglichen Berge, obwohl sie noch großartigere Wälder hegen, doch mit einem ganz glatten Rande an dem glänzenden Himmel hinstreichen.

Wenn man so ziemlich mitten in dem Tale steht, so hat man die Empfindung, als ginge nirgends ein Weg in dieses Becken herein und keiner daraus hinaus; alle diejenigen, welche öfter im Gebirge gewesen sind, kennen diese Täuschung gar wohl; in der Tat führen nicht nur verschiedene Wege und darunter sogar manche durch die Verschiebungen der Berge fast auf ebenem Boden in die nördlichen Flächen hinaus, sondern gegen Mittag, wo das Tal durch steilrechte Mauern fast geschlossen scheint, geht sogar ein Weg über den obbenannten Hals.

Das Dörflein heißt Gschaid, und der Schneeberg, der auf seine Häuser herabschaut, heißt Gars.

Jenseits des Halses liegt ein viel schöneres und blühenderes Tal, als das von Gschaid ist, und es führt von der Unglücksäule der gebahnte Weg hinab. Es hat an seinem Eingange einen stattlichen Marktflecken Millsdorf, der sehr groß ist, verschiedene Werke hat und in manchen Häusern städtische Gewerbe und Nahrung treibt. Die Bewohner sind viel wohlhabender als die in Gschaid, und obwohl nur drei Wegstunden zwischen den beiden Tälern liegen, was für die an große Entfernungen gewöhnten und Mühseligkeiten liebenden Gebirgsbewohner eine unbedeutende Kleinigkeit ist, so sind doch

Sitten und Gewohnheiten in den beiden Tälern so verschieden, selbst der äußere Anblick derselben ist so ungleich, als ob eine große Anzahl Meilen zwischen ihnen läge. Das ist in Gebirgen sehr oft der Fall und hängt nicht nur von der verschiedenen Lage der Täler gegen die Sonne ab, die sie oft mehr oder weniger begünstigt, sondern auch von dem Geiste der Bewohner, der durch gewisse Beschäftigungen nach dieser oder jener Richtung gezogen wird. Darin stimmen aber alle überein, dass sie an Herkömmlichkeiten und Väterweise hängen, großen Verkehr leicht entbehren, ihr Tal außerordentlich lieben und ohne dasselbe kaum leben können.

Es vergehen oft Monate, oft fast ein Jahr, ehe ein Bewohner von Gschaid in das jenseitige Tal hinüberkommt und den großen Marktflecken Millsdorf besucht. Die Millsdorfer halten es ebenso, obwohl sie ihrerseits doch Verkehr mit dem Lande draußen pflegen und daher nicht so abgeschieden sind wie die Gschaider. Es geht sogar ein Weg, der eine Straße heißen könnte, längs ihres Tales, und mancher Reisende und mancher Wanderer geht hindurch, ohne nur im Geringsten zu ahnen, dass mitternachtwärts seines Weges jenseits des hohen, herabblickenden Schneebergs noch ein Tal sei, in dem viele Häuser zerstreut sind und in dem das Dörflein mit dem spitzigen Kirchturme steht.

Unter den Gewerben des Dorfes, welche bestimmt

sind, den Bedarf des Tales zu decken, ist auch das eines Schusters, das nirgends entbehrt werden kann, wo die Menschen nicht in ihrem Urzustande sind. Die Gschaider aber sind so weit über diesem Stande, dass sie recht gute und tüchtige Gebirgsfußbekleidung brauchen. Der Schuster ist mit einer kleinen Ausnahme der einzige im Tale. Sein Haus steht auf dem Platze in Gschaid, wo überhaupt die besseren stehen, und schaut mit seinen grauen Mauern, weißen Fenstersimsen und grün angestrichenen Fensterläden auf die vier Linden hinaus. Es hat im Erdgeschosse die Arbeitsstube, die Gesellenstube, eine größere und kleinere Wohnstube, ein Verkaufstübchen nebst Küche und Speisekammer und allen zugehörigen Gelassen; im ersten Stockwerke oder eigentlich im Raume des Giebels hat es die Oberstube oder eigentliche Prunkstube. Zwei Prachtbetten, schöne geglättete Kästen mit Kleidern stehen da, dann ein Gläserkästchen mit Geschirren, ein Tisch mit eingelegter Arbeit, gepolsterte Sessel, ein Mauerkästchen mit den Ersparnissen, dann hängen an den Wänden Heiligenbilder, zwei schöne Sackuhren, gewonnene Preise im Schießen, und endlich sind auch Scheibengewehre und Jagdbüchsen nebst ihrem Zubehöre in einem eigenen, mit Glastafeln versehenen Kasten aufgehängt. An das Schusterhaus ist ein kleineres Häuschen, nur durch den Einfahrtsschwibbogen getrennt, angebaut, welches genau dieselbe Bauart hat und zum Schusterhause wie ein Teil zum Ganzen gehört. Es hat nur eine Stube mit den dazugehörigen Wohnteilen. Es hat die Bestimmung, dem Hausbesitzer, sobald er das Anwesen seinem Sohne oder Nachfolger übergeben hat, als sogenanntes Ausnahmstübchen zu dienen, in welchem er mit seinem Weibe so lang haust, bis beide gestorben sind, die Stube wieder leer steht und auf einen neuen Bewohner wartet. Das Schusterhaus hat nach rückwärts Stall und Scheune; denn jeder Talbewohner ist, selbst wenn er ein Gewerbe treibt, auch Landbebauer und zieht hieraus seine gute und nachhaltige Nahrung. Hinter diesen Gebäuden ist endlich der Garten, der fast bei keinem besseren Hause in Gschaid fehlt und von dem sie ihre Gemüse, ihr Obst und für festliche Gelegenheiten ihre Blumen ziehen. Wie oft im Gebirge, so ist auch in Gschaid die Bienenzucht in diesen Gärten sehr verbreitet.

Die kleine Ausnahme, deren oben Erwähnung geschah, und die Nebenbuhlerschaft der Alleinherrlichkeit des Schusters ist ein anderer Schuster, der alte Tobias, der aber eigentlich kein Nebenbuhler ist, weil er nur mehr flickt, hierin viel zu tun hat und es sich nicht im Entferntesten beikommen lässt, mit dem vornehmen Platzschuster einen Wettstreit einzugehen, insbesondere da der Platzschuster ihn häufig mit Lederflecken, Sohlenabschnitten und dergleichen Dingen unentgeltlich versieht. Der alte Tobias sitzt im Sommer am Ende des Dörfchens unter Holunderbüschen und arbeitet. Er ist umringt von Schuhen und Bundschuhen, die aber sämtlich alt, grau, kotig und zerrissen sind. Stiefel mit langen Röhren sind nicht da, weil sie im Dorfe und in der Gegend nicht getragen werden; nur zwei Personen haben solche, der Pfarrer und der Schullehrer, welche aber beides, flicken und neue Ware machen, nur bei dem Platzschuster lassen. Im Winter sitzt der alte Tobias in seinem Stübchen hinter den Holunderstauden und hat warm geheizt, weil das Holz in Gschaid nicht teuer ist.

Der Platzschuster ist, ehe er das Haus angetreten hat, ein Gämsewildschütze gewesen und hat überhaupt in seiner Jugend, wie die Gschaider sagen, nicht gutgetan. Er war in der Schule immer einer der besten Schüler gewesen, hatte dann von seinem Vater das Handwerk gelernt, ist auf Wanderung gegangen und ist endlich wieder zurückgekehrt. Statt, wie es sich für einen Gewerbsmann ziemt und wie sein Vater es zeitlebens getan hat, einen schwarzen Hut zu tragen, tat er einen grünen auf, steckte noch alle bestehenden Federn darauf und stolzierte mit ihm und mit dem kürzesten Lodenrocke, den es im Tale gab, herum, während sein Vater immer einen Rock von dunkler, womöglich schwarzer Farbe hatte, der auch, weil er einem Gewerbsmanne angehörte, immer sehr weit herabgeschnitten sein musste. Der junge Schuster war auf allen Tanzplätzen und Kegelbahnen zu sehen. Wenn ihm jemand eine gute Lehre gab, so pfiff er ein Liedlein. Er ging mit seinem Scheibengewehre zu allen Schießen der Nachbarschaft und brachte manchmal einen Preis nach Hause, was er für einen großen Sieg hielt. Der Preis bestand meistens aus Münzen, die künstlich gefasst waren und zu deren Gewinnung der Schuster mehr gleiche Münzen ausgeben musste, als der Preis enthielt, besonders da er wenig haushälterisch mit dem Gelde war. Er ging auf alle Jagden, die in der Gegend abgehalten wurden, und hatte sich den Namen eines guten Schützen erworben. Er ging aber auch manchmal allein mit seiner Doppelbüchse und mit Steigeisen fort, und einmal sagte man, dass er eine schwere Wunde im Kopfe erhalten habe.

In Millsdorf war ein Färber, welcher gleich am Anfange des Marktfleckens, wenn man auf dem Wege von Gschaid hinüberkam, ein sehr ansehnliches Gewerbe hatte, mit vielen Leuten und sogar, was im Tale etwas Unerhörtes war, mit Maschinen arbeitete. Außerdem besaß er noch eine ausgebreitete Feldwirtschaft. Zu der Tochter dieses reichen Färbers ging der Schuster über das Gebirge, um sie zu gewinnen. Sie war wegen ihrer Schönheit weit und breit berühmt, aber auch wegen ihrer Eingezogenheit, Sittsamkeit und Häuslichkeit belobt. Dennoch, hieß es, soll der Schuster ihre Aufmerksamkeit erregt haben. Der Färber ließ ihn nicht in sein Haus kommen; und hatte die schöne Tochter schon früher keine öffentlichen Plätze und Lustbarkeiten besucht und war selten außer dem Hause ihrer Eltern zu sehen gewesen: so ging sie jetzt schon gar nirgends mehr hin als in die Kirche oder in ihrem Garten oder in den Räumen des Hauses herum.

Einige Zeit nach dem Tode seiner Eltern, durch welchen ihm das Haus derselben zugefallen war, das er nun allein bewohnte, änderte sich der Schuster gänzlich. So wie er früher getollt hatte, so saß er jetzt in seiner Stube und hämmerte Tag und Nacht an seinen Sohlen. Er setzte prahlend einen Preis darauf, wenn es jemand gäbe, der bessere Schuhe und Fußbekleidungen machen könne. Er nahm keine andern Arbeiter als die besten und drillte sie noch sehr herum, wenn sie in seiner Werkstätte arbeiteten, dass sie ihm folgten und die Sache so einrichteten, wie er befahl. Wirklich brachte er es jetzt auch dahin, dass nicht nur das ganze Dorf Gschaid, das zum größten Teile die Schusterarbeit aus benachbarten Tälern bezogen hatte, bei ihm arbeiten ließ, dass das ganze Tal bei ihm arbeiten ließ und dass endlich sogar Einzelne von Millsdorf und andern Tälern hereinkamen und sich ihre Fußbekleidungen von dem Schuster in Gschaid machen ließen. Sogar in die Ebene hinaus verbreitete sich sein Ruhm, dass manche, die in die Gebirge gehen wollten, sich die Schuhe dazu von ihm machen ließen.

Er richtete das Haus sehr schön zusammen, und in dem Warengewölbe glänzten auf den Brettern die Schuhe, Bundstiefel und Stiefel; und wenn am Sonntage die ganze Bevölkerung des Tales hereinkam und man bei den vier Linden des Platzes stand, ging man gerne zu dem Schusterhause hin und sah durch die Gläser in die Warenstube, wo die Käufer und Besteller waren.

Nach seiner Vorliebe zu den Bergen machte er auch jetzt die Gebirgsbundschuhe am besten. Er pflegte in der Wirtsstube zu sagen: es gäbe keinen, der ihm einen fremden Gebirgsbundschuh zeigen könne, der sich mit einem seinigen vergleichen lasse. »Sie wissen es nicht«, pflegte er beizufügen, »sie haben es in ihrem Leben nicht erfahren, wie ein solcher Schuh sein muss, dass der gestirnte Himmel der Nägel recht auf der Sohle sitze und das gebührende Eisen enthalte, dass der Schuh außen hart sei, damit kein Geröllstein, wie scharf er auch sei, empfunden werde, und dass er sich von innen doch weich und zärtlich wie ein Handschuh an die Füße lege.« Der Schuster hatte sich ein sehr großes Buch machen lassen, in welches er alle verfertigte Ware eintrug, die Namen derer beifügte, die den Stoff geliefert und die Ware gekauft hatten, und eine kurze Bemerkung über die Güte des Erzeugnisses beischrieb. Die gleichartigen Fußbekleidungen hatten ihre fortlaufenden Zahlen, und das Buch lag in der großen Lade seines Gewölbes.

Wenn die schöne Färberstochter von Millsdorf auch nicht aus der Eltern Hause kam, wenn sie auch weder Freunde noch Verwandte besuchte, so konnte es der Schuster von Gschaid doch so machen, dass sie ihn von ferne sah, wenn sie in die Kirche ging, wenn sie in dem Garten war und wenn sie aus den Fenstern ihres Zimmers auf die Matten blickte. Wegen dieses unausgesetzten Sehens hatte es die Färberin durch langes, anständiges und ausdauerndes Flehen für ihre Tochter dahin gebracht, dass der halsstarrige Färber nachgab und dass der Schuster, weil er denn nun doch besser geworden, die schöne, reiche Millsdorferin als Eheweib nach Gschaid führte. Aber der Färber war dessen ungeachtet auch ein Mann, der seinen Kopf hatte. Ein rechter Mensch, sagte er, müsse sein Gewerbe treiben, dass es blühe und vorwärtskomme, er müsse daher sein Weib, seine Kinder, sich und sein Gesinde ernähren, Hof und Haus im Stande des Glanzes halten und sich noch ein Erkleckliches erübrigen, welches Letztere doch allein imstande sei, ihm Ansehen und Ehre in der Welt zu geben; darum erhalte seine Tochter nichts als eine vortreffliche Ausstattung, das andere ist Sache des Ehemannes, dass er es mache und für alle Zukunft es besorge. Die Färberei in Millsdorf und die Landwirtschaft auf dem Färberhause sei für sich ein ansehnliches und ehrenwertes Gewerbe, das seiner Ehre willen bestehen und wozu alles, was da sei, als Grundstock dienen müsse, daher er nichts weggebe. Wenn einmal er und sein Eheweib, die Färberin, tot seien, dann gehöre Färberei und Landwirtschaft in Millsdorf ihrer einzigen Tochter, nämlich der Schusterin in Gschaid, und Schuster und Schusterin könnten dann damit tun, was sie wollten: aber alles dieses nur, wenn die Erben es wert wären, das Erbe zu empfangen; wären sie es nicht wert, so ginge das Erbe auf die Kinder derselben, und wenn keine vorhanden wären, mit der Ausnahme des lediglichen Pflichtteiles, auf andere Verwandte über. Der Schuster verlangte auch nichts, er zeigte im Stolze, dass es ihm nur um die schöne Färberstochter in Millsdorf zu tun gewesen und dass er sie schon ernähren und erhalten könne, wie sie zu Hause ernährt und erhalten worden ist. Er kleidete sie als sein Eheweib nicht nur schöner als alle Gschaiderinnen und alle Bewohnerinnen des Tales, sondern auch schöner, als sie sich je zu Hause getragen hatte, und Speise, Trank und übrige Behandlung musste besser und rücksichtsvoller sein, als sie das Gleiche im väterlichen Hause genossen hatte. Und um dem Schwiegervater zu trotzen, kaufte er mit erübrigten Summen nach und nach immer mehr Grundstücke so ein, dass er einen tüchtigen Besitz beisammenhatte.

Weil die Bewohner von Gschaid so selten aus ihrem Tale kommen und nicht einmal oft nach Millsdorf hinübergehen, von dem sie durch Bergrücken und durch Sitten geschieden sind, weil ferner ihnen gar kein Fall vorkommt, dass ein Mann sein Tal verlässt und sich in dem benachbarten ansiedelt (Ansiedlungen in großen Entfernungen kommen öfter vor), weil endlich auch kein Weib oder Mädchen gerne von einem Tale in ein anderes auswandert, außer in dem ziemlich seltenen Falle, wenn sie der Liebe folgt und als Eheweib und zu dem Ehemann in ein anderes Tal kommt – so geschah es, dass die schöne Färberstochter von Millsdorf, da sie Schusterin in Gschaid geworden war, doch immer von allen Gschaidern als Fremde angesehen wurde, und wenn man ihr auch nichts Übles antat, ja wenn man sie ihres schönen Wesens und ihrer Sitten wegen sogar liebte, doch immer etwas vorhanden war, das wie Scheu oder, wenn man will, wie Rücksicht aussah und nicht zu dem Innigen und Gleichartigen kommen ließ, wie Gschaiderinnen gegen Gschaiderinnen, Gschaider gegen Gschaider hatten. Es war so, ließ sich nicht abstellen und wurde durch die bessere Tracht und durch das erleichtertere häusliche Leben der Schusterin noch vermehrt.

Sie hatte ihrem Manne nach dem ersten Jahre

einen Sohn und in einigen Jahren darauf ein Töchterlein geboren. Sie glaubte aber, dass er die Kinder nicht so liebe, wie sie sich vorstellte, dass es sein solle, und wie sie sich bewusst war, dass sie dieselben liebe; denn sein Angesicht war meistens ernsthaft und mit seinen Arbeiten beschäftigt. Er spielte und tändelte selten mit den Kindern und sprach stets ruhig mit ihnen, gleichsam so, wie man mit Erwachsenen spricht. Was Nahrung und Kleidung und andere äußere Dinge anbelangte, hielt er die Kinder untadelig.

In der ersten Zeit der Ehe kam die Färberin öfter nach Gschaid, und die jungen Eheleute besuchten auch Millsdorf zuweilen bei Kirchweihen oder anderen festlichen Gelegenheiten. Als aber die Kinder auf der Welt waren, war die Sache anders geworden. Wenn schon Mütter ihre Kinder lieben und sich nach ihnen sehnen, so ist dieses von Großmüttern öfter in noch höherem Grade der Fall: Sie verlangen zuweilen mit wahrlich krankhafter Sehnsucht nach ihren Enkeln. Die Färberin kam sehr oft nach Gschaid herüber, um die Kinder zu sehen, ihnen Geschenke zu bringen, eine Weile dazubleiben und dann mit guten Ermahnungen zu scheiden. Da aber das Alter und die Gesundheitsumstände der Färberin die öfteren Fahrten nicht mehr so möglich machten und der Färber aus dieser Ursache Einsprache tat, wurde auf etwas anderes gesonnen, die

Sache wurde umgekehrt, und die Kinder kamen jetzt zur Großmutter. Die Mutter brachte sie selber öfter in einem Wagen, öfter aber wurden sie, da sie noch im zarten Alter waren, eingemummt einer Magd mitgegeben, die sie in einem Fuhrwerke über den Hals brachte. Als sie aber größer waren, gingen sie zu Fuße entweder mit der Mutter oder mit einer Magd nach Millsdorf, ja da der Knabe geschickt, stark und klug geworden war, ließ man ihn allein den bekannten Weg über den Hals gehen, und wenn es sehr schön war und er bat, erlaubte man auch, dass ihn die kleine Schwester begleite. Dies ist bei den Gschaidern gebräuchlich, weil sie an starkes Fußgehen gewöhnt sind und die Eltern überhaupt, namentlich aber ein Mann wie der Schuster, es gerne sehen und eine Freude daran haben, wenn ihre Kinder tüchtig werden. So geschah es, dass die zwei Kinder den Weg über den Hals öfter zurücklegten als die übrigen Dörfler zusammengenommen, und da schon ihre Mutter in Gschaid immer gewissermaßen wie eine Fremde behandelt wurde, so wurden durch diesen Umstand auch die Kinder fremd, sie waren kaum Gschaider und gehörten halb nach Millsdorf hinüber.

Der Knabe Konrad hatte schon das ernste Wesen seines Vaters, und das Mädchen Susanna, nach ihrer Mutter so genannt, oder, wie man es zur Abkürzung nannte, Sanna, hatte viel Glauben zu seinen

Kenntnissen, seiner Einsicht und seiner Macht und gab sich unbedingt unter seine Leitung, gerade so wie die Mutter sich unbedingt unter die Leitung des Vaters gab, dem sie alle Einsicht und Geschicklichkeit zutraute.

An schönen Tagen konnte man morgens die Kinder durch das Tal wandern sehen, gegen Mittag über die Wiese gehen und dort anlangen, wo der Wald des Halses gegen sie herschaut. Sie näherten sich dem Walde, gingen auf seinem Wege allgemach über die Erhöhung hinan und kamen, ehe der Mittag eingetreten war, auf den offenen Wiesen auf der anderen Seite gegen Millsdorf hinunter. Konrad zeigte Sanna die Wiesen, die dem Großvater gehörten, dann gingen sie durch seine Felder, auf denen er ihr die Getreidearten erklärte, dann sahen sie auf Stangen unter dem Vorsprunge des Daches die langen Tücher zum Trocknen herabhängen, die sich im Winde schlängelten oder närrische Gesichter machten, dann hörten sie seine Walkmühle und seinen Lohstampf, die er an seinem Bache für Tuchmacher und Gerber angelegt hatte, dann bogen sie noch um eine Ecke der Felder und gingen in Kurzem durch die Hintertür in den Garten der Färberei, wo sie von der Großmutter empfangen wurden. Diese ahnte immer, wenn die Kinder kamen, sah zu den Fenstern aus und erkannte sie von Weitem, wenn Sannas rotes Tuch recht in der Sonne leuchtete.

Sie führte die Kinder dann durch die Waschstube und Presse in das Zimmer, ließ sie niedersetzen, ließ nicht zu, dass sie Halstücher oder Jäckchen lüfteten, damit sie sich nicht verkühlten, und behielt sie beim Essen da. Nach dem Essen durften sie sich lüften, spielen, durften in den Räumen des großväterlichen Hauses herumgehen oder sonst tun, was sie wollten, wenn es nur nicht unschicklich oder verboten war. Der Färber, welcher immer bei dem Essen war, fragte sie um ihre Schulgegenstände aus und schärfte ihnen besonders ein, was sie lernen sollten. Nachmittags wurden sie von der Großmutter schon, ehe die Zeit kam, zum Aufbruche getrieben, dass sie ja nicht zu spät kämen. Obgleich der Färber keine Mitgift gegeben hatte und vor seinem Tode von seinem Vermögen nichts wegzugeben gelobt hatte, glaubte sich die Färberin an diese Dinge doch nicht so strenge gebunden, und sie gab den Kindern nicht allein während ihrer Anwesenheit allerlei, worunter nicht selten ein Münzstück und zuweilen gar von ansehnlichem Werte war, sondern sie band ihnen auch immer zwei Bündelchen zusammen, in denen sich Dinge befanden, von denen sie glaubte, dass sie notwendig wären oder dass sie den Kindern Freude machen könnten. Und wenn oft die nämlichen Dinge im Schusterhause in Gschaid ohnedem in aller Trefflichkeit vorhanden waren, so gab sie die Großmutter in der Freude des Gebens doch, und die Kinder trugen sie als etwas Besonderes nach Hause. So geschah es nun, dass die Kinder am Heiligen Abende schon unwissend die Geschenke in Schachteln gut versiegelt und verwahrt nach Hause trugen, die ihnen in der Nacht einbeschert werden sollten.

Weil die Großmutter die Kinder immer schon vor der Zeit zum Fortgehen drängte, damit sie nicht zu spät nach Hause kämen, so erzielte sie hierdurch, dass die Kinder gerade auf dem Wege bald an dieser, bald an jener Stelle sich aufhielten. Sie saßen gerne an dem Haselnussgehege, das auf dem Halse ist, und schlugen mit Steinen Nüsse auf oder spielten, wenn keine Nüsse waren, mit Blättern oder mit Hölzlein oder mit den weichen braunen Zäpfchen, die im ersten Frühjahre von den Zweigen der Nadelbäume herabfielen. Manchmal erzählte Konrad dem Schwesterchen Geschichten, oder wenn sie zu der roten Unglücksäule kamen, führte er sie ein Stück auf dem Seitenwege links gegen die Höhen hinan und sagte ihr, dass man da auf den Schneeberg gelange, dass dort Felsen und Steine seien, dass die Gemsen herumspringen und große Vögel fliegen. Er führte sie oft über den Wald hinaus, sie betrachteten dann den dürren Rasen und die kleinen Sträucher der Heidekräuter; aber er führte sie wieder zurück und brachte sie immer vor der Abenddämmerung nach Hause, was ihm stets Lob eintrug.

Einmal war am Heiligen Abende, da die erste Morgendämmerung in dem Tale von Gschaid in Helle übergegangen war, ein dünner trockener Schleier über den ganzen Himmel gebreitet, sodass man die ohnedem schiefe und ferne Sonne im Südosten nur als einen undeutlichen roten Fleck sah, überdies war an diesem Tage eine milde, beinahe laulichte Luft unbeweglich im ganzen Tale und auch an dem Himmel, wie die unveränderte und ruhige Gestalt der Wolken zeigte. Da sagte die Schustersfrau zu ihren Kindern:

»Weil ein so angenehmer Tag ist, weil es so lange nicht geregnet hat und die Wege fest sind und weil es auch der Vater gestern unter der Bedingung erlaubt hat, wenn der heutige Tag dazu geeignet ist, so dürft ihr zur Großmutter nach Millsdorf gehen; aber ihr müsst den Vater noch vorher fragen.«

Die Kinder, welche noch in ihren Nachtkleidchen dastanden, liefen in die Nebenstube, in welcher der Vater mit einem Kunden sprach, und baten um die Wiederholung der gestrigen Erlaubnis, weil ein so schöner Tag sei. Sie wurde ihnen erteilt, und sie liefen wieder zur Mutter zurück.

Die Schustersfrau zog nun ihre Kinder vorsorglich an, oder eigentlich, sie zog das Mädchen mit dichten, gut verwahrenden Kleidern an; denn der Knabe begann sich selber anzukleiden und stand viel früher fertig da, als die Mutter mit dem Mädchen hatte ins Reine kommen können. Als sie dieses Geschäft vollendet hatte, sagte sie:

»Konrad, gib wohl acht: Weil ich dir das Mädchen mitgehen lasse, so müsset ihr beizeiten fortgehen, ihr müsset an keinem Platze stehen bleiben, und wenn ihr bei der Großmutter gegessen habt, so müsset ihr gleich wieder umkehren und nach Hause trachten; denn die Tage sind jetzt sehr kurz, und die Sonne geht gar bald unter.«

»Ich weiß es schon, Mutter«, sagte Konrad.

»Und siehe gut auf Sanna, dass sie nicht fällt oder sich erhitzt.«

»Ja, Mutter.«

»So, Gott behüte euch, und geht noch zum Vater und sagt, dass ihr jetzt fortgeht.«

Der Knabe nahm eine von seinem Vater kunstvoll aus Kalbfellen genähte Tasche an einem Riemen um die Schulter, und die Kinder gingen in die Nebenstube, um dem Vater Lebewohl zu sagen. Aus dieser kamen sie bald heraus und hüpften, von der Mutter mit einem Kreuze besegnet, fröhlich auf die Gasse.

Sie gingen schleunig längs des Dorfplatzes hinab und dann durch die Häusergasse und endlich zwischen den Planken der Obstgärten in das Freie hinaus. Die Sonne stand schon über dem mit milchigen Wolkenstreifen durchwobenen Wald der morgendlichen Anhöhen, und ihr trübes, rötliches

Bild schritt durch die laublosen Zweige der Holzäpfelbäume mit den Kindern fort.

In dem ganzen Tale war kein Schnee, die größeren Berge, von denen er schon viele Wochen herabgeglänzt hatte, waren damit bedeckt, die kleineren standen in dem Mantel ihrer Tannenwälder und im Fahlrot ihrer entblößten Zweige unbeschneit und ruhig da. Der Boden war noch nicht gefroren, und er wäre vermöge der vorhergegangenen langen regenlosen Zeit ganz trocken gewesen, wenn ihn nicht die Jahreszeit mit einer zarten Feuchtigkeit überzogen hätte, die ihn aber nicht schlüpfrig, sondern eher fest und widerprallend machte, dass sie leicht und gering darauf fortgingen. Das wenige Gras, welches noch auf den Wiesen und vorzüglich an den Wassergräben derselben war, stand in herbstlichem Ansehen. Es lag kein Reif und bei näherem Anblicke nicht einmal ein Tau, was nach der Meinung der Landleute baldigen Regen bedeutet.

Gegen die Grenzen der Wiesen zu war ein Gebirgsbach, über welchen ein hoher Steg führte. Die Kinder gingen auf den Steg und schauten hinab. Im Bache war schier kein Wasser, ein dünner Faden von sehr stark blauer Farbe ging durch die trockenen Kiesel des Gerölles, die wegen Regenlosigkeit ganz weiß geworden waren, und sowohl die Wenigkeit als auch die Farbe des Wassers zeigten an, dass in den größeren Höhen schon Kälte herrschen müsse, die den Boden verschließe, dass er mit seiner Erde das Wasser nicht trübe, und die das Eis erhärte, dass es in seinem Innern nur wenige klare Tropfen abgeben könne.

Von dem Stege liefen die Kinder durch die Gründe fort und näherten sich immer mehr den Waldungen.

Sie trafen endlich die Grenze des Holzes und gingen in demselben weiter.

Als sie in die höheren Wälder des Halses hinaufgekommen waren, zeigten sich die langen Furchen des Fahrweges nicht mehr weich, wie es unten im Tale der Fall gewesen war, sondern sie waren fest, und zwar nicht aus Trockenheit, sondern, wie die Kinder sich bald überzeugten, weil sie gefroren waren. An manchen Stellen waren sie so überfroren, dass sie die Körper der Kinder trugen. Nach der Natur der Kinder gingen sie nun nicht mehr auf dem glatten Pfade neben dem Fahrwege, sondern in den Gleisen und versuchten, ob dieser oder jener Furchenaufwurf sie schon trage. Als sie nach Verlauf einer Stunde auf der Höhe des Halses angekommen waren, war der Boden bereits so hart, dass er klang und Schollen wie Steine hatte.

An der roten Unglücksäule des Bäckers bemerkte Sanna zuerst, dass sie heute gar nicht dastehe. Sie gingen zu dem Platze hinzu und sahen, dass der runde, rot angestrichene Balken, der das Bild trug, in dem dürren Grase lag, das wie dünnes Stroh an der Stelle stand und den Anblick der liegenden Säule verdeckte. Sie sahen zwar nicht ein, warum die Säule liege, ob sie umgeworfen worden oder ob sie von selber umgefallen sei, das sahen sie, dass sie an der Stelle, wo sie in die Erde ragte, sehr morsch war und dass sie daher sehr leicht habe umfallen können; aber da sie einmal lag, so machte es ihnen Freude, dass sie das Bild und die Schrift so nahe betrachten konnten, wie es sonst nie der Fall gewesen war. Als sie alles – den Korb mit den Semmeln, die bleichen Hände des Bäckers, seine geschlossenen Augen, seinen grauen Rock und die umstellenden Tannen betrachtet hatten, als sie die Schrift gelesen und laut gesagt hatten, gingen sie wieder weiter.

Abermals nach einer Stunde wichen die dunkeln Wälder zu beiden Seiten zurück, dünn stehende Bäume, teils einzelne Eichen, teils Birken und Gebüschgruppen empfingen sie, geleiteten sie weiter, und nach Kurzem liefen sie auf den Wiesen in das Millsdorfer Tal hinab.

Obwohl dieses Tal bedeutend tiefer liegt als das von Gschaid und auch umso viel wärmer war, dass man die Ernte immer um vierzehn Tage früher beginnen konnte als in Gschaid, so war doch auch hier der Boden gefroren, und als die Kinder bis zu den Loh- und Walkwerken des Großvaters gekommen waren, lagen auf dem Wege, auf den die Räder oft Tropfen herausspritzten, schöne Eistäfelchen. Den

Kindern ist das gewöhnlich ein sehr großes Vergnügen.

Die Großmutter hatte sie kommen gesehen, war ihnen entgegengegangen, nahm Sanna bei den erfrorenen Händchen und führte sie in die Stube.

Sie nahm ihnen die wärmeren Kleider ab, sie ließ in dem Ofen nachlegen und fragte sie, wie es ihnen im Herübergehen gegangen sei.

Als sie hierauf die Antwort erhalten hatte, sagte sie: »Das ist schon recht, das ist gut, es freut mich gar sehr, dass ihr wieder gekommen seid; aber heute müsst ihr bald fort, der Tag ist kurz, und es wird auch kälter, am Morgen war es in Millsdorf nicht gefroren.«

»In Gschaid auch nicht«, sagte der Knabe.

»Siehst du, darum müsst ihr euch sputen, dass euch gegen Abend nicht zu kalt wird«, antwortete die Großmutter. Hierauf fragte sie, was die Mutter mache, was der Vater mache und ob nichts Besonderes in Gschaid geschehen sei. Nach diesen Fragen bekümmerte sie sich um das Essen, sorgte, dass es früher bereitet wurde als gewöhnlich, und richtete selber den Kindern kleine Leckerbissen zusammen, von denen sie wusste, dass sie eine Freude damit erregen würde. Dann wurde der Färber gerufen, die Kinder bekamen an dem Tische aufgedeckt wie große Personen und aßen nun mit Großvater und Großmutter, und die Letzte legte ihnen hierbei besonders Gutes vor. Nach dem Essen streichelte sie Sannas unterdessen sehr rot gewordene Wangen. Hierauf ging sie geschäftig hin und her und steckte das Kalbfellränzchen des Knaben voll und steckte ihm noch allerlei in die Taschen. Auch in die Täschchen von Sanna tat sie allerlei Dinge. Sie gab jedem ein Stück Brot, es auf dem Wege zu verzehren, und in dem Ränzchen, sagte sie, seien noch zwei Weißbrote, wenn etwa der Hunger zu groß würde. »Für die Mutter habe ich einen guten gebrannten Kaffee mitgegeben«, sagte sie, »und in dem Fläschchen, das zugestopft und gut verbunden ist, befindet sich auch ein schwarzer Kaffeeaufguss, ein besserer, als die Mutter bei euch gewöhnlich macht, sie soll ihn nur kosten, wie er ist, er ist eine wahre Arznei, so kräftig, dass nur ein Schlückchen den Magen so wärmt, dass es den Körper in den kältesten Wintertagen nicht frieren kann. Die anderen Sachen, die in der Schachtel und in den Papieren im Ränzchen sind, bringt unversehrt nach Hause.«

Da sie noch ein Weilchen mit den Kindern geredet hatte, sagte sie, dass sie gehen sollten.

»Habe acht, Sanna«, sagte sie, »dass du nicht frierst, erhitze dich nicht; und dass ihr nicht über die Wiesen hinauf und unter den Bäumen lauft. Etwa kommt gegen Abend ein Wind, da müsst ihr langsamer gehen. Grüßet Vater und Mutter und sagt, sie sollen recht glückliche Feiertage haben.«

Die Großmutter küsste beide Kinder auf die Wangen und schob sie durch die Tür hinaus. Nichtsdestoweniger ging sie aber auch selber mit, geleitete sie durch den Garten, ließ sie durch das Hinterpförtchen hinaus, schloss wieder und ging in das Haus zurück.

Die Kinder gingen an den Eistäfelchen neben den Werken des Großvaters vorbei, sie gingen durch die Millsdorfer Felder und wendeten sich gegen die Wiesen hinan.

Als sie auf den Anhöhen gingen, wo, wie gesagt wurde, zerstreute Bäume und Gebüschgruppen standen, fielen äußerst langsam einzelne Schneeflocken.

»Siehst du, Sanna«, sagte der Knabe, »ich habe es gleich gedacht, dass wir Schnee bekommen; weißt du, da wir von Hause weggingen, sahen wir noch die Sonne, die so blutrot war wie eine Lampe bei dem heiligen Grabe, und jetzt ist nichts mehr von ihr zu erblicken, und nur der graue Nebel ist über den Baumwipfeln oben. Das bedeutet allemal Schnee.«

Die Kinder gingen freudiger fort, und Sanna war recht froh, wenn sie mit dem dunkeln Ärmel ihres Röckchens eine der fallenden Flocken auffangen konnte und wenn dieselbe recht lange nicht auf dem Ärmel zerfloss. Als sie endlich an dem äußersten Rand der Millsdorfer Höhen angekommen waren, wo es gegen die dunkeln Tannen des Halses hineingeht, war die dichte Waldwand schon recht lieblich gesprenkelt von den immer reichlicher herabfallenden Flocken. Sie gingen nunmehr in den dicken Wald hinein, der den größten Teil ihrer noch bevorstehenden Wanderung einnahm.

Es geht von dem Waldrande noch immer aufwärts, und zwar bis man zur roten Unglücksäule kommt, von wo sich, wie schon oben angedeutet wurde, der Weg gegen das Tal von Gschaid hinabwendet. Die Erhebung des Waldes von der Millsdorfer Seite aus ist sogar so steil, dass der Weg nicht gerade hinangeht, sondern dass er in sehr langen Abweichungen von Abend nach Morgen und von Morgen nach Abend hinanklimmt. An der ganzen Länge des Weges hinauf zur Säule und hinab bis zu den Wiesen von Gschaid sind hohe, dichte, ungelichtete Waldbestände, und sie werden erst ein wenig dünner, wenn man in die Ebene gelangt ist und gegen die Wiesen des Tales von Gschaid hinauskommt. Der Hals ist auch, wenn er gleich nur eine kleine Verbindung zwischen zwei großen Gebirgshäuptern abgibt, doch selbst so groß, dass er, in die Ebene gelegt, einen bedeutenden Gebirgsrücken abgeben würde.

Das Erste, was die Kinder sahen, als sie die Waldung betraten, war, dass der gefrorne Boden sich grau zeigte, als ob er mit Mehl besät wäre, dass die Fahne manches dünnen Halmes des am Wege hin und zwischen den Bäumen stehenden dürren Grases mit Flocken beschwert war und dass auf den verschiedenen grünen Zweigen der Tannen und Fichten, die sich wie Hände öffneten, schon weiße Fläumchen saßen.

»Schneit es denn jetzt bei dem Vater zu Hause auch?«, fragte Sanna. »Freilich«, antwortete der Knabe, »es wird auch kälter, und du wirst sehen, dass morgen der ganze Teich gefroren ist.«

»Ja, Konrad«, sagte das Mädchen.

Es verdoppelte beinahe seine kleinen Schritte, um mit denen des dahinschreitenden Knaben gleich bleiben zu können.

Sie gingen nun rüstig in den Windungen fort, jetzt von Abend nach Morgen, jetzt von Morgen nach Abend. Der von der Großmutter vorausgesagte Wind stellte sich nicht ein, im Gegenteile war es so stille, dass sich nicht ein Ästchen oder Zweig rührte, ja sogar es schien im Walde wärmer, wie es in lockeren Körpern, dergleichen ein Wald auch ist, immer im Winter zu sein pflegt, und die Schneeflocken fielen stets reichlicher, sodass der ganze Boden schon weiß war, dass der Wald sich grau zu bestäuben anfing und dass auf dem Hute und den Kleidern des Knaben sowie auf denen des Mädchens der Schnee lag.

Die Freude der Kinder war sehr groß. Sie traten

auf den weichen Flaum, suchten mit dem Fuße absichtlich solche Stellen, wo er dichter zu liegen schien, um dorthin zu treten und sich den Anschein zu geben, als wateten sie bereits. Sie schüttelten die Schneeflocken nicht von ihren Kleidern ab.

Es war große Ruhe eingetreten. Von den Vögeln, deren doch manche auch zuweilen im Winter in dem Walde hin und her fliegen und von denen die Kinder im Herübergehen sogar mehrere zwitschern gehört hatten, gar nichts zu vernehmen, sie sahen auch keine auf irgendeinem Zweige sitzen oder fliegen, und der ganze Wald war gleichsam ausgestorben.

Weil nur die bloßen Fußstapfen der Kinder hinter ihnen blieben und weil vor ihnen der Schnee rein und unverletzt war, so war daraus zu erkennen, dass sie die Einzigen waren, die heute über den Hals gingen.

Sie gingen in ihrer Richtung fort, sie näherten sich öfter den Bäumen, öfter entfernten sie sich, und wo dichtes Unterholz war, konnten sie den Schnee auf den Zweigen liegen sehen.

Ihre Freude wuchs noch immer; denn die Flocken fielen stets dichter, und nach kurzer Zeit brauchten sie nicht mehr den Schnee aufzusuchen, um in ihm zu waten; denn er lag schon so dicht, dass sie ihn überall weich unter den Sohlen empfanden und dass er sich bereits um ihre Schuhe zu legen begann;

und wenn es so ruhig und heimlich war, so war es, als ob sie das Knistern des in die Nadeln herabfallenden Schnees vernehmen könnten.

»Werden wir heute auch die Unglücksäule sehen?«, fragte das Mädchen, »sie ist ja umgefallen, und da wird es darauf schneien, und da wird die rote Farbe weiß sein.«

»Darum können wir sie doch sehen«, antwortete der Knabe, »wenn auch der Schnee auf sie fällt, und wenn sie auch weiß ist, so müssen wir sie liegen sehen, weil sie eine dicke Säule ist und weil sie das schwarze eiserne Kreuz auf der Spitze hat, das doch immer herausragen wird.«

»Ja, Konrad.«

Indessen, da sie noch weitergegangen waren, war der Schneefall so dicht geworden, dass sie nur mehr die allernächsten Bäume sehen konnten.

Von der Härte des Weges oder gar von Furchenaufwerfungen war nichts zu empfinden, der Weg war vom Schnee überall gleich weich und nur daran zu erkennen, dass er als ein gleichmäßiger weißer Streifen in dem Walde fortlief. Auf allen Zweigen lag schon die schöne weiße Hülle.

Die Kinder gingen jetzt mitten auf dem Wege, sie furchten den Schnee mit ihren Füßlein und gingen langsamer, weil das Gehen beschwerlicher ward. Der Knabe zog seine Jacke empor an dem Halse zusammen, damit ihm nicht der Schnee in den Nacken falle, und er setzte den Hut tiefer in das Haupt, dass er geschützter sei. Er zog auch seinem Schwesterlein das Tuch, das ihm die Mutter um die Schultern gegeben hatte, besser zusammen und zog es ihm mehr vorwärts in die Stirne, dass es ein Dach bilde.

Der von der Großmutter vorausgesagte Wind war noch immer nicht gekommen, aber dafür wurde der Schneefall nach und nach so dicht, dass auch nicht mehr die nächsten Bäume zu erkennen waren, sondern dass sie wie neblige Säcke in der Luft standen.

Die Kinder gingen fort. Sie duckten die Köpfe dichter in ihre Kleider und gingen fort.

Sanna nahm den Riemen, an welchem Konrad die Kalbfelltasche um die Schulter hängen hatte, mit den Händchen, hielt sich daran, und so gingen sie ihres Weges.

Die Unglücksäule hatten sie noch immer nicht erreicht. Der Knabe konnte die Zeit nicht ermessen, weil keine Sonne am Himmel stand und weil es immer gleichmäßig grau war.

»Werden wir bald zu der Unglücksäule kommen?«, fragte Sanna.

»Ich weiß es nicht«, antwortete der Knabe, »ich kann heute die Bäume nicht sehen und den Weg nicht erkennen, weil er so weiß ist. Die Unglücksäule werden wir wohl gar nicht sehen, weil so viel Schnee liegen wird, dass sie verhüllt sein wird und dass kaum ein Gräschen oder ein Arm des schwarzen Kreuzes hervorragen wird. Aber es macht nichts. Wir gehen immer auf dem Wege fort, der Weg geht zwischen den Bäumen, und wenn er zu dem Platze der Unglücksäule kommt, dann wird er abwärtsgehen, wir gehen auf ihm fort, und wenn er aus den Bäumen hinausgeht, dann sind wir schon auf den Wiesen von Gschaid, dann kommt der Steg, und dann haben wir nicht mehr weit nach Hause.«

»Ja, Konrad«, sagte das Mädchen.

Sie gingen auf ihrem aufwärtsführenden Wege fort. Die hinter ihnen liegenden Fußstapfen waren jetzt nicht mehr lange sichtbar; denn die ungemeine Fülle des herabfallenden Schnees deckte sie bald zu, dass sie verschwanden. Der Schnee knisterte in seinem Falle nun auch nicht mehr in den Nadeln, sondern legte sich eilig und heimlich auf die weiße schon daliegende Decke nieder. Die Kinder nahmen die Kleider noch fester, um das immerwährende allseitige Hineinrieseln abzuhalten.

Sie gingen sehr schleunig, und der Weg führte noch stets aufwärts.

Nach langer Zeit war noch immer die Höhe nicht erreicht, auf welcher die Unglücksäule stehen sollte und von wo der Weg gegen die Gschaider Seite sich hinunterwenden musste.

Endlich kamen die Kinder in eine Gegend, in welcher keine Bäume standen.

»Ich sehe keine Bäume mehr«, sagte Sanna.

»Vielleicht ist nur der Weg so breit, dass wir sie wegen des Schneiens nicht sehen können«, antwortete der Knabe.

»Ja, Konrad«, sagte das Mädchen.

Nach einer Weile blieb der Knabe stehen und sagte:

»Ich sehe selber keine Bäume mehr, wir müssen aus dem Walde gekommen sein, auch geht der Weg immer bergan. Wir wollen ein wenig stehen bleiben und herumgehen, vielleicht erblicken wir etwas.«

Aber sie erblickten nichts. Sie sahen durch einen trüben Raum in den Himmel. Wie bei dem Hagel über die weißen oder grünlich gedunsenen Wolken die finsteren fransenartigen Streifen herabstarren, so war es hier, und das stumme Schütten dauerte fort. Auf der Erde sahen sie nur einen runden Fleck Weiß und dann nichts mehr.

»Weißt du, Sanna«, sagte der Knabe, »wir sind auf dem dürren Grase, auf welches ich dich oft im Sommer heraufgeführt habe, wo wir saßen und wo wir den Rasen betrachteten, der nacheinander hinaufgeht und wo die schönen Kräuterbüschel wachsen. Wir werden da jetzt gleich rechts hinabgehen.«

»Ja, Konrad.«

»Der Tag ist kurz, wie die Großmutter gesagt hat und wie du auch wissen wirst, wir müssen uns daher sputen.«

»Ja, Konrad«, sagte das Mädchen.

»Warte ein wenig, ich will dich besser einrichten«, erwiderte der Knabe.

Er nahm seinen Hut ab, setzte ihn Sanna auf das Haupt und befestigte ihn mit den beiden Bändchen unter ihrem Kinne. Das Tüchlein, welches sie umhatte, schützte sie zu wenig, während auf seinem Haupte eine solche Menge dichter Locken war, dass noch lange Schnee darauf fallen konnte, ehe Nässe und Kälte durchzudringen vermochten. Dann zog er sein Pelzjäckchen aus und zog dasselbe über die Ärmelein der Schwester. Um seine eigenen Schultern und Arme, die jetzt das bloße Hemd zeigten, band er das kleinere Tüchlein, das Sanna über die Brust, und das größere, das sie über die Schultern gehabt hatte. Das sei für ihn genug, dachte er, wenn er nur stark auftrete, werde ihn nicht frieren.

Er nahm das Mädchen bei der Hand, und so gingen sie jetzt fort.

Das Mädchen schaute mit den willigen Äuglein in das ringsum herrschende Grau und folgte ihm gerne, nur dass es mit den kleinen eilenden Füßlein nicht so nachkommen konnte, wie er vorwärtsstrebte gleich einem, der es zur Entscheidung bringen wollte.

Sie gingen nun mit der Unablässigkeit und Kraft, die Kinder und Tiere haben, weil sie nicht wissen, wie viel ihnen beschieden ist und wann ihr Vorrat erschöpft ist.

Aber wie sie gingen, so konnten sie nicht merken, ob sie über den Berg hinabkämen oder nicht. Sie hatten gleich rechts nach abwärts gebogen, allein sie kamen wieder in Richtungen, die bergan führten, bergab und wieder bergan. Oft begegneten ihnen Steilheiten, denen sie ausweichen mussten, und ein Graben, in dem sie fortgingen, führte sie in einer Krümmung herum. Sie erklommen Höhen, die sich unter ihren Füßen steiler gestalteten, als sie dachten, und was sie für abwärts hielten, war wieder eben, oder es war eine Höhlung, oder es ging immer gedehnt fort.

»Wo sind wir denn, Konrad?«, fragte das Mädchen.

»Ich weiß es nicht«, antwortete er.

»Wenn ich nur mit diesen meinen Augen etwas zu erblicken imstande wäre«, fuhr er fort, »dass ich mich danach richten könnte.«

Aber es war rings um sie nichts als das blendende Weiß, überall das Weiß, das aber selber nur einen immer kleineren Kreis um sie zog und dann in einen lichten, streifenweise niederfallenden Nebel überging, der jedes Weitere verzehrte und verhüllte, und zuletzt nichts anderes war als der unersättlich niederfallende Schnee.

»Warte, Sanna«, sagte der Knabe, »wir wollen ein wenig stehen bleiben und horchen, ob wir nicht etwas hören können, was sich im Tale meldet, sei es nun ein Hund oder eine Glocke oder die Mühle oder sei es ein Ruf, der sich hören lässt, hören müssen wir etwas, und dann werden wir wissen, wohin wir zu gehen haben.«

Sie blieben nun stehen, aber sie hörten nichts. Sie blieben noch ein wenig länger stehen, aber es meldete sich nichts, es war nicht ein einziger Laut, auch nicht der leiseste außer ihrem Atem zu vernehmen, ja in der Stille, die herrschte, war es, als sollten sie den Schnee hören, der auf ihre Wimpern fiel. Die Voraussage der Großmutter hatte sich noch immer nicht erfüllt, der Wind war nicht gekommen, ja was in diesen Gegenden selten ist, nicht das leiseste Lüftchen rührte sich an dem ganzen Himmel.

Nachdem sie lange gewartet hatten, gingen sie wieder fort.

»Es tut auch nichts, Sanna«, sagte der Knabe, »sei nur nicht verzagt, folge mir, ich werde dich doch noch hinüberführen. – Wenn nur das Schneien aufhörte!«

Sie war nicht verzagt, sondern hob die Füßchen, so gut es gehen wollte, und folgte ihm. Er führte sie in dem weißen, lichten, regsamen, undurchsichtigen Raume fort.

Nach einer Weile sahen sie Felsen. Sie hoben sich dunkel und undeutlich aus dem weißen und undurchsichtigen Lichte empor. Da die Kinder sich näherten, stießen sie fast daran. Sie stiegen wie eine Mauer hinauf und waren ganz gerade, sodass kaum ein Schnee an ihrer Seite haften konnte.

»Sanna, Sanna«, sagte er, »da sind die Felsen, gehen wir nur weiter, gehen wir weiter.«

Sie gingen weiter, sie mussten zwischen die Felsen hinein und unter ihnen fort. Die Felsen ließen sie nicht rechts und nicht links ausweichen und führten sie in einem engen Wege dahin. Nach einer Zeit verloren sie dieselben wieder und konnten sie nicht mehr erblicken. So wie sie unversehens unter sie gekommen waren, kamen sie wieder unversehens von ihnen. Es war wieder nichts um sie als das Weiß, und ringsum war kein unterbrechendes Dunkel zu schauen. Es schien eine große Lichtfülle zu sein, und doch konnte man nicht drei Schritte vor sich sehen; alles war, wenn man so sagen darf, in eine einzige weiße Finsternis gehüllt, und weil kein Schatten war, so war kein Urteil über die Größe der Dinge, und die Kinder konnten nicht wissen, ob sie aufwärts oder abwärts gehen würden, bis eine Steilheit ihren Fuß fasste und ihn aufwärts zu gehen zwang.

»Mir tun die Augen weh«, sagte Sanna.

»Schaue nicht auf den Schnee«, antwortete der Knabe, »sondern in die Wolken. Mir tun sie schon lange weh; aber es tut nichts, ich muss doch auf den Schnee schauen, weil ich auf den Weg zu achten habe. Fürchte dich nur nicht, ich führe dich doch hinunter ins Gschaid.«

»Ja, Konrad.«

Sie gingen wieder fort; aber wie sie auch gehen mochten, wie sie sich auch wenden mochten, es wollte kein Anfang zum Hinabwärtsgehen kommen. An beiden Seiten waren steile Dachlehnen nach aufwärts, mitten gingen sie fort, aber auch immer aufwärts. Wenn sie den Dachlehnen entrannen und sie nach abwärts beugten, wurde es gleich so steil, dass sie wieder umkehren mussten, die Füßlein stießen oft auf Unebenheiten, und sie mussten häufig Büheln ausweichen.

Sie merkten auch, dass ihr Fuß, wo er tiefer durch den jungen Schnee einsank, nicht erdigen Boden unter sich empfand, sondern etwas anderes, das wie älterer, gefrorner Schnee war; aber sie gingen immer fort, und sie liefen mit Hast und Ausdauer. Wenn sie stehen blieben, war alles still, unermesslich still; wenn sie gingen, hörten sie das Rascheln ihrer Füße, sonst nichts; denn die Hüllen des Himmels sanken ohne Laut hernieder und so reich, dass man den Schnee hätte wachsen sehen können. Sie selber waren so bedeckt, dass sie sich von dem allgemeinen Weiß nicht hervorhoben und sich, wenn sie um ein paar Schritte getrennt worden wären, nicht mehr gesehen hätten.

Eine Wohltat war es, dass der Schnee so trocken

war wie Sand, sodass er von ihren Füßen und den Bundschühlein und Strümpfen daran leicht abglitt und abrieselte, ohne Ballen und Nässe zu machen.

Endlich gelangten sie wieder zu Gegenständen.

Es waren riesenhaft große, sehr durcheinanderliegende Trümmer, die mit Schnee bedeckt waren, der überall in die Klüfte hineinrieselte und an die sie sich ebenfalls fast anstießen, ehe sie sie sahen. Sie gingen ganz hinzu, die Dinge anzublicken.

Es war Eis – lauter Eis.

Es lagen Platten da, die mit Schnee bedeckt waren, an deren Seitenwänden aber das glatte grünliche Eis sichtbar war, es lagen Hügel da, die wie zusammengeschobener Schaum aussahen, an deren Seiten es aber matt nach einwärts flimmerte und glänzte, als wären Balken und Stangen von Edelsteinen durcheinandergeworfen worden, es lagen ferner gerundete Kugeln da, die ganz mit Schnee umhüllt waren, es standen Platten und andere Körper auch schief oder gerade aufwärts, so hoch wie der Kirchturm in Gschaid oder wie Häuser. In einigen waren Höhlen eingefressen, durch die man mit einem Arme durchfahren konnte, mit einem Kopfe, mit einem Körper, mit einem ganzen großen Wagen voll Heu. Alle diese Stücke waren zusammen oder emporgedrängt und starrten, sodass sie oft Dächer bildeten oder Oberhänge, über deren Ränder sich der Schnee herüberlegte und herabgriff wie lange weiße Tatzen.

Selbst ein großer, schreckhaft schwarzer Stein, wie ein Haus, lag unter dem Eise und war emporgestellt, dass er auf der Spitze stand, dass kein Schnee an seinen Seiten liegen bleiben konnte. Und nicht dieser Stein allein – noch mehrere und größere staken in dem Eise, die man erst später sah und die wie eine Trümmermauer an ihm hingen.

»Da muss recht viel Wasser gewesen sein, weil so viel Eis ist«, sagte Sanna.

»Nein, das ist von keinem Wasser«, antwortete der Bruder, »das ist das Eis des Berges, das immer oben ist, weil es so eingerichtet ist.«

»Ja, Konrad«, sagte Sanna.

»Wir sind jetzt bis zu dem Eise gekommen«, sagte der Knabe, »wir sind auf dem Berge, Sanna, weißt du, den man von unserem Garten aus im Sonnenscheine so weiß sieht. Merke gut auf, was ich dir sagen werde. Erinnerst du dich noch, wie wir oft nachmittags in dem Garten saßen, wie es recht schön war, wie die Bienen um uns summten, die Linden dufteten und die Sonne von dem Himmel schien?«

»Ja, Konrad, ich erinnere mich.«

»Da sahen wir auch den Berg. Wir sahen, wie er so blau war, so blau wie das sanfte Firmament, wir sahen den Schnee, der oben ist, wenn auch bei uns Sommer war, eine Hitze herrschte und die Getreide reif wurden.«

»Ja, Konrad.«

»Und unten, wo der Schnee aufhört, da sieht man allerlei Farben, wenn man genau schaut, Grün, Blau, Weißlich – das ist das Eis, das unten nur so klein ausschaut, weil man sehr weit entfernt ist, und das, wie der Vater sagte, nicht weggeht bis an das Ende der Welt. Und da habe ich oft gesehen, dass unterhalb des Eises die blaue Farbe noch fortgeht, das werden Steine sein, dachte ich, oder es wird Erde und Weidegrund sein, und dann fangen die Wälder an, die gehen herab und immer weiter herab, man sieht auch allerlei Felsen in ihnen, dann folgen die Wiesen, die schon grün sind, und dann die grünen Laubwälder, und dann kommen unsere Wiesen und Felder, die in dem Tale von Gschaid sind. Siehst du nun, Sanna, weil wir jetzt bei dem Eise sind, so werden wir über die blaue Farbe hinabgehen, dann durch die Wälder, in denen die Felsen sind, dann über die Wiesen und dann durch die grünen Laubwälder und dann werden wir in dem Tale von Gschaid sein und recht leicht unser Dorf finden.«

»Ja, Konrad«, sagte das Mädchen.

Die Kinder gingen nun in das Eis hinein, wo es zugänglich war.

Sie waren winzig kleine, wandelnde Punkte in diesen ungeheuren Stücken. Wie sie so unter die Überhänge hineinsahen, gleichsam als gäbe ihnen ein Trieb ein, ein Obdach zu suchen, gelangten sie in einen Graben, in einen breiten, tief gefurchten Graben, der gerade aus dem Eise hervorging. Er sah aus wie das Bett eines Stromes, der aber jetzt ausgetrocknet und überall mit frischem Schnee bedeckt war. Wo er aus dem Eise hervorkam, ging er gerade unter einem Kellergewölbe heraus, das recht schön aus Eis über ihn gespannt war. Die Kinder gingen in dem Graben fort und gingen in das Gewölbe hinein und immer tiefer hinein. Es war ganz trocken, und unter ihren Füßen hatten sie glattes Eis. In der ganzen Höhlung aber war es blau, so blau, wie gar nichts in der Welt ist, viel tiefer und viel schöner blau als das Firmament, gleichsam wie himmelblau gefärbtes Glas, durch welches lichter Schein hineinsinkt. Es waren dickere und dünnere Bogen, es hingen Zacken, Spitzen und Troddeln herab, der Gang wäre noch tiefer zurückgegangen, sie wussten nicht, wie tief, aber sie gingen nicht mehr weiter. Es wäre auch sehr gut in der Höhle gewesen, es war warm, es fiel kein Schnee, aber es war so schreckhaft blau, die Kinder fürchteten sich und gingen wieder hinaus. Sie gingen eine Weile in dem Graben fort und kletterten dann über seinen Rand hinaus.

Sie gingen an dem Eise hin, sofern es möglich war, durch das Getrümmer und zwischen den Platten durchzudringen.

»Wir werden jetzt da noch hinübergehen und dann von dem Eise abwärts laufen«, sagte Konrad.

»Ja«, sagte Sanna und klammerte sich an ihn an.

Sie schlugen von dem Eise eine Richtung durch den Schnee abwärts ein, die sie in das Tal führen sollte. Aber sie kamen nicht weit hinab. Ein neuer Strom von Eis, gleichsam ein riesenhaft aufgetürmter und aufgewölbter Wall, lag quer durch den weichen Schnee und griff gleichsam mit Armen rechts und links um sie herum. Unter der weißen Decke, die ihn verhüllte, glimmerte es seitwärts grünlich und bläulich und dunkel und schwarz und selbst gelblich und rötlich heraus. Sie konnten es nun auf weitere Strecken sehen, weil das ungeheure und unermüdliche Schneien sich gemildert hatte und nur mehr wie an gewöhnlichen Schneetagen vom Himmel fiel. Mit dem Starkmute der Unwissenheit kletterten sie in das Eis hinein, um den vorgeschobenen Strom desselben zu überschreiten und dann jenseits weiter hinabzukommen. Sie schoben sich in die Zwischenräume hinein, sie setzten den Fuß auf jedes Körperstück, das mit einer weißen Schneehaube versehen war, war es Fels oder Eis, sie nahmen die Hände zu Hilfe, krochen, wo sie nicht gehen konnten, und arbeiteten sich mit ihren leichten Körpern hinauf, bis sie die Seite des Walles überwunden hatten und oben waren. Jenseits wollten sie wieder hinabklettern.

Aber es gab kein Jenseits.

So weit die Augen der Kinder reichen konnten,

war lauter Eis. Es standen Spitzen und Unebenheiten und Schollen empor wie lauter furchtbares, überschneites Eis. Statt ein Wall zu sein, über den man hinübergehen könnte und der dann wieder von Schnee abgelöst wurde, wie sie sich unten dachten, stiegen aus der Wölbung neue Wände von Eis empor, geborsten und geklüftet, mit unzähligen blauen geschlängelten Linien versehen, und hinter ihnen waren wieder solche Wände und hinter diesen wieder solche, bis der Schneefall das Weitere mit seinem Grau verdeckte.

»Sanna, da können wir nicht gehen«, sagte der Knabe.

»Nein«, antwortete die Schwester.

»Da werden wir wieder umkehren und anderswo hinabzukommen suchen.«

»Ja, Konrad.«

Die Kinder versuchten nun von dem Eiswalle wieder da hinabzukommen, wo sie hinaufgeklettert waren, aber sie kamen nicht hinab. Es war lauter Eis, als hätten sie die Richtung, in der sie gekommen waren, verfehlt. Sie wandten sich hierhin und dorthin und konnten aus dem Eise nicht herauskommen, als wären sie von ihm umschlungen. Sie kletterten abwärts und kamen wieder in Eis. Endlich, da der Knabe die Richtung immer verfolgte, in der sie nach seiner Meinung gekommen waren, gelangten sie in zerstreutere Trümmer, aber sie waren auch größer und furchtbarer, wie sie gerne am Rande des Eises zu sein pflegen, und die Kinder gelangten kriechend und kletternd hinaus. An dem Eisessaume waren ungeheure Steine, sie waren gehäuft, wie sie die Kinder ihr Leben lang nicht gesehen hatten. Viele waren in Weiß gehüllt, viele zeigten die unteren schiefen Wände sehr glatt und fein geschliffen, als wären sie darauf geschoben worden, viele waren wie Hütten und Dächer gegeneinandergestellt, viele lagen aufeinander wie ungeschlachte Knollen. Nicht weit von dem Standorte der Kinder standen mehrere mit den Köpfen gegeneinandergelehnt, und über sie lagen breite gelagerte Blöcke wie ein Dach. Es war ein Häuschen, das gebildet war, das gegen vorne offen, rückwärts und an den Seiten aber geschützt war. Im Innern war es trocken, da der steilrechte Schneefall keine einzige Flocke hineingetragen hatte. Die Kinder waren recht froh, dass sie nicht mehr in dem Eise waren und auf ihrer Erde standen.

Aber es war auch endlich finster geworden.

»Sanna«, sagte der Knabe, »wir können nicht mehr hinabgehen, weil es Nacht geworden ist und weil wir fallen oder gar in eine Grube geraten könnten. Wir werden da unter die Steine hineingehen, wo es trocken und so warm ist, und da werden wir warten. Die Sonne geht bald wieder auf, dann laufen wir hinunter. Weine nicht, ich bitte dich recht schön, weine nicht, ich gebe dir alle Dinge zu essen, welche uns die Großmutter mitgegeben hat.«

Sie weinte auch nicht, sondern, nachdem sie beide unter das steinerne Überdach hineingegangen waren, wo sie nicht nur bequem sitzen, sondern auch stehen und herumgehen konnten, setzte sie sich recht dicht an ihn und war mäuschenstille.

»Die Mutter«, sagte Konrad, »wird nicht böse sein, wir werden ihr von dem vielen Schnee erzählen, der uns aufgehalten hat, und sie wird nichts sagen; der Vater auch nicht. Wenn uns kalt wird – weißt du –, dann musst du mit den Händen an deinen Leib schlagen, wie die Holzhauer getan haben, und dann wird dir wärmer werden.«

»Ja, Konrad«, sagte das Mädchen.

Sanna war nicht gar so untröstlich, dass sie heute nicht mehr über den Berg hinabgingen und nach Hause liefen, wie er etwa glauben mochte; denn die unermessliche Anstrengung, von der die Kinder nicht einmal gewusst hatten, wie groß sie gewesen war, ließ ihnen das Sitzen süß, unsäglich süß erscheinen, und sie gaben sich hin.

Jetzt machte sich aber auch der Hunger geltend. Beide nahmen fast zu gleicher Zeit ihre Brote aus den Taschen und aßen sie. Sie aßen auch die Dinge – kleine Stückchen Kuchen, Mandeln und Nüsse und andere Kleinigkeiten –, die die Großmutter ihnen in die Tasche gesteckt hatte.

»Sanna, jetzt müssen wir aber auch den Schnee von unsern Kleidern tun«, sagte der Knabe, »dass wir nicht nass werden.«

»Ja, Konrad«, erwiderte Sanna.

Die Kinder gingen aus ihrem Häuschen, und zuerst reinigte Konrad das Schwesterlein von Schnee. Er nahm die Kleiderzipfel, schüttelte sie, nahm ihr den Hut ab, den er ihr aufgesetzt hatte, entleerte ihn von Schnee, und was noch zurückgeblieben war, das stäubte er mit einem Tuche ab. Dann entledigte er auch sich, so gut es ging, des auf ihm liegenden Schnees.

Der Schneefall hatte zu dieser Stunde ganz aufgehört.

Die Kinder spürten keine Flocke.

Sie gingen wieder in die Steinhütte und setzten sich nieder. Das Aufstehen hatte ihnen die Müdigkeit erst recht gezeigt, und sie freuten sich auf das Sitzen. Konrad legte die Tasche aus Kalbfell ab. Er nahm das Tuch heraus, in welches die Großmutter eine Schachtel und mehrere Papierpäckchen gewickelt hatte, und tat es zu größerer Wärme um seine Schultern. Auch die zwei Weißbrote nahm er aus dem Ränzchen und reichte sie beide an Sanna; das Kind aß begierig. Es aß eines der Brote und von dem zweiten auch noch einen Teil. Den Rest reichte es aber Konrad, da es sah, dass er nicht aß. Er nahm es und verzehrte es. Von da an saßen die Kinder und schauten.

So weit sie in der Dämmerung zu sehen vermochten, lag überall der flimmernde Schnee hinab, dessen einzelne winzige Täfelchen hie und da in der Finsternis seltsam zu funkeln begannen, als hätte er bei Tag das Licht eingezogen und gäbe es jetzt von sich.

Die Nacht brach mit der in großen Höhen gewöhnlichen Schnelligkeit herein. Bald war es ringsherum finster, nur der Schnee fuhr fort, mit seinem bleichen Lichte zu leuchten. Der Schneefall hatte nicht nur aufgehört, sondern der Schleier an dem Himmel fing auch an, sich zu verdünnen und zu verteilen; denn die Kinder sahen ein Sternlein blitzen. Weil der Schnee wirklich gleichsam ein Licht von sich gab und weil von den Wolken kein Schleier mehr herabhing, so konnten die Kinder von ihrer Höhle aus die Schneehügel sehen, wie sie sich in Linien von dem dunkeln Himmel abschnitten. Weil es in der Höhle viel wärmer war, als es an jedem andern Platze im ganzen Tage gewesen war, so ruhten die Kinder enge aneinandersitzend und vergaßen sogar die Finsternis zu fürchten. Bald vermehrten sich auch die Sterne, jetzt kam hier einer zum Vorscheine, jetzt dort, bis es schien, als wäre am ganzen Himmel keine Wolke mehr.

Das war der Zeitpunkt, in welchem man in den Tälern die Lichter anzuzünden pflegt. Zuerst wird eines angezündet und auf den Tisch gestellt, um die Stube zu erleuchten, oder es brennt auch nur ein Span, oder es brennt das Feuer auf der Leuchte, und es erhellen sich alle Fenster von bewohnten Stuben und glänzen in die Schneenacht hinaus, aber heute erst – am Heiligen Abende – da wurden viel mehrere angezündet, um die Gaben zu beleuchten, welche für die Kinder auf den Tischen lagen oder an den Bäumen hingen, es wurden wohl unzählige angezündet; denn beinahe in jedem Hause, in jeder Hütte, jedem Zimmer war eines oder mehrere Kinder, denen der Heilige Christ etwas gebracht hatte, und wozu man Lichter stellen musste. Der Knabe hatte geglaubt, dass man sehr bald von dem Berge hinabkommen könne, und doch, von den vielen Lichtern, die heute in dem Tale brannten, kam nicht ein einziges zu ihnen herauf; sie sahen nichts als den blassen Schnee und den dunkeln Himmel, alles andere war ihnen in die unsichtbare Ferne hinabgerückt. In allen Tälern bekamen die Kinder in dieser Stunde die Geschenke des Heiligen Christ: Nur die zwei saßen oben am Rande des Eises, und die vorzüglichsten Geschenke, die sie heute hätten bekommen sollen, lagen in versiegelten Päckchen in der Kalbfelltasche im Hintergrunde der Höhle.

Die Schneewolken waren ringsum hinter die Berge hinabgesunken, und ein ganz dunkelblaues, fast schwarzes Gewölbe spannte sich um die Kinder voll von dichten, brennenden Sternen, und mitten durch diese Sterne war ein schimmerndes, breites, milchiges Band gewoben, das sie wohl auch unten im Tale, aber nie so deutlich gesehen hatten. Die Nacht rückte vor. Die Kinder wussten nicht, dass die Sterne gegen Westen rücken und weiterwandeln, sonst hätten sie an ihrem Vorschreiten den Stand der Nacht erkennen können; aber es kamen neue und gingen die alten, sie aber glaubten, es seien immer dieselben. Es wurde von dem Scheine der Sterne auch lichter um die Kinder; aber sie sahen kein Tal, keine Gegend, sondern überall nur Weiß – lauter Weiß. Bloß ein dunkles Horn, ein dunkles Haupt, ein dunkler Arm wurde sichtbar und ragte dort und hier aus dem Schimmer empor. Der Mond war nirgends am Himmel zu erblicken, vielleicht war er schon frühe mit der Sonne untergegangen, oder er ist noch nicht erschienen.

Als eine lange Zeit vergangen war, sagte der Knabe: »Sanna, du musst nicht schlafen; denn weißt du, wie der Vater gesagt hat, wenn man im Gebirge schläft, muss man erfrieren, so wie der alte Eschenjäger auch geschlafen hat und vier Monate tot auf dem Steine gesessen ist, ohne dass jemand gewusst hatte, wo er sei.«

»Nein, ich werde nicht schlafen«, sagte das Mädchen matt.

Konrad hatte es an dem Zipfel des Kleides geschüttelt, um es zu jenen Worten zu erwecken.

Nun war es wieder stille.

Nach einer Zeit empfand der Knabe ein sanftes Drücken gegen seinen Arm, das immer schwerer wurde. Sanna war eingeschlafen und war gegen ihn herübergesunken.

»Sanna, schlafe nicht, ich bitte dich, schlafe nicht«, sagte er.

»Nein«, lallte sie schlaftrunken, »ich schlafe nicht.«

Er rückte weiter von ihr, um sie in Bewegung zu bringen, allein sie sank um und hätte auf der Erde liegend fortgeschlafen. Er nahm sie an der Schulter und rüttelte sie. Da er sich dabei selber etwas stärker bewegte, merkte er, dass ihn fror und dass sein Arm schwerer war. Er erschrak und sprang auf. Er ergriff die Schwester, schüttelte sie stärker und sagte: »Sanna, stehe ein wenig auf, wir wollen eine Zeit stehen, dass es besser wird.«

»Mich friert nicht, Konrad«, antwortete sie.

»Ja, ja, es friert dich, Sanna, stehe auf«, rief er.

»Die Pelzjacke ist warm«, sagte sie.

»Ich werde dir emporhelfen«, sagte er.

»Nein«, erwiderte sie und war stille.

Da fiel dem Knaben etwas anderes ein. Die Großmutter hatte gesagt: Nur ein Schlückchen wärmt den Magen so, dass es den Körper in den kältesten Wintertagen nicht frieren kann.

Er nahm das Kalbfellränzchen, öffnete es und griff so lange, bis er das Fläschchen fand, in welchem die

Großmutter der Mutter einen schwarzen Kaffeeabsud schicken wollte. Er nahm das Fläschchen heraus, tat den Verband weg und öffnete mit Anstrengung den Kork. Dann bückte er sich zu Sanna und sagte: »Da ist der Kaffee, den die Großmutter der Mutter schickt, koste ihn ein wenig, er wird dir warm machen. Die Mutter gibt ihn uns, wenn sie nur weiß, wozu wir ihn nötig gehabt haben.«

Das Mädchen, dessen Natur zur Ruhe zog, antwortete:

»Mich friert nicht.«

»Nimm nur etwas«, sagte der Knabe, »dann darfst du schlafen.«

Diese Aussicht verlockte Sanna, sie bewältigte sich so weit, dass sie das fast eingegossene Getränk verschluckte. Hierauf trank der Knabe auch etwas. Der ungemein starke Auszug wirkte sogleich, und zwar umso heftiger, da die Kinder in ihrem Leben keinen Kaffee gekostet hatten. Statt zu schlafen, wurde Sanna nun lebhafter und sagte selber, dass sie friere, dass es aber von innen recht warm sei und auch schon in die Hände und Füße gehe. Die Kinder redeten sogar eine Weile miteinander.

So tranken sie trotz der Bitterkeit immer wieder von dem Getränke, sobald die Wirkung nachzulassen begann, und steigerten ihre unschuldigen Nerven zu einem Fieber, das imstande war, den zum Schlummer ziehenden Gewichten entgegenzuwirken.

Es war nun Mitternacht gekommen. Weil sie noch so jung waren und an jedem Heiligen Abende in höchstem Drange der Freude stets erst sehr spät entschlummerten, wenn sie nämlich der körperliche Drang übermannt hatte, so hatten sie nie das mitternächtliche Läuten der Glocken, nie die Orgel der Kirche gehört, wenn das Fest gefeiert wurde, obwohl sie nahe an der Kirche wohnten. In diesem Augenblicke der heutigen Nacht wurde nun mit allen Glocken geläutet, es läuteten die Glocken in Millsdorf, es läuteten die Glocken in Gschaid, und hinter dem Berge war noch ein Kirchlein mit drei hellen, klingenden Glocken, die läuteten.

In den fernen Ländern draußen waren unzählige Kirchen und Glocken, und mit allen wurde zu dieser Zeit geläutet, von Dorf zu Dorf ging die Tonwelle, ja man konnte wohl zuweilen von einem Dorfe zum andern durch die blätterlosen Zweige das Läuten hören: Nur zu den Kindern herauf kam kein Laut, hier wurde nichts vernommen; denn hier war nichts zu verkündigen. In den Talkrümmen gingen jetzt an den Berghängen die Lichter der Laternen hin, und von manchem Hofe tönte das Hausglöcklein, um die Leute zu erinnern; aber dieses konnte umso weniger heraufgesehen und -gehört werden, es glänzten nur die Sterne, und sie leuchteten und funkelten ruhig fort.

Wenn auch Konrad sich das Schicksal des erfrornen Eschenjägers vor Augen hielt, wenn auch die Kinder das Fläschchen mit dem schwarzen Kaffee fast ausgeleert hatten, wodurch sie ihr Blut zu größerer Tätigkeit brachten, aber gerade dadurch eine folgende Ermattung herbeizogen: so würden sie den Schlaf nicht haben überwinden können, dessen verführende Süßigkeit alle Gründe überwiegt, wenn nicht die Natur in ihrer Größe ihnen beigestanden wäre und in ihrem Innern eine Kraft aufgerufen hätte, welche imstande war, dem Schlafe zu widerstehen.

In der ungeheueren Stille, die herrschte, in der Stille, in der sich kein Schneespitzchen zu rühren schien, hörten die Kinder dreimal das Krachen des Eises. Was das Starrste scheint und doch das Regsamste und Lebendigste ist, der Gletscher, hatte die Töne hervorgebracht. Dreimal hörten sie hinter sich den Schall, der entsetzlich war, als ob die Erde entzweigesprungen wäre, der sich nach allen Richtungen im Eise verbreitete und gleichsam durch alle Äderchen des Eises lief. Die Kinder blieben mit offenen Augen sitzen und schauten in die Sterne hinaus.

Auch für die Augen begann sich etwas zu entwickeln. Wie die Kinder so saßen, erblühte am Himmel vor ihnen ein bleiches Licht mitten unter den Sternen und spannte einen schwachen Bogen durch dieselben. Es hatte einen grünlichen Schimmer, der sich sachte nach unten zog. Aber der Bogen wurde immer heller und heller, bis sich die Sterne vor ihm zurückzogen und erblassten. Auch in andere Gegenden des Himmels sandte er einen Schein, der schimmergrün sachte und lebendig unter die Sterne floss. Dann standen Garben verschiedenen Lichtes auf der Höhe des Bogens wie Zacken einer Krone und brannten. Es floss helle durch die benachbarten Himmelsgegenden, es sprühte leise und ging in sanftem Zucken durch lange Räume. Hatte sich nun der Gewitterstoff des Himmels durch den unerhörten Schneefall so gespannt, dass er in diesen stummen, herrlichen Strömen des Lichtes ausfloss, oder war es eine andere Ursache der unergründlichen Natur. Nach und nach wurde es schwächer und immer schwächer, die Garben erloschen zuerst, bis es allmählich und unmerklich immer geringer wurde und wieder nichts am Himmel war als die tausend und tausend einfachen Sterne.

Die Kinder sagten keines zu dem andern ein Wort, sie blieben fort und fort sitzen und schauten mit offenen Augen in den Himmel.

Es geschah nun nichts Besonderes mehr. Die Sterne glänzten, funkelten und zitterten, nur manche schießende Schnuppe fuhr durch sie.

Endlich, nachdem die Sterne lange allein geschienen hatten und nie ein Stückchen Mond an dem Himmel zu erblicken gewesen war, geschah etwas anderes. Es fing der Himmel an, heller zu werden, langsam heller, aber doch zu erkennen; es wurde seine Farbe sichtbar, die bleichsten Sterne erloschen, und die anderen standen nicht mehr so dicht. Endlich wichen auch die stärkeren, und der Schnee vor den Höhen wurde deutlicher sichtbar. Zuletzt färbte sich eine Himmelsgegend gelb, und ein Wolkenstreifen, der in derselben war, wurde zu einem leuchtenden Faden entzündet. Alle Dinge waren klar zu sehen, und die entfernten Schneehügel zeichneten sich scharf in die Luft.

»Sanna, der Tag bricht an«, sagte der Knabe.

»Ja, Konrad«, antwortete das Mädchen.

»Wenn es nur noch ein bisschen heller wird, dann gehen wir aus der Höhle und laufen über den Berg hinunter.«

Es wurde heller, an dem ganzen Himmel war kein Stern mehr sichtbar, und alle Gegenstände standen in der Morgendämmerung da.

»Nun, jetzt gehen wir«, sagte der Knabe.

»Ja, wir gehen«, antwortete Sanna.

Die Kinder standen auf und versuchten ihre erst heute recht müden Glieder. Obwohl sie nicht geschlafen hatten, waren sie doch durch den Morgen gestärkt, wie das immer so ist. Der Knabe hing sich das Kalbfellränzchen um und machte das Pelzjäckchen an Sanna fester zu. Dann führte er sie aus der Höhle.

Weil sie nach ihrer Meinung nur über den Berg hinabzulaufen hatten, dachten sie an kein Essen und untersuchten das Ränzchen nicht, ob noch Weißbrote oder andere Esswaren darinnen seien.

Von dem Berge wollte nun Konrad, weil der Himmel ganz heiter war, in die Täler hinabschauen, um das Gschaider Tal zu erkennen und in dasselbe hinunterzugehen. Aber er sah gar keine Täler. Es war nicht, als ob sie sich auf einem Berge befänden, von dem man hinabsieht, sondern in einer fremden, seltsamen Gegend, in der lauter unbekannte Gegenstände sind. Sie sahen heute auch in größerer Entfernung furchtbare Felsen aus dem Schnee emporstehen, die sie gestern nicht gesehen hatten, sie sahen das Eis, sie sahen Hügel und Schneelehnen emporstarren, und hinter diesen war entweder der Himmel oder es ragte die blaue Spitze eines sehr fernen Berges am Schneerande hervor.

In diesem Augenblicke ging die Sonne auf.

Eine riesengroße blutrote Scheibe erhob sich an dem Schneesaume in den Himmel, und in dem Augenblicke errötete der Schnee um die Kinder, als wäre er mit Millionen Rosen überstreut worden. Die Kuppen und die Hörner warfen sehr lange grünliche Schatten längs des Schnees.

»Sanna, wir werden jetzt da weiter vorwärtsgehen, bis wir an den Rand des Berges kommen und hinuntergehen«, sagte der Knabe.

Sie gingen nun in den Schnee hinaus. Er war in der heiteren Nacht noch trockener geworden und wich den Tritten noch besser aus. Sie wateten rüstig fort. Ihre Glieder wurden sogar geschmeidiger und stärker, da sie gingen. Allein sie kamen an keinen Rand und sahen nicht hinunter.

Schneefeld entwickelte sich aus Schneefeld, und am Saume eines jeden stand alle Male wieder der Himmel.

Sie gingen dessen ungeachtet fort.

Da kamen sie wieder in das Eis. Sie wussten nicht, wie das Eis dahergekommen sei, aber unter den Füßen empfanden sie den glatten Boden, und waren gleich nicht die fürchterlichen Trümmer, wie an jenem Rande, an dem sie die Nacht zugebracht hatten, so sahen sie doch, dass sie auf glattem Eise fortgingen, sie sahen hie und da Stücke, die immer mehr wurden, die sich näher an sie drängten und die sie wieder zu klettern zwangen.

Aber sie verfolgten doch ihre Richtung.

Sie kletterten neuerdings an Blöcken empor. Da standen sie wieder auf dem Eisfelde. Heute bei der hellen Sonne konnten sie erst erblicken, was es ist. Es war ungeheuer groß, und jenseits standen wieder schwarze Felsen empor, es ragte gleichsam Welle hinter Welle auf, das beschneite Eis war gedrängt, gequollen, emporgehoben, gleichsam als schöbe es sich nach vorwärts und flösse gegen die Brust der

Kinder heran. In dem Weiß sahen sie unzählige vorwärtsgehende geschlängelte blaue Linien. Zwischen jenen Stellen, wo die Eiskörper gleichsam wie aneinandergeschmettert starrten, gingen auch Linien wie Wege, aber sie waren weiß und waren Streifen, wo sich fester Eisboden vorfand oder die Stücke doch nicht gar so sehr verschoben waren. In diese Pfade gingen die Kinder hinein, weil sie doch einen Teil des Eises überschreiten wollten, um an den Bergrand zu gelangen und endlich einmal hinunterzusehen. Sie sagten kein Wörtlein. Das Mädchen folgte dem Knaben. Aber es war auch heute wieder Eis, lauter Eis. Wo sie hinübergelangen wollten, wurde es gleichsam immer breiter und breiter. Da schlugen sie, ihre Richtung aufgebend, den Rückweg ein. Wo sie nicht gehen konnten, griffen sie sich durch die Mengen des Schnees hindurch, der oft dicht vor ihrem Auge wegbrach und den sehr blauen Streifen einer Eisspalte zeigte, wo doch früher alles weiß gewesen war; aber sie kümmerten sich nicht darum, sie arbeiteten sich fort, bis sie wieder irgendwo aus dem Eise herauskamen.

»Sanna«, sagte der Knabe, »wir werden gar nicht mehr in das Eis hineingehen, weil wir in demselben nicht fortkommen. Und weil wir schon in unser Tal gar nicht hinabsehen können, so werden wir gerade über den Berg hinabgehen. Wir müssen in ein Tal kommen, dort werden wir den Leuten sagen, dass wir aus Gschaid sind, die werden uns einen Wegweiser nach Hause mitgeben.«

»Ja, Konrad«, sagte das Mädchen.

So begannen sie nun in dem Schnee nach jener Richtung abwärts zu gehen, welche sich ihnen eben darbot. Der Knabe führte das Mädchen an der Hand. Allein nachdem sie eine Weile abwärtsgegangen waren, hörte in dieser Richtung das Gehänge auf und der Schnee stieg wieder empor. Also änderten die Kinder die Richtung und gingen nach der Länge einer Mulde hinab. Aber da fanden sie wieder Eis. Sie stiegen also an der Seite der Mulde empor, um nach einer anderen Richtung ein Abwärts zu suchen. Es führte sie eine Fläche hinab, allein die wurde nach und nach so steil, dass sie kaum noch einen Fuß einsetzen konnten und abwärtszugleiten fürchteten. Sie klommen also wieder empor, um wieder einen anderen Weg nach abwärts zu suchen. Nachdem sie lange im Schnee emporgeklommen und dann auf einem ebenen Rücken fortgelaufen waren, war es wie früher: Entweder ging der Schnee so steil ab, dass sie gestürzt wären, oder er stieg wieder hinan, dass sie auf den Berggipfel zu kommen fürchteten. Und so ging es immer fort.

Da wollten sie die Richtung suchen, in der sie gekommen waren, und zur roten Unglücksäule hinabgehen. Weil es nicht schneit und der Himmel so helle ist, so würden sie, dachte der Knabe, die

Stelle schon erkennen, wo die Säule sein solle, und würden von dort nach Gschaid hinabgehen können. Der Knabe sagte diesen Gedanken dem Schwesterchen, und diese folgte. Allein auch der Weg auf den Hals hinab war nicht zu finden.

So klar die Sonne schien, so schön die Schneehöhen dastanden und die Schneefelder dalagen, so konnten sie doch die Gegenden nicht erkennen, durch die sie gestern heraufgegangen waren. Gestern war alles durch den fürchterlichen Schneefall verhängt gewesen, dass sie kaum einige Schritte vor sich gesehen hatten, und da war alles ein einziges Weiß und Grau durcheinander gewesen. Nur die Felsen hatten sie gesehen, an denen und zwischen denen sie gegangen waren: Allein auch heute hatten sie bereits viele Felsen gesehen, die alle den nämlichen Anschein gehabt hatten wie die gestern gesehenen. Heute ließen sie frische Spuren in dem Schnee zurück; aber gestern sind alle Spuren von dem fallenden Schnee verdeckt worden. Auch aus dem bloßen Anblicke konnten sie nicht erraten, welche Gegend auf den Hals führe, da alle Gegenden gleich waren. Schnee, lauter Schnee. Sie gingen aber doch immer fort und meinten, es zu erringen. Sie wichen den steilen Abstürzen aus und kletterten keine steilen Anhöhen hinauf.

Auch heute blieben sie öfter stehen, um zu horchen; aber sie vernahmen auch heute nichts, nicht den geringsten Laut. Zu sehen war auch nichts als der Schnee, der helle weiße Schnee, aus dem hie und da die schwarzen Hörner und die schwarzen Steinrippen emporstanden.

Endlich war es dem Knaben, als sähe er auf einem fernen schiefen Schneefelde ein hüpfendes Feuer. Es tauchte auf, es tauchte nieder. Jetzt sahen sie es, jetzt sahen sie es nicht. Sie blieben stehen und blickten unverwandt auf jene Gegend hin. Das Feuer hüpfte immer fort, und es schien, als ob es näher käme; denn sie sahen es größer und sahen das Hüpfen deutlicher. Es verschwand nicht mehr so oft und nicht mehr auf so lange Zeit wie früher. Nach einer Weile vernahmen sie in der stillen blauen Luft schwach, sehr schwach etwas wie einen lang anhaltenden Ton aus einem Hirtenhorne. Wie aus Instinkt schrien beide Kinder laut. Nach einer Zeit hörten sie den Ton wieder. Sie schrien wieder und blieben auf der nämlichen Stelle stehen. Das Feuer näherte sich auch. Der Ton wurde zum dritten Male vernommen und dieses Mal deutlicher. Die Kinder antworteten wieder durch lautes Schreien. Nach einer geraumen Weile erkannten sie auch das Feuer. Es war kein Feuer, es war eine rote Fahne, die geschwungen wurde. Zugleich ertönte das Hirtenhorn näher, und die Kinder antworteten.

»Sanna«, rief der Knabe, »da kommen Leute aus Gschaid, ich kenne die Fahne, es ist die rote

Fahne, welche der fremde Herr, der mit dem jungen Eschenjäger den Gars bestiegen hatte, auf dem Gipfel aufpflanzte, dass sie der Herr Pfarrer mit dem Fernrohre sähe, was als Zeichen gälte, dass sie oben seien, und welche Fahne damals der fremde Herr dem Herrn Pfarrer geschenkt hat. Du warst noch ein recht kleines Kind.«

»Ja, Konrad.«

Nach einer Zeit sahen die Kinder auch die Menschen, die bei der Fahne waren, kleine schwarze Stellen, die sich zu bewegen schienen. Der Ruf des Hornes wiederholte sich von Zeit zu Zeit und kam immer näher. Die Kinder antworteten jedes Mal.

Endlich sahen sie über den Schneeabhang gegen sich her mehrere Männer mit ihren Stöcken herabfahren, die die Fahne in ihrer Mitte hatten. Da sie näher kamen, erkannten sie dieselben. Es war der Hirt Philipp mit dem Horne, seine zwei Söhne, dann der junge Eschenjäger und mehrere Bewohner von Gschaid.

»Gebenedeit sei Gott«, schrie Philipp, »da seid ihr ja. Der ganze Berg ist voll Leute. Laufe doch einer gleich in die Sideralpe hinab und läute die Glocke, dass die dort hören, dass wir sie gefunden haben, und einer muss auf den Krebsstein gehen und die Fahne dort aufpflanzen, dass sie dieselbe in dem Tale sehen und die Böller abschießen, damit die es wissen, die im Millsdorfer Walde suchen, und damit sie in Gschaid die Rauchfeuer anzünden, die in der Luft gesehen werden und alle, die noch auf dem Berge sind, in die Sideralpe hinabbedeuten. Das sind Weihnachten!«

»Ich laufe in die Alpe hinab«, sagte einer.

»Ich trage die Fahne auf den Krebsstein«, sagte ein anderer.

»Und wir werden die Kinder in die Sideralpe hinabbringen, so gut wir es vermögen und so gut uns Gott helfe«, sagte Philipp.

Ein Sohn Philipps schlug den Weg nach abwärts ein, und der andere ging mit der Fahne durch den Schnee dahin.

Der Eschenjäger nahm das Mädchen bei der Hand, der Hirt Philipp den Knaben. Die andern halfen, wie sie konnten. So begann man den Weg. Er ging in Windungen. Bald gingen sie nach einer Richtung, bald schlugen sie die entgegengesetzte ein, bald gingen sie abwärts, bald aufwärts. Immer ging es durch Schnee, immer durch Schnee, und die Gegend blieb sich beständig gleich. Über sehr schiefe Flächen taten sie Steigeisen an die Füße und trugen die Kinder. Endlich nach langer Zeit hörten sie ein Glöcklein, das sanft und fein zu ihnen heraufkam und das erste Zeichen war, das ihnen die niederen Gegenden wieder zusandten. Sie mussten wirklich sehr tief herabgekommen sein, denn sie sahen ein Schneehaupt recht hoch und recht blau über sich ragen. Das Glöcklein aber, das sie hörten, war das der Sideralpe, das geläutet wurde, weil dort die Zusammenkunft verabredet war. Da sie noch weiter kamen, hörten sie auch schwach in die stille Luft die Böllerschüsse herauf, die infolge der ausgesteckten Fahne abgefeuert wurden, und sahen dann in die Luft feine Rauchsäulen aufsteigen. Da sie nach einer Weile über eine sanfte, schiefe Fläche abgingen, erblickten sie die Sideralphütte. Sie gingen auf sie zu. In der Hütte brannte ein Feuer, die Mutter der Kinder war da, und mit einem furchtbaren Schrei sank sie in den Schnee zurück, als sie die Kinder mit dem Eschenjäger kommen sah.

Dann lief sie herzu, betrachtete sie überall, wollte ihnen zu essen geben, wollte sie wärmen, wollte sie in vorhandenes Heu legen; aber bald überzeugte sie sich, dass die Kinder durch die Freude stärker seien, als sie gedacht hatte, dass sie nur einiger warmer Speise bedurften, die sie bekamen, und dass sie nur ein wenig ausruhen mussten, was ihnen ebenfalls zuteilwerden sollte.

Da nach einer Zeit der Ruhe wieder eine Gruppe Männer über die Schneefläche herabkam, während das Hüttenglöcklein immer fort läutete, liefen die Kinder selber mit den anderen hinaus, um zu sehen, wer es sei. Der Schuster war es, der einstige Alpensteiger, mit Alpenstock und Steigeisen, begleitet von seinen Freunden und Kameraden.

»Sebastian, da sind sie«, schrie das Weib.

Er aber war stumm, zitterte und lief auf sie zu. Dann rührte er die Lippen, als wollte er etwas sagen, sagte aber nichts, riss die Kinder an sich und hielt sie lange. Dann wandte er sich gegen sein Weib, schloss es an sich und rief:

»Sanna, Sanna!«

Nach einer Weile nahm er den Hut, der ihm in den Schnee gefallen war, auf, trat unter die Männer und wollte reden. Er sagte aber nur: »Nachbarn, Freunde, ich danke euch.«

Da man noch gewartet hatte, bis die Kinder sich zur Beruhigung erholt hatten, sagte er: »Wenn wir alle beisammen sind, so können wir in Gottes Namen aufbrechen.«

»Es sind wohl noch nicht alle«, sagte der Hirt Philipp, »aber die noch abgehen, wissen aus dem Rauche, dass wir die Kinder haben, und sie werden schon nach Hause gehen, wenn sie die Alphütte leer finden.«

Man machte sich zum Aufbruche bereit.

Man war auf der Sideralphütte nicht gar weit von Gschaid entfernt, aus dessen Fenstern man im Sommer recht gut die grüne Matte sehen konnte, auf der die graue Hütte mit dem kleinen Glockentürmlein stand; aber es war unterhalb eine fallrechte Wand, die viele Klafter hoch hinabging und auf der man im Sommer nur mit Steigeisen, im Winter gar nicht hinabkommen konnte. Man musste daher den Umweg zum Halse machen, um von der Unglücksäule aus nach Gschaid hinabzukommen. Auf dem Wege gelangte man über die Siderwiese, die noch näher an Gschaid ist, sodass man die Fenster des Dörfleins zu erblicken meinte.

Als man über diese Wiese ging, tönte hell und deutlich das Glöcklein der Gschaider Kirche herauf, die Wandlung des heiligen Hochamtes verkündend.

Der Pfarrer hatte wegen der allgemeinen Bewegung, die am Morgen in Gschaid war, die Abhaltung des Hochamtes verschoben, da er dachte, dass die Kinder zum Vorscheine kommen würden. Allein endlich, da noch immer keine Nachricht eintraf, musste die heilige Handlung doch vollzogen werden.

Als das Wandlungsglöcklein tönte, sanken alle, die über die Siderwiese gingen, auf die Knie in den Schnee und beteten. Als der Klang des Glöckleins aus war, standen sie auf und gingen weiter.

Der Schuster trug meistens das Mädchen und ließ sich von ihm alles erzählen.

Als sie schon gegen den Wald des Halses kamen, trafen sie Spuren, von denen der Schuster sagte: »Das sind keine Fußstapfen von Schuhen meiner Arbeit.«

Die Sache klärte sich bald auf. Wahrscheinlich durch die vielen Stimmen, die auf dem Platze tönten, angelockt, kam wieder eine Abteilung Männer auf die Herabgehenden zu. Es war der aus Angst aschenhaft entfärbte Färber, der an der Spitze seiner Knechte, seiner Gesellen und mehrerer Millsdorfer bergab kam.

»Sie sind über das Gletschereis und über die Schründe gegangen, ohne es zu wissen«, rief der Schuster seinem Schwiegervater zu.

»Da sind sie ja – da sind sie ja – Gott sei Dank«, antwortete der Färber, »ich weiß es schon, dass sie oben waren, als dein Bote in der Nacht zu uns kam und wir mit Lichtern den ganzen Wald durchsucht und nichts gefunden hatten – und als dann das Morgengrau anbrach, bemerkte ich an dem Wege, der von der roten Unglücksäule links gegen den Schneeberg hinanführt, dass dort, wo man eben von der Säule weggeht, hin und wieder mehrere Reiserchen und Rütchen geknickt sind, wie Kinder gerne tun, wo sie eines Weges gehen – da wusste ich es – die Richtung ließ sie nicht mehr aus, weil sie in der Höhlung gingen, weil sie zwischen den Felsen gingen, und weil sie dann auf dem Grat gingen, der rechts und links so steil ist, dass sie nicht hinabkommen konnten. Sie mussten hinauf. Ich schickte nach dieser Beobachtung gleich nach Gschaid, aber der Holzknecht Michael, der hinüberging, sagte bei der Rückkunft, da er uns fast am Eise oben traf, dass ihr sie schon habet, weshalb wir wieder heruntergingen.«

»Ja«, sagte Michael, »ich habe es gesagt, weil die rote Fahne schon auf dem Krebssteine steckt und die Gschaider dieses als Zeichen erkannten, das verabredet worden war. Ich sagte euch, dass auf diesem Wege da alle herabkommen müssen, weil man über die Wand nicht gehen kann.«

»Und knie nieder und danke Gott auf den Knien, mein Schwiegersohn«, fuhr der Färber fort, »dass kein Wind gegangen ist. Hundert Jahre werden wieder vergehen, dass ein so wunderbarer Schneefall niederfällt und dass er gerade niederfällt, wie nasse Schnüre von einer Stange hängen. Wäre ein Wind gegangen, so wären die Kinder verloren gewesen.«

»Ja, danken wir Gott dafür, danken wir Gott«, sagte der Schuster.

Der Färber, der seit der Ehe seiner Tochter nie in Gschaid gewesen war, beschloss, die Leute nach Gschaid zu begleiten.

Da man schon gegen die rote Unglücksäule zu kam, wo der Holzweg begann, wartete ein Schlitten, den der Schuster auf alle Fälle dahin bestellt hatte. Man tat die Mutter und die Kinder hinein, versah sie hinreichend mit Decken und Pelzen, die im Schlitten waren, und ließ sie nach Gschaid vorausfahren.

Die anderen folgten und kamen am Nachmittage in Gschaid an.

Die, welche noch auf dem Berge gewesen waren

und erst durch den Rauch das Rückzugszeichen erfahren hatten, fanden sich auch nach und nach ein. Der Letzte, welcher erst am Abende kam, war der Sohn des Hirten Philipp, der die rote Fahne auf den Krebsstein getragen und sie dort aufgepflanzt hatte.

In Gschaid wartete die Großmutter, welche herübergefahren war.

»Nie, nie«, rief sie aus, »dürfen die Kinder in ihrem ganzen Leben mehr im Winter über den Hals gehen.«

Die Kinder waren von dem Getriebe betäubt. Sie hatten noch etwas zu essen bekommen, und man hatte sie in das Bett gebracht. Spät gegen Abend, da sie sich ein wenig erholt hatten, da einige Nachbarn und Freunde sich in der Stube eingefunden hatten und dort von dem Ereignisse redeten, die Mutter aber in der Kammer an dem Bettchen Sannas saß und sie streichelte, sagte das Mädchen: »Mutter, ich habe heute nachts, als wir auf dem Berge saßen, den Heiligen Christ gesehen.«

»O du mein geduldiges, du mein liebes, du mein herziges Kind«, antwortete die Mutter, »er hat dir auch Gaben gesendet, die du bald bekommen wirst.«

Die Schachteln waren ausgepackt worden, die Lichter waren angezündet, die Tür in die Stube wurde geöffnet, und die Kinder sahen von dem Bette auf den verspäteten, hell leuchtenden, freundlichen Christbaum hinaus. Trotz der Erschöpfung musste man sie noch ein wenig ankleiden, dass sie hinausgingen, die Gaben empfingen, bewunderten und endlich mit ihnen entschliefen.

In dem Wirtshause in Gschaid war es an diesem Abende lebhafter als je. Alle, die nicht in der Kirche gewesen waren, waren jetzt dort, und die andern auch. Jeder erzählte, was er gesehen und gehört, was er getan, was er geraten und was für Begegnisse und Gefahren er erlebt hat. Besonders aber wurde hervorgehoben, wie man alles hätte anders und besser machen können.

Das Ereignis hat einen Abschnitt in die Geschichte von Gschaid gebracht, es hat auf lange den Stoff zu Gesprächen gegeben, und man wird noch nach Jahren davon reden, wenn man den Berg an heitern Tagen besonders deutlich sieht oder wenn man den Fremden von seinen Merkwürdigkeiten erzählt.

Die Kinder waren von dem Tage an erst recht das Eigentum des Dorfes geworden, sie wurden von nun an nicht mehr als Auswärtige, sondern als Eingeborne betrachtet, die man sich von dem Berge herabgeholt hatte. Auch ihre Mutter Sanna war nun eine Eingeborne von Gschaid.

Die Kinder aber werden den Berg nicht vergessen und werden ihn jetzt noch ernster betrachten, wenn sie in dem Garten sind, wenn wie in der Vergangenheit die Sonne sehr schön scheint, der Lindenbaum duftet, die Bienen summen und er so schön und so blau, wie das sanfte Firmament auf sie herniederschaut.

Tim Krohn

Heidi und das Weihnachtswunder

Nach Johanna Spyri

Die Großmutter ist krank

Heidi war froh, dass sie mit dem Öhi den Winter über im Dörfli lebte. Letztes Jahr hatte der Schnee schon im Dezember so hoch gelegen, dass die Tür darunter verschwunden war und es aussah, als wüchsen die Fenster direkt aus dem Boden. Von der Alp aus hätte Heidi die blinde Großmutter vom Geißenpeter längst nicht mehr besuchen können. Und dabei lag die krank und frierend im Bett, weil es im Geißenpeter-Hüttli durch alle Ritzen zog, und fragte jeden Tag: »Ob das Kind wohl am Sonntag wiederkommt und mir vorliest?«

Doch jetzt wurde es selbst vom Dörfli aus schwierig. Der Schnee war so weich, dass sie tief einsank. Und immer noch schneite es weiter. Am zweiten Adventssonntag war sie nur bis über die Stiefel eingesunken, und nasse Füße waren nicht schlimm. Am dritten reichte er schon bis an den Bauch, sie musste sich wie ein Pflug durch die Schneedecke schieben. Am vierten Advent wäre sie überhaupt nicht mehr bis zur Geißenpeter-Hütte gekommen, hätte der Öhi sie nicht getragen.

An jenem Tag war die Großmutter so schwach, dass Heidi sie fast nicht ansehen konnte. Der Öhi hatte ganz deutlich verlangt, dass sie der Großmutter keinen weiteren Besuch versprechen dürfe, solange der Schnee nicht zu einer festen Decke fror, auf der sie leicht emporsteigen konnte und abwärts mit dem Schlitten fahren. Doch die Großmutter fieberte und hustete und sah so elend drein, dass es Heidi fast das Herz brach.

Als Heidi sich verabschiedete, fragte sie ganz matt: »Ob wir uns nochmals wiedersehen?«

Und ohne es zu wollen, antwortete Heidi: »Schon zu Heiligabend, liebe Großmutter! Und ich bringe dir auch ein Geschenk.«

»Ach, Kind, noch einmal deine liebe Stimme zu hören, ist mir Geschenk genug«, sagte darauf die Großmutter.

Doch Heidi hatte gesehen, dass das Schüsselchen, aus dem Peters Großmutter trank, ganz abgenutzt und rissig war. Ihr Großvater würde gewiss geschwind ein neues Schüsselchen schnitzen, und vielleicht hatte er auch ein Kraut gegen den Husten.

Der Öhi schnitzte das Schüsselchen wirklich und füllte es mit duftenden Ringelblumen und Thymian, die er im Sommer hoch oben in den Bergen gesammelt und getrocknet hatte. Als er aber am Heiligabend das Wetter sah, sagte er: »Solange es draußen so tut und tobt, gehst du mir nicht vor die Tür.« Denn nun schneite es zwar nicht mehr, dafür gingen heftige Winde und türmten den Schnee zu haushohen Wechten.

»Kannst du mich nicht bringen?«, flehte Heidi.

»Nein, in Maienfeld warten sie noch auf zwei Krippenfigürchen, danach muss ich Käse nach Bad Ragaz liefern. Bevor es eindunkelt, bin ich nicht zurück.«

Seit sie im Dörfli Miete zahlen mussten, schreinerte und schnitzte der Großvater nicht mehr nur Stühle und Geschirr für sich selber, sondern auch Tiere und Heiligenfigürchen, die er verkaufte.

Heidi kämpfte mit den Tränen, als sie daran dachte, wie die kranke Großmutter wartete. »Wenn es vielleicht später nicht mehr so stürmt, darf ich dann gehen?«

Der Öhi zögerte, dann nahm er sie mit ans Fenster. »Siehst du die mächtigen Eichen und Buchen oben im Holz?« Holz hieß ein Wäldchen am Berghang.

»Nein«, sagte Heidi, »es weht so viel Wind umher, dass ich nicht einmal die letzten Häuser vom Dörfli sehe.«

»Ja, ich auch nicht. Sobald du die Bäume siehst,

darfst du bis dort hoch, denn dann siehst du auch von dort hinunter bis zum Dörfli und findest den Heimweg. Wenn du wiederum beim Holz bist und von dort die Geißenpeter-Hütte siehst, darfst du weitersteigen, wenn nicht, kehrst du sofort um. Und auf jeden Fall soll der Peter dich nachher heimbegleiten. Sag ihm, er darf dafür auch mit uns essen.«

Kurz blieb er noch stehen, als wollte er sich doch anders besinnen, dann packte er seufzend seine Waren in den Rückenkorb und verließ sie.

Heidi ging erst in den Geißenstall, um Schwänli und Bärli zu besuchen. Am Anfang hatten sie sich schwergetan, die Alp zu verlassen, ein paar Tage lang hatten sie gar nichts mehr fressen mögen. Jetzt aber schüttelten sie fröhlich die Köpfe, pressten sich zu beiden Seiten an das Kind und ließen in ihrer Liebe kaum zu, dass Heidi sie fütterte und bürstete. Kaum war sie damit fertig, rannte sie zurück ans Fenster. Von den mächtigen Eichen und Buchen war allerdings noch immer nichts zu sehen.

So setzte sie sich und wickelte erst das Schälchen und die Blüten in ein schönes Tuch, dann las sie den Kalender, den ihre liebste Freundin Klara im Sommer aus Frankfurt geschickt hatte. Jeder Tag hatte ein eigenes Blatt mit einem interessanten Satz, und daneben hatte Klara immer noch selber etwas geschrieben. Heute las Heidi: »Am 24. Dezember

1777 entdeckt der englische Seefahrer und Entdecker James Cook nahe dem Äquator ein Eiland, das er Weihnachtsinsel tauft. Die Geburt Christi feiert er mit Schildkrötensuppe unter Palmen.« Und Klara hatte geschrieben: »Hurra, Heiligabend! Was gibt es Schöneres, als die zu beschenken, die wir lieben?«

Sofort musste Heidi wieder an die Großmutter denken, sprang auf und rannte ans Fenster. Jetzt endlich sah sie oben ein Fleckchen Blau. Wenn man den Himmel sieht, redete sie sich ein, dann sieht man gewiss auch Bäume, die doch viel näher sind. Und wenn nicht jetzt, dann bald.

Und schon war sie in ihr rotes Mäntelchen mit der Kapuze geschlüpft, das ebenfalls Klara ihr geschenkt hatte, schob das Schüsselchen in eine der großen Taschen, dann ging sie nochmals zu Schwänli und Bärli. »Wenn Großvater zurückkommt, sagt ihm, dass er sich keine Sorgen machen muss. Der Himmel ist schon ganz blau, und es gibt nichts Schöneres, als die Großmutter zu beschenken.«

Draußen stürmte es so heftig, dass sie die Tür mit Gewalt aufstemmen musste, und kaum war sie hindurch, riss der Wind sie ihr schon aus der Hand und schlug sie donnernd wieder ins Schloss. Aber Heidi sagte sich, dass auch ein Seefahrer den Weg finden muss, ohne immer einen Baum zu sehen, und trotzdem nicht verloren geht, und das gab ihr Mut. Der Wind hatte den Schnee in lauter lose, scharfe Kügelchen verwandelt, die schoss er ihr ins Gesicht, dass es schmerzte. Dafür war zwischen den Wechten die Schneedecke recht weit abgetragen, dort reichte er ihr oftmals nur bis zum Knie, und es machte ihr Spaß, im feinen, stiebenden Pulver zu waten.

Deshalb blickte sie bei ihrem Marsch auch eine ganze Weile nur zu Boden. Als sie endlich den Kopf hob, wunderte sie sich, denn zuerst erkannte sie nur lauter Schneeschleier in weißem Licht, darunter die ebenfalls weiße Menge Schnee. Ihr Mäntelchen war das einzig Farbige. Doch nachdem sie eine Weile scharf in die Ferne gesehen hatte, erahnte sie immerhin die Umrisse der Baumwipfel im Holz, stemmte sich weiter fröhlich gegen den Sturm und stand bald darauf glücklich unter den Bäumen.

Jetzt erinnerte sie sich daran, was der Öhi verlangt hatte, und sah zurück: Das Dörfli war ganz und gar verschwunden. Dafür sah sie jetzt die Geißenpeter-Hütte, und wenn sie erst dort war, half ihr ja Peter hinab. Also ging sie weiter.

Peter und die drei Geißlein

Peter wischte gerade mit dem Besen die Haustür frei, das ging leichter als mit der Schaufel, weil der

Schnee nur noch loses Pulver war. Als Heidi plötzlich neben ihm stand und ihn grüßte, ließ er vor Schreck den Besen fallen. Dann fasste er sich aber und fragte: »Willst du die jungen Geißlein sehen?«

»Nachher gern, aber erst will ich zur Großmutter.«

»Dann musst du aber warten, bis die Tür frei ist.«

»Wie bist du denn herausgekommen?«

Er zeigte hoch zum Stubenfenster. »Aber hinein kommst du nicht, der Schnee ist zu weich.«

Da sie schon warten musste, konnte sie ebenso gut erst in den Stall. Dort entdeckte sie drei winzige, überaus herzige Zicklein. Zwei tranken fleißig an der Mutter, das dritte wollte auch, aber die beiden anderen stießen es immer weg.

»Pfui, ihr seid gemein«, schimpfte Heidi. »Dabei ist heute Heiligabend.«

»Geißen haben halt nur zwei Zitzen«, sagte Peter, der ihr nachgekommen war. »Wenn die Stärkeren nicht teilen wollen, muss das dritte sterben.«

»Diese Barbaren«, rief Heidi. »Dagegen musst du etwas tun!«

Peter zuckte gelassen mit den Schultern. »Wir haben nur die eine Geiß, und wenn sie leer ist, ist sie leer.«

»Dann nehme ich das dritte Zicklein mit«, erklärte Heidi entschieden. »Schwänli und Bärli werden es schon durchfüttern.«

»Von mir aus. Aber was wird der Öhi sagen?«

»Freuen wird er sich! Ich schenke es ihm nämlich zu Weihnachten.«

»Es ist übrigens nur ein Böcklein. Aber er kann es zu Ostern schlachten.«

»Barbaren, alle Barbaren«, rief Heidi. »Es ist Heiligabend!« Entrüstet nahm sie das Zicklein auf den Arm und verließ den Stall.

Jetzt wollte sie nur schnell ums Haus und zur Großmutter. Doch das Wetter war nochmals ärger geworden, dichte Schneeschwaden fuhren wie wütende Geister an ihr vorbei, der Wind pfiff und schob die Schneewechten mit so viel Kraft vor sich her, dass sie erst dachte, sie stünde an einem stürmischen Meer. Davon hatte sie bei Klara in Frankfurt Bilder gesehen.

Das Zicklein verhielt sich zunächst ruhig. Nun aber, sei's, dass der fauchende Sturm es erschreckte, sei's, dass es nur neugierig auf die Welt war, wand es sich aus Heidis Armen, sprang in den pulvrigen Schnee und verschwand darin.

»Bleib stehen«, rief Heidi und wollte schon nach ihm greifen, da kam das Zicklein an ganz anderer Stelle hervorgejagt, verschwand wieder und flog in aberwitzigem Sprung einige Meter entfernt abermals in die Luft. So jagte es im Zickzack im tiefen Schnee über den Platz, denn anders als Heidi, die sich mühsam hinterherkämpfte, brauchte es keinerlei Rücksicht auf hohe Wechten zu nehmen, sondern bohrte sich wie eine irrende Gewehrkugel durch alles hindurch.

Endlich hatte Heidi das Zicklein gepackt, schob es unter ihren Mantel, zum einen, damit es wieder warm würde, zum anderen, damit es sich nicht so leicht wieder befreite. Dann wollte sie zur Großmutter.

Aber die Geißenpeter-Hütte war verschwunden, und ringsum herrschte einfach nur Leere!

»Peter«, rief sie. »Großmutter! Wo seid ihr?« Zurück kam nichts als das Pfeifen des Windes. Sie wollte ihren eigenen Spuren folgen und ging hierhin und dahin, wo immer sie im blendenden Weiß, das nun wieder oben wie unten herrschte, eine Vertiefung ahnte. Doch wirkliche Spuren fand sie schon keine mehr.

Nochmals rief sie, und wieder, aber immer vergeblich.

»Nun, allzu schwer kann es nicht sein, von hier zurück zum Dörfli zu finden«, sagte sie sich. »Der Weg führt zwar quer, aber im Grunde muss ich nur gerade den Hang hinab.« Sie hatte genau im Gefühl, wo das Dörfli lag, nur ging es sonderbarerweise dort, wo sie hinabwollte, hinauf statt hinab, und dort, wo es hinabging, war es viel zu flach, als dass dies der Hang von der Geißenpeter-Hütte hinunter ins Dörfli sein konnte. Vielleicht war sie bei der

Zickleinjagd quer gegangen und musste nun erst zurück, abermals quer? Immer wieder sah sie hoch in den Himmel, ob sich nicht die Sonne erahnen ließ und ihr den Weg wies. Doch da war nur ein überall gleiches gleißendes Hell.

So ging sie aufs Geratewohl kreuz und quer, bis sie tatsächlich ein Wäldchen oder eher eine Hecke entdeckte, denn dort standen keine Eichen oder Buchen, nur Haselbüsche und kleinere Tannen. Jener Haselhecke hatte der Wind den Schnee so lange von der immer gleichen Seite angeblasen, dass sich eine regelrechte Schneewand aufgebaut hatte. Die Haselgerten hatten sich darunter weggebogen, und so war eine kleine Höhle entstanden, in die Heidi sich nun verkroch. Aus Ärger über sich selbst vergoss sie einige Tränen.

Aber gleich meckerte das Zicklein, reckte den Hals und schleckte sie ihr wieder ab.

»Weißt du«, sagte Heidi mehr, um sich selbst zu trösten, »dieser englische Seefahrer fuhr gewiss auch durch Stürme und wusste nicht mehr, wo er war. Aber dafür hat er dann die Weihnachtsinsel entdeckt, und heimgekommen ist er auch wieder. Wir warten jetzt einfach, bis der Himmel wieder blau wird, dann sehen wir das Holz oder den Falknis oder einen anderen Berg und wissen gleich, wie wir gehen müssen.«

Das Zicklein stieß zwar mit dem Kopf nach ihr,

als wäre es nicht einverstanden, und meckerte auch wieder, aber Heidi murmelte: »Doch, doch, so machen wir's.« Sie wollte sich noch gegen das Stoßen wehren, aber ganz plötzlich hatte sie eine große Müdigkeit überfallen, und schon schlief sie ein.

Alle suchen Heidi

Im Stall hatte Peter der Muttergeiß noch eine Armvoll Heu zugeschoben, dann ging er Heidi nach, denn er musste für sie ja die Tür freilegen. Aber Heidi war weder auf dem Platz noch wartete sie bei der Tür.

Er rief und klopfte mit dem Besenstiel ans Stubenfenster, bis Brigitte, seine Mutter, öffnete. »Ist Heidi durchs Fenster gekommen?«

»Was für Ideen du wieder hast! Bei dem Sturm kommt sie gewiss nicht hoch.«

»Aber ich habe sie doch gesehen! Sie war mit mir im Stall und hat das Böcklein mitgenommen. Danach wollte sie zur Großmutter.«

»Aber hier ist sie nicht. Schau noch mal im Stall nach.«

Peter rannte zurück zum Stall, dann kämpfte er sich durch den Schnee ums ganze Haus herum, aber Heidi war nirgends zu sehen.

Als er zurückkam, hatte Brigitte das Fenster wieder geschlossen. Er klopfte.

»Was ist, kommt sie jetzt herein?«, fragte Brigitte, als sie es erneut öffnete.

»Sie war nicht im Stall.«

»Peter, willst du mir einen Bären aufbinden?«

»Nein, bestimmt nicht, Mutter. Vielleicht wollte sie das Böcklein heimbringen, bevor es verhungert.«

»Allein? Bei dem Wetter? Wenn das wahr ist, Peter, dann musst du ihr nach. Nicht, dass sie sich verläuft und erfriert.«

»Aber wo soll ich sie suchen? Man sieht ja nichts.«

»Ruf halt. Oder noch besser, renn geradewegs hinunter ins Dörfli und sag's dem Öhi.«

Peter rannte gleich los. Im Sommer legte er den Weg jeden Tag frühmorgens und spätabends im Dunkeln zurück, deshalb kannte er jeden Tritt. In seinem Schrecken hatte er vorhin vergessen, den Besen wegzulegen, jetzt war er froh um ihn, denn immer wieder musste er sich durch hohe Schneewechten kämpfen. Gelegentlich rief er nach Heidi oder ließ seinen Geißenpfiff hören, danach stand er still und lauschte. Zweimal war ihm, als pfiffe sie zurück, es war aber nur der Wind.

Als er das Dörfli erreichte, dämmerte schon der Abend. Das Haus vom Öhi war leer und verlassen, im Stall aber hörte er Lärm und lautes Meckern. Er ging hinein und fand Schwänli und Bärli ganz außer sich, sie schlugen mit den Hufen gegen die Abschrankung und zerrten an ihren Ketten. Schwänli hatte sich in seine verwickelt. Peter löste die Kette, damit es sich nicht verletze, und sofort rannte das ungebärdige Schwänli los, stieß mit gesenktem Kopf so heftig gegen die Stalltür, dass die aus den Angeln sprang, und hetzte mit riesigen Sätzen der Alp zu. Peter wollte die Geiß einfangen, aber er war viel zu langsam, und dann verwischte der Wind auch gleich wieder ihre Spuren. Eine Weile war noch das Klingeln des Glöckleins zu hören und hin und wieder ein kämpferisches Meckern, aber nicht lange.

Peter stand erst ratlos da, dann machte er kehrt, um die Stalltür wieder einzuhängen, und stand unverhofft vor dem Öhi.

»War das meine Geiß?«, fragte er verwundert. »Und sag überhaupt, was tust du hier?«

Peter erzählte aufgeregt und wirr, dass die Heidi zu ihnen gekommen sei, aber eben doch nicht, und dass er gedacht habe, sie bringe vielleicht das Zicklein herab, damit es trinke, und dann hätten die Geißen so überstellig getan, dass er das Schwänli aus seiner Kette habe wickeln müssen, und dabei sei es ihm entwischt und wohl wieder heim auf die Alp, und die Tür habe übrigens nicht er ausgehängt, sondern das Schwänli …

Hier verlor der Öhi die Geduld, packte den Peter an beiden Oberarmen, schüttelte ihn und fragte: »Ist Heidi da oben im Schnee?«

Peter nickte erschrocken.

»Dann renn zum Pfarrer und gib ihm Bescheid, er muss eine Suchmannschaft aufstellen«, wies der Öhi ihn an. »Aber er soll ja nicht Sturm läuten. Danach kommst du wieder her.«

Er selber eilte ins Haus, füllte den leeren Rückenkorb mit Decken, Seilen, Essen und Trinken, zündete zwei Fackeln an und führte das Bärli aus dem Stall, ließ es aber am Strick. Das war nötig, weil das treue Bärli gleich dem Schwänli nachwollte und an der Schnur zog und zerrte, dass der Öhi Mühe hatte, es zu bändigen.

Als er wieder auf den Platz hinaustrat, war es endgültig Nacht. Peter war noch nirgends zu sehen, aber der Öhi brauchte nur scharf zu pfeifen, da kam er angerannt. Der Öhi reichte ihm eine Fackel, und sie marschierten los.

»Ziehen wir auf die Alp«, fragte Peter verwundert, als er Bärli sah.

»Nein, aber ich habe die leise Hoffnung, dass Schwänli und Bärli so überstellig getan haben, weil sie Heidi zu Hilfe eilen wollten. Geißen haben ein feines Gehör und einen siebten Sinn.«

Inzwischen hatte der Wind sich gelegt. Der Himmel blieb aber bedeckt, und das Licht der Fackeln reichte nicht weit.

Unter sich am Hang hörten sie jetzt Kommandorufe. Peter blickte zurück und sah, wie die Männer aus dem Dörfli nebeneinander den Hang absuchten, jeder trug eine Fackel, und sie gingen gerade so weit voneinander entfernt, dass der Hang in seiner Breite beleuchtet war. In der anderen Hand hatten sie Stöcke, die sie bei jedem Schritt in den Schnee bohrten. So sucht man Verschüttete.

Peter machte es mit seinem Besenstiel genauso, aber sie gingen viel schneller als die Suchmannschaft, da wurde das Stochern mühsam, und nach einigen Schritten gab er es wieder auf. »So nah beim Dörfli wird sie ja wohl nicht sein«, sagte er.

Der Öhi spähte unentwegt in die Richtung, die Bärli einschlug. »Es sind schon Leute vor ihrer Haustür erfroren«, bemerkte er wie nebenbei, »aber jetzt schweig still, du lenkst die Geiß ab.«

Tatsächlich wurde Bärli immer nervöser und schien nicht mehr so recht zu wissen, was es wollte. Immer wieder blieb es stehen und verwarf den Kopf, wobei sein Glöcklein hell aufklang, dann trabte es weiter, aber ohne jede Lust.

Jetzt rief der Öhi selber laut Heidis Namen, danach ließ er wieder einen seiner scharfen Pfiffe hören. Peter wollte es ihm nachtun, doch der Öhi legte ihm die Hand auf den Arm und sagte: »Einmal reicht. Wenn die Heidi irgendwo tief im Schnee liegt, hören wir ihre Antwort sowieso nicht, höchstens das Bärli.«

Aber Bärli schien überhaupt nichts zu hören, sondern trottete jetzt so gemütlich im Schnee, als wäre ihm nur nach einem Spaziergang gewesen.

Ein Geschenk für den Öhi

Nachdem Heidi in ihrer Schneehöhle eingeschlafen war, träumte sie von einem kleinen Boot, das führerlos in einem wilden, schäumenden Meer trieb. Im Boot war nichts als ein Rollstuhl, in dem wiederum saß ihre kranke Freundin Klara. In höchster Not rief sie um Hilfe, doch aus ihrem Mund kamen keine Worte, sondern sie meckerte und schrie hell und scharf wie ein Zicklein.

Danach erwachte Heidi und schlug die Augen auf, aber das Meckern und Schreien klang fort. Es war das Böcklein, das den Kopf aus dem Schlitz im Mantel reckte und offenbar vor lauter Hunger so schrie und meckerte, denn dazwischen ließ es immer wieder ermattet das Köpflein mit dem langen, dünnen Hals hängen, was aussah, als hätte Heidi sich ein welkes Blümlein an den Mantel gesteckt.

»Oh, du armes Geißlein«, rief Heidi, »du sollst

nicht in meinen Armen verhungern.« Und weil sie merkte, dass der Wind sich gelegt hatte, wollte sie weitergehen. Es war jetzt dunkle Nacht.

Sie wollte sich eben aufraffen, als sie ein Bimmeln und Meckern hörte, das sie sehr gut kannte. »Schwänli«, rief sie in die Finsternis, »ja, was machst du denn hier oben?«

Und wirklich stand gleich darauf das Schwänli neben Heidi, schleckte ihr kurz das Gesicht ab, dann wandte es sich gleich dem jammernden Böcklein zu, als sei es viel interessanter. Es schnupperte an ihm, stieß es mit dem Kopf an, und als Heidi den Mantel öffnete und das Böcklein an Schwänlis Zitze hob, ließ sie es willig saugen.

»Jetzt verrate mir aber, Schwänli«, bat Heidi, während das Zicklein lange und gierig trank, »bist du jetzt wegen mir so weit gelaufen oder wegen dem Böcklein?«

Natürlich kam keine Antwort. Aber das Schwänli hielt auch noch still, als Heidi das Schüsselchen der Großmutter hervorzog, von Schwänlis Milch hineinmelkte und es in einem Zug austrank. Die Kräuter, die darin gewesen waren, durfte das Schwänli zur Belohnung fressen.

Gleich darauf wurde das Schwänli aber unruhig und stieß Heidi und das Zicklein immer wieder an, als wollte es sagen: »Steht auf, tut nicht so faul!« Dann tat es gar, als wollte es die beiden einfach hocken lassen und allein weiterziehen.

»Warte«, rief Heidi, »wir kommen ja schon!«, nahm das Zicklein wieder unter den Mantel und folgte ihm.

Der Weg war nicht weit, nach wenigen Schritten nur erreichten sie eine Lichtung. Dort stand eine Futterkrippe für die Rehe, wie sie die Jäger aufstellen, damit das Wild sich an die Gegend gewöhnt und sie im Herbst nicht ins Gebirge steigen müssen, um es zu jagen. Die Krippe war gut gefüllt mit schönem, duftendem Heu, von dem Schwänli gleich zu fressen begann – offenbar hatte der Hunger die Geiß dorthin getrieben. Heidi dagegen legte sich in die Krippe, nahm das Zicklein auf den Bauch und bettete einen hohen Haufen Heu über sie beide. Bald hatten sie es wohlig warm.

Inzwischen waren Rehe gekommen und standen staunend unter den Bäumen.

»Kommt nur«, sagte Heidi, »es hat genug Heu für alle.« Aber die Rehe blieben doch lieber am Rand der Lichtung und schauten nur.

Seufzend sagte Heidi: »Jetzt müsste sich nur noch der Himmel auftun, sodass die Sterne leuchten, dann hätten wir eine richtig schöne Weihnacht.« Da fiel ihr ein, dass der Großvater bestimmt inzwischen von seinen Händeln zurück war und sich um sie sorgte.

»Es hilft nichts, Schwänli, wir müssen heim«,

sagte sie. Doch mit einem Mal hob das Schwänli wachsam den Kopf, und die Rehe versprengten. Im nächsten Augenblick sah Heidi zwischen den Bäumen flackerndes Licht. Ein Geißenglöcklein bimmelte, morsche Äste barsten unter schweren Stiefeln, dann brach Bärli durchs Unterholz und trat stolz auf die Lichtung hinaus. Den Öhi zog es hinter sich her, zuletzt kam Peter.

Bärli ging gleich zur Futterkrippe und begrüßte das Schwänli mit einem freundlichen Kopfstoß, danach wühlte es im Heu, bis es das Zicklein gefunden hatte und daran schnuppern konnte.

»Und mich grüßt du gar nicht?«, fragte Heidi lachend, packte Bärlis Kopf und drückte ihn an sich.

»Gottlob, Heidi, du lebst, Heidi«, stieß gleich darauf der Öhi hervor und wischte sich eine Träne von der rauen Wange. »Bist du auch gesund?«

Als er sah, dass Heidi nickte, wandte er sich ab, formte die Hände zum Trichter und jauchzte laut. Sofort jauchzte es von fern zurück, in immer neuen Stimmen.

»Das sind all die guten Männer aus dem Dörfli, die jetzt wissen, dass wir dich gefunden haben«, erklärte er. »Sie haben den Heiligen Abend geopfert, um dich zu suchen. Jetzt kehren sie umso fröhlicher zu ihren Familien zurück und werden noch etwas feiern. Wenn du wieder ganz hergestellt bist, gehen wir bei allen vorbei und bedanken uns.«

»Oh, ich bin schon wieder ganz hergestellt, Großvater«, beteuerte Heidi, »nur hungrig bin ich.«

»Da kann ich helfen.« Er schüttelte von einem schönen Tannenbäumlein den gröbsten Schnee ab, steckte links und rechts die Fackeln ein und bereitete davor eine Decke aus, auf der sie sitzen konnten. In die Mitte kam das ganze Weihnachtsessen, das er daheim eilig in den Rückenkorb gepackt hatte, Rauchfleisch, Käse, Brot und Äpfel. Nachdem er Heidi aus der Krippe gehoben hatte, wickelte er sie in eine zweite und dritte Decke und setzte sie vor das Bäumlein.

Erst dort im Licht bemerkte er das Böcklein, das vorwitzig aus Heidis Kragen heraussah. »Ist das der Übeltäter, wegen dem du dich im Sturm verlaufen hast?«

Heidi schüttelte ernst den Kopf. »Nein, Großvater, der Übeltäter bin ich selber, weil ich nicht auf dich gehört habe. Das Böcklein hat mich sogar gerettet. Als ich eingeschlafen bin, hat es so laut geschrien und gemeckert, dass das Schwänli uns finden konnte. Deshalb darfst du es auch nie, nie schlachten, hörst du?«

Der Großvater sagte nur. »Darüber reden wir noch. Jetzt wollen wir aber essen, bevor dem Peter die Augen aus dem Kopf fallen.«

Denn dem zuckten schon lange die Hände angesichts all der ungeahnten Köstlichkeiten, die da lagen. Sofort griff er sich einen Apfel und biss herzhaft zu.

»Warte, die Äpfel sind für die Rehe«, rief Heidi. »Sie haben mir ihre Krippe geliehen!«

Erschrocken hielt Peter den Mund auf, bereit, den ersten Bissen gleich wieder herzugeben.

Der Öhi sagte aber lachend: »Kau weiter, Peter. Die Rehe würden nur Bauchweh bekommen, sie vertragen im Winter nur trockenes Futter. Was aber das Böcklein angeht …«

»Das braucht jetzt nichts, dem ist wohl«, fiel Heidi ihm ins Wort.

»Darauf wollte ich gar nicht hinaus. Aber hör, Heidi, wir können keinen Bock halten. Ein Bock braucht viele Geißen, sonst ist ihm langweilig, und er wird böse. Und wir haben nur gerade zwei, Schwänli und Bärli.«

»Dann halten wir eben mehr«, sagte Heidi unbekümmert. »Ich kann dir mit Melken und Käsen helfen. Du sagst doch immer, sie reißen dir den Käse aus der Hand.«

»Ja, schon«, sagte der Großvater nachdenklich. »Und wie heißt dein Böcklein?«

»Dein Böcklein, Großvater, weil ich es dir nämlich zur Weihnacht schenke.«

Er lächelte. »Ach, so ist das? Dann muss ich es ja behalten.«

Heidi hatte aufgehört zu essen, der Großvater

packte zusammen. Was übrig war, schnürte er in ein großes Bündel, das er Peter reichte. »Damit könnt ihr morgen feiern. Sag Brigitte und der Großmutter, wir wünschen ein gesegnetes Fest und bitten um Vergebung, dass wir dich aufgehalten haben.«

Heidi packte gleich noch das Schüsselchen für die Großmutter dazu. »Sag ihr, den Tee dafür bringe ich auch bald.«

»Vielleicht nicht ganz so bald«, wandte der Großvater ein, denn gerade begann es wieder zu schneien. Diesmal fielen große, federleichte Flocken, die nur sehr langsam zur Erde niedersanken.

Peter konnte nur stumm nicken. Danach hängte er das Bündel an den Besen, schulterte ihn und machte sich reich beschenkt auf den Heimweg.

Der Großvater setzte Heidi und das Böcklein in den Rückenkorb, deckte beide gut zu und wuchtete ihn auf den Rücken. Dann pfiff er den Geißen und zog los.

»Und wie heißt das Böcklein nun?«, fragte er abermals.

»Noch gar nicht«, antwortete Heidi. »Ich wollte ihn nach diesem englischen Seefahrer nennen, der die Weihnachtsinsel entdeckt hat. Aber ich habe den Namen vergessen.«

»So, die Weihnachtsinsel?« Der Öhi schüttelte den Kopf. »Ich kenne nur den, der Amerika entdeckt hat. Der heißt Cristobal Colon.«

Heidi klatschte vor Freude in die Hände. »Das ist noch viel schöner, Cristobal ist genau der richtige Name für unser Böcklein.«

Inzwischen hatten sie das Wäldchen verlassen, und unter ihnen, gar nicht weit, leuchteten festlich die Fenster vom Dörfli.

Heidi fragte: »Sag, Großvater, hast du auch ein Geschenk für mich?«

Er lachte. »Hast du denn eines verdient?«

»Das weiß ich nicht, aber du hast es tausendmal verdient, mir etwas zu schenken. Klara hat mir nämlich geschrieben: ›Es gibt nichts Schöneres, als die zu beschenken, die wir lieben.‹ Und du liebst mich doch, gell, Großvater?«

Er räusperte sich und wollte wohl etwas sagen, aber es blieb dann bei einem Nicken.

Gleich darauf kämpfte Cristobal sich aus den Tüchern, reckte den Kopf über den Korbrand und meckerte.

»Ja, sicher, dich auch«, lachte der Großvater.

Heidi schlang ihm die Arme um den Hals. »Und du bist mir überhaupt der Allerliebste.«

»So, so«, brummte der Großvater gerührt. »Jetzt sitz aber still, sonst fällst du mir noch aus dem Korb.«

Peter Rosegger

Der erste Christbaum in der Waldheimat

Es waren die ersten Weihnachtsferien meiner Studentenzeit. Wochenlang hatte ich schon die Tage, endlich die Stunden gezählt bis zum Morgen der Heimfahrt von Graz ins Alpel. Und als der Tag kam, da stürmte und stöberte es, dass mein Eisenbahnzug stecken blieb. Da stieg ich aus und ging zu Fuß, frisch und lustig, sechs Stunden lang durch das Tal, wo der Frost mir Nase und Ohren abschnitt, dass ich sie gar nicht mehr spürte. Durch den Bergwald hinauf, wo mir so warm wurde, dass die Ohren auf einmal wieder da waren und heißer als je im Sommer. Die Nase vergaß ich, doch stak sie sicher fest im Gesicht, wo sie heute noch steckt. Auch mein Bündel Bücher schleppte ich, denn die Professoren waren so grausam gewesen, mir Hausaufgaben zu geben, besonders in der Mathematik und Grammatik, die ich heute noch hassen könnt bis aufs Blut, wenn es nicht gar so blutlose Wissenschaften wären.

So kam ich, als es schon dämmerte, glücklich

hinauf, wo das alte Haus, schimmernd durch Gestöber und Nebel, wie ein verschwommener Fleck stand, einsam inmitten der Schneewüste. Als ich eintrat, wie war die Stube so klein und niedrig und dunkel und warm – urheimlich. In den Stadthäusern verliert man ja allen Maßstab für ein Waldbauernhaus. Aber man findet sich gleich hinein, wenn die Mutter den Ankömmling ohne alle Umständ so grüßt: »Na, weil-s-d' nur da bist!«

Auf dem offenen Steinherd waberte das Feuer, in der guten Stube wurde eine Kerze angezündet.

»Mutter, nit!«, wehrte ich ab. »Tut lieber das Spanlicht anzünden, das ist schöner.«

Sie tat's aber nicht. Das Kienspanlicht ist für die Werktage. Weil nach langer Abwesenheit der Sohn heimkam, war für die Mutter Feiertag geworden. Darum die festliche Kerze.

Und für mich erst recht Feiertag!

In der dem Christfest vorhergehenden Nacht schlief ich wenig – etwas Seltenes in jenen Jahren. Die Mutter hatte mir auf dem Herde ein Bett gemacht mit der Weisung, die Beine nicht zu weit auszustrecken, sonst kämen sie in die Feuergrube, wo die Kohlen glosten. Die glosenden Kohlen waren gemütlich, das knisterte in der stillfinsteren Nacht so hübsch und warf manchmal einen leichten Glutschein an die Wand, wo in einem Gestell die bunt bemalten Schüsseln lehnten. Aber die

Schwabenkäfer, die nächtig aus den Mauerlöchern hervorgekrochen und zurzeit einmal Ausflüge über die Glieder und das Gesicht eines Studenten machten –! Indes wird ein gesunder Junge auch die Schwabenkäfer gewohnt. Aber sie nicht ihn. –

Da war's ein anderes Anliegen, über das er noch obendrein schlüssig werden musste in dieser Nacht, ehe die Mutter an den Herd trat, um die Morgensuppe zu kochen. Ich hatte viel sprechen gehört davon, wie man in den Städten Weihnacht feiert. Da sollen sie ein Fichtenbäumchen, ein wirklich kleines Bäumlein aus dem Wald, auf den Tisch stellen, an seinen Zweigen Kerzlein befestigen, sie anzünden, darunter sogar Geschenke für die Kinder hinlegen und sagen, das Christkind hätte es gebracht. Auch abgebildet hatte ich solche Christbäume schon gesehen. Und nun hatte ich vor, meinem kleinen Bruder, dem Nickerl, einen Christbaum zu errichten. Aber alles im Geheimen, das gehörte dazu. Nachdem es so weit taglich geworden war, ging ich den frostigen Nebel hinaus. Und just dieser Nebel schützte mich vor den Blicken der ums Haus herum arbeitenden Leute, als ich vom Walde her mit einem Fichtenwipfelchen gegen die Wagenhütte lief, dort das Bäumchen in ein Scheit bohrte und unter dem Karren- und Räderwerk versteckte. Dann ging ich nach Sankt Kathrein zum Krämer, um Äpfel zu kaufen. Der hatte aber keine, sie waren im selben Jahr zu Pöllau und Hartberg nicht geraten, und so war kein Obstträger in die Gebirgsgegend gekommen.

Nun frage ich den Krämer, ob er vielleicht Nüsse habe.

»Nüsse!«, sagte er. »Zum Anschauen oder zum Aufschlagen? Ich habe ihrer noch ein Sackl, vom vorigen Jahr her. Aber die sind nur zum Anschauen. Schlagst sie auf, so hast einen schwarzen oder verdorrten Kern, der nit zum Essen ist.«

Die Nüsse ließ ich ihm. Das wollte ich dem Brüderl nicht antun: eine schöne Schale und kein Kern. Solche Sachen darf man ihm nicht angewöhnen.

Was sollte ich nun kaufen. Er hatte ja allerhand schöne Sachen, der Krämer. Rote Sacktücheln, Hosenträger, Handspiegel, Tabakspfeifen, sogar Maulwetzen. Doch abgesehen davon, dass der angehende Pädagoge manches nicht passend fand, hatte ich mit meinem Geldvorrat zu rechnen, der mich ja auch wieder nach Graz bringen sollte.

»So wär ich halt umsonst gegangen«, sagte ich.

Darauf der Krämer: »Damit du nit umsonst gegangen bist – wenn man doch du sagen darf zum Herrn Studenten –, so trink da ein Stamperl Roten.« Damit goss er mir aus der Flasche roten Schnaps in ein Gläschen.

Als ich den getrunken hatte, war mir der Mut gestiegen und die Geldsorge gesunken. Aber nicht beim Krämer wurde eingekauft, daraufhin war der

Rote auch nicht gespendet vom alten braven Haselbauer (auch Haselgraber geheißen). Ich ging über das Brückerl zum Bäcker und kaufte einen Vierkreuzerwecken, den ich in die Brusttasche steckte, sodass der Fuhrmann Blasel, der mir nachher begegnete, lachend auf mich herrief: »Nau, der Waldbauernpeter hat ja eine Hühnerbrust bekemma!«, denn die Vierkreuzerwecken ins Sankt Kathrein waren damals nicht danach, dass sie unter dem zugeknöpften Rock unbeachtet bleiben konnten.

Ich kam nach Hause, und nun war für den Christbaum alles beisammen. Aber kaum mir darob behaglich ward, fiel mir ein, dass gerade noch etwas Wichtiges fehlte: die Kerzen. Ich hatte die kleinen Wachskerzen vergessen; wo nehme ich sie her?

Ich nahm sie einfach her.

In einem Bauernhaus ist für alles Rat, nur gehört zur Herbeischaffung manchmal eine Notlüge. Sie ist nicht schwer zu machen. Zur Mutter ging ich und bat, ob sie mir nicht ihren roten Mariazellerwachsstock leihen wollte. Sie fragte, wozu? Na, dann tat ich's halt. Ich ginge in der Nacht zur Christmette, wo in der Kirche alle Leute ihre Lichter hätten, so möchte ich auch eins haben. Sie langte nur in ihren Gewandkasten, da hatte ich den Wachsstock.

Dann ward es Abend. Die Gesindeleute waren noch in den Ställen beschäftigt oder in den Kammern, wo sie sich nach der Sitte des Heiligen

Abends die Köpfe wuschen und ihr Festgewand herrichteten. Die Mutter in der Küche buk die Christtagskrapfen, und der Vater mit dem kleinen Nickerl ging durch den Hof, um ihn zu beräuchern und dabei schweigend zu beten. Das *schweigende* Beten, sagte meine Mutter gern, sei wirksamer als das laute.

Wenige Jahre vorher hatte ich dem Vater bei diesem priesterlichen Amt noch geholfen, nun tat es schon das Brüderl, und gewiss auch mit jener ehrfürchtigen Andacht, die den Geheimnissen dieser Nacht gebührt.

Dieweilen also die Leute draußen zu tun hatten, bereitete ich in der großen Stube den Christbaum. Das Bäumchen, das im Scheite stak, stellte ich auf den Tisch. Dann schnitt ich vom Wachsstock zehn oder zwölf Kerzchen und klebte sie an die Ästlein. Das plagte ein wenig, denn etliche wollten nicht kleben und fielen herab. Ich hätte sehr gern Geduld gehabt, um alles ordentlich zu machen, aber jeden Augenblick konnte die Tür aufgehen und vorzeitig wer hereinkommen. Gerade diese zitternde Hast, mit der sie behandelt wurden, benützten die Kerzchen, um mich ein wenig zu necken. Endlich aber wurden sie fromm, wie es sich für Christbaumkerzen geziemt, und hielten fest. Es war gut. Unterhalb, am Fuße des Bäumchens, legte ich den Wecken hin.

Da hörte ich über der Stube auf dem Dachboden auch schon Tritte – langsame und trippelnde. Sie waren schon da und segneten den Bodenraum. Bald würden sie in der Stube sein, mit der wir den Rauchgang zu beschließen pflegten. Ich zündete die Kerzen an und versteckte mich hinter den Ofen. Noch war es still. Ich betrachtete vom Versteck aus das lichte Wunder, wie in dieser Stube nie ein ähnliches gesehen worden. Die Lichtlein auf dem Baum brannten so still und feierlich – als schwiegen sie mir himmlische Geheimnisse zu. Aber da fiel es mir ein – wenn sie niederbrannten, bevor die Leute kommen! Wie konnte ich's denn hindern? Wie sollte ich sie denn zusammenrufen? Da konnte ja alles ganz dumm misslingen! Es ist gar nicht so leicht, Christkindel zu sein, als man glaubt.

Endlich hörte ich an der Schwelle des Vaters Schuhklöckeln – man wusste schon immer, wenn es klöckelte, dass es der Vater war. Die Tür ging auf, sie traten herein mit ihren Weihgefäßen und standen still.

»Was ist denn *das*?!«, sagte der Vater mit leiser lang gezogener Stimme. Der Kleine starrte sprachlos drein. In seinen großen runden Augen spiegelten sich wie Sterne die Christbaumlichter. – Der Vater schritt langsam zur Küchentür und flüsterte hinaus: »Mutter! – Mutter! Komm ein wenig herein.« Und als sie da war: »Mutter, hast *du* das gemacht?«

»Maria und Josef!«, hauchte die Mutter. »Was lauter haben s' denn da auf den Tisch getan?« Bald kamen auch die Knechte und Mägde herbei, hell erschrocken über die seltsame Erscheinung. Da vermutete einer, ein Junge, der aus dem Tal war: Es könnt ein Christbaum sein. Sollte es denn wirklich wahr sein, dass Engel solche Bäumlein vom Himmel bringen? – Sie schauten und staunten. Und aus des Vaters Gefäß qualmte der Weihrauch und erfüllte schon die ganze Stube, sodass es war wie ein zarter Schleier, der sich über das kerzenbrennende Bäumchen legte.

Die Mutter suchte mit den Augen in der Stube herum: »Wo ist denn der Peter?«

»Ah«, sagte der Vater, »jetzt schon, jetzt rait ich mir's schon, wer das getan hat.«

Da erachtete ich es an der Zeit, aus dem Ofenwinkel hervorzutreten. Den kleinen Nickerl, der immer noch sprachlos und unbeweglich war, nahm ich an den kühlen Händchen und führte ihn vor den Tisch. Fast sträubte er sich. Aber ich sagte – selber tief feierlich gestimmt – zu ihm: »Tue dich nicht fürchten, Brüderl! Schau, das lieb' Christkindl hat dir einen Christbaum gebracht. Der ist dein.«

Und da hub der Kleine an zu wiehern vor Freude und Rührung, und die Hände hielt er gefaltet wie in der Kirche.

Öfter als vierzigmal seither habe ich den Christbaum erlebt, mit mächtigem Glanz, mit reichen Gaben und freudigem Jubel unter Großen und Kleinen. Aber größere Christbaum-Freude, ja eine so heilige Freude habe ich noch nicht gesehen als jene meines kleinen Bruders Nickerl – dem es so plötzlich und wundersam vor Augen trat – ein Zeichen dessen, der da vom Himmel kam.

Solange die Lichter brannten, war es wie ein Gottesdienst, während der Mutter auf dem Herde richtig ein paar Krapfen verschmorten. Erst als sie verloschen, eins ums andere, bis auch das letzte mit ein paar knisternden Flackern dahin war, huben die Leute an zu reden, und einer brachte, weil es finster geworden war, von der Küche ein rötliches Spanlicht herein.

»Was denn da drunterliegt!«, sagte der Vater und zeigte auf den Wecken. »Nickerl, mich deucht, das gehört auch dein.«

Der schöne bräunliche Wecken, mit Weinberln gespickt – weil es Weihnachtsgebäck war –, wurde dem Kleinen in die Hand gegeben. Er hielt ihn ganz hilflos vor sich. Die Freude wurde nicht größer, weil sie nicht mehr größer werden konnte. Der Christbaum allein hatte sein ganzes Herzlein ausgefüllt, so, wie er auch unsere Kinder ausfüllen würde, wenn der himmlische Lichterbusch nicht so sehr mit irdischem Tand verweltlicht wäre.

Nachweis

Urs Augstburger
El, cun ella. Copyright © by Urs Augstburger. Abdruck mit freundlicher Genehmigung.

Peter Dörfler
Heimkehr. Aus: *Weihnachtliche Zeit*. Herausgegeben von Leo Ernst Berger. Don Bosco Verlag, München.

Lise Gast
Hüttenweihnachten. Aus: Lise Gast, *Wunder im Schnee. Weihnachtserzählungen*. Verlag Ernst Kaufmann, Lahr. Copyright © by Lise Gast. Abdruck mit freundlicher Genehmigung.

Tim Krohn
Heidi und das Weihnachtswunder. Zuerst erschienen 2023 als Atlantis-Kinderbuch, illustriert von Magdalena Fournillier. Copyright © 2023 by Atlantis Verlag in der Kampa Verlag AG, Zürich.

Rainer Moritz
Hoesslis Flügel. Copyright © by Rainer Moritz. Abdruck mit freundlicher Genehmigung.

Alexander Oetker
Schneegestöber am Matterhorn. Copyright © by Alexander Oetker. Abdruck mit freundlicher Genehmigung.

Angelika Overath
Engadiner Weihnacht (Titel von der Herausgeberin). Auszug aus: Angelika Overath, *Alle Farben des Schnees. Senter Tagebuch*. Luchterhand Verlag, München 2010. Copyright © 2010 by Penguin Random House Deutschland, München.

Reimmichl
Weihnacht auf der Alm. Aus: Reimmichl, *Weihnacht in Tirol*. Tyrolia Verlag, Innsbruck / Wien.

Peter Rosegger
In der Christnacht und *Der erste Christbaum in der Waldheimat*. Aus: Peter Rosegger, *Waldheimat*. L. Staackmann Verlag, München.

Leta Semadeni
Are You Lonesome Tonight? Copyright © by Leta Semadeni. Abdruck mit freundlicher Genehmigung.

Adalbert Stifter
Bergkristall. Aus: Adalbert Stifter, *Werke. Auswahl in 6 Bänden*. Bong Verlag, Berlin.

Ludwig Thoma
Christkindl-Ahnung im Advent. Aus: Ludwig Thoma, *Erinnerungen.* Piper Verlag, München.

Elizabeth von Arnim
Weihnachten in einem bayerischen Dorf. Aus dem Englischen von Sofia Blind.

Wenn Ihnen dieses KAMPA POCKET gefallen hat, gefällt Ihnen vielleicht auch der Lesetipp auf der gegenüberliegenden Seite.

Schicken Sie uns bitte Ihren LIEBLINGSSATZ aus einem Kampa Pocket, bei einer Veröffentlichung auf unseren Social-Media-Kanälen bedanken wir uns mit einem Buchgeschenk: lieblingssatz@kampaverlag.ch